배짱 엄마의 착한 육아

배짱 엄마의 착한 육아

지은이_ 송선형

1판 1쇄 발행_ 2013. 12. 20.
1판 1쇄 발행_ 2013. 12. 27.

발행처_ 김영사
발행인_ 박은주

등록번호_ 제406-2003-036호
등록일자_ 1979. 5. 17.

경기도 파주시 문발동 출판단지 515-1 우편번호 413-756
마케팅부 031) 955-3100, 편집부 031) 955-3250, 팩시밀리 031) 955-3111

저작권자 ⓒ 송선형, 2013

값은 뒤표지에 있습니다.
ISBN 978-89-349-6630-2 13810

독자 의견 전화_ 031) 955-3200
홈페이지_ www.gimmyoung.com
이메일_ bestbook@gimmyoung.com

좋은 독자가 좋은 책을 만듭니다.
김영사는 독자 여러분의 의견에 항상 귀 기울이고 있습니다.

똑 부러지는 서울대 엄마, 엄마멘토 송선형의 속편한 육아 이야기

배짱 엄마의 착한 육아

송선형

지음

김영사

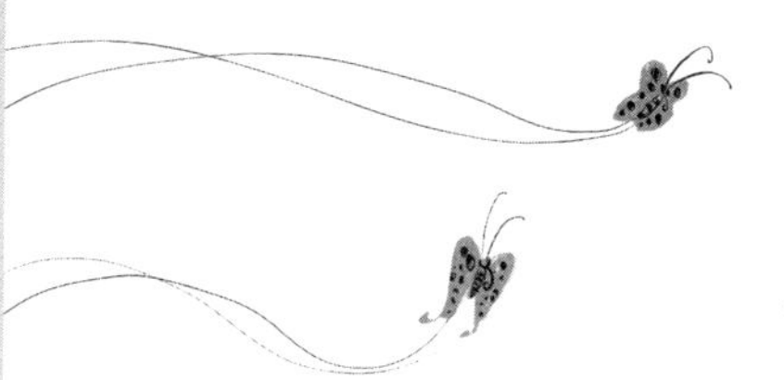

차례

제게는 아직도 잊을 수 없는 아픈 경험이 있습니다. 저는 임신 23주에 양막 파열로 양수가 소실돼 배 속의 태아를 떠나보냈습니다. 최고의 의료진도, 간절한 기도로도 결코 막을 수 없는 일이었습니다.

사산한 태아를 자연분만한 뒤 젖은 나오는데 막상 젖 먹을 아기가 없는 기막힌 상황 앞에서 하염없이 눈물이 흘렀습니다. 그때 아무리 힘들어도 아이만 키울 수 있으면 무엇이든 감내하겠다는 생각이 들었습니다.

다행히 이후 5개월 만에 첫딸을 임신했고 이제는 어엿한 셋째까지 제 옆에 있습니다. 돌이켜 생각해보니 첫아이를 잃은 경험 덕분에 제가 육아 생활에서 나이에 비해 성숙하지 않았나 싶습니다. 보통의 초보 엄마처럼 투정을 부리기에는 감사하는 마음이 워낙 커서 부정적인 생각을 할 틈이 없었습니다. 아기가 밤새 울어 잠을 못 자도, 하루 종일 젖을 빨아도 그저 아기가 제 옆에서 숨 쉬고 있다는 사실 하나만으로 행복했으니까요. 또한 함께 아픔을 겪은 남편도 육아 생활에서 더욱 든든한 동반자이자 조력자가 되었습니다.

많은 부모님들이 아이가 100일만 돼도 신생아 때가 잘 기억나지 않는다고 합니다. 저도 둘째를 키우면서 새삼스레 '첫째가 이랬던 적이 있었나?' 하고 생각할 때가 많았습니다. 셋째를 낳아 키우는 지금 또다시 비슷한 경험을 하고 있습니다.

그래서 돌 전 아이와 함께한 육아 과정을 잊어버리기 전에 잘 정리해야겠다고 생각했습니다. 육아 베테랑이라고 하기에는 너무 부족한 젊은 엄마이지만 지금이야말로 블로그에 기록해온 제 생각과 글을 정리할 때인 것 같았습니다.

전문가나 성장한 자녀를 둔 육아 선배들이 쓰신 책을 보면 '지나간 자의 여유'가 묻어납니다. 저도 처음 아기를 키우는 초보 입장에서 그런 육아 책을 읽으며 많이 배웠지만 한편으로는 어려운 점도 있었습니다.

여덟 살 첫째, 다섯 살 둘째, 세 살 셋째를 키워오면서 기존의 육아 책이나 잡지에 언급되지 않은 세세하고 민감한 부분이 많다는 사실을 알았습니다. 평범한 아이 엄마가 민감한 부분을 들춰내는 것은 조심스럽기도 합니다. 전문가의 눈으로 보면 별것 아닌 일에 큰 의미를 부여하는 것일지도 모르지만, 육아 블로그나 카페에서 얻는 정보가 책보다 더 생생해서 좋다고 하는 분들의 바람을 담고자 했습니다.

초보 엄마들이 육아에 대한 조언을 얻는 통로는 다양합니다. 가까이는 친정어머니, 시어머니에서부터 먼저 출산한 형제자매와 친구들, 최근에는 인터넷 카페나 블로그의 영향력도 무시할 수 없습니다. 책을 통한 정보 습득도 큰 몫을 합니다.

하지만 이런 경험담은 어디까지나 타인의 경험담입니다. 결국 자신의 육아는 스스로 책임지며 자신의 색깔을 만들어가야 합니다.

물론 유행하는 육아를 좇는 것도 나쁘지는 않습니다. 다 그만한 이유가 있고, 뭔가 좋으니까 유행하는 것이지요. 하지만 대세를 맹목적으로 따르기보다는 자신과 아이의 성향에 맞춰 응용하는 융통성이 필요합니다. 모든 사람의 성격이나 취향을 획일적으로 맞출 수 없듯이 부모 노릇도 고유한 개성을 살려야 합니다.

제 경험상 육아에는 유행보다 응용이라는 말이 어울립니다.

숱한 육아 경험담과 육아 이론의 바다를 헤쳐서 자신만의 육아법을 건져내고 응용하는 것은 의외로 즐거운 일입니다.

이 책은 출산을 계획 중인 부부, 태교를 고민하는 부부, 출산 후 신생아 육아가 막막한 부부를 위한 책입니다. 객관적인 연구 결과를 토대로 한 전문 지식이 아니라, 세 아이를 키우면서 겪었던 일과 느낌을 바탕으로 써내려간 글입니다. 첫돌까지의 육아 경험을 다루었지만 그 이후의 육아에도 도움이 되리라 기대합니다. 저 스스로가 신생아 육아를 행복하게 한 덕분에 돌 이후의 육아도 고되지만 행복했습니다. 이 책을 읽는 행복한 육아의 길로 들어서기를 바랍니다.

이 책을 쓰는 동안 저를 많이 배려해준 남편 안석 씨와 우리 삼남매 민서, 윤서, 현서에게도 고마움을 전합니다. 가족 덕분에 행복하게 글을 쓸 수 있었습니다.

엄마멘토 송선형

아이를 갖기 전에 부부나 연인끼리 반드시 육아에 대해 이야기를 나누세요. 이런 대화는 부부의 가치관을 일치시키는 작업입니다. 육아는 부부가 함께 해야 하므로 두 사람의 가치관을 맞추는 일이 매우 중요합니다. 이 과정은 하루 이틀에 이루어지지 않으므로 아기를 낳은 뒤 시행착오를 겪는 것보다 아기를 낳기 전부터 적극적으로 준비하는 것이 좋습니다.

몸과 마음이 준비된 부모   1

아이를 갖기 전에 부부나 연인끼리 반드시 육아에 대해 이야기를 나누세요. 이런 대화는 부부의 가치관을 일치시키는 작업입니다. 육아는 부부가 함께 해야 하므로 두 사람의 가치관을 맞추는 일이 매우 중요합니다. 이 과정은 하루 이틀에 이루어지지 않으므로 아기를 낳은 뒤 시행착오를 겪는 것보다 아기를 낳기 전부터 적극적으로 준비하는 것이 좋습니다.

마음이 넓은 엄마가 되는 준비

혹시 결혼 전이나 아이를 갖기 전에 이런 말을 해본 적 있나요?

"공공장소에 애들 데려오는 거, 정말 이해가 안 돼요."

"식당에서 아이에게 젖 먹이는 사람 봤는데 좀 민망하더라고요. 공공장소에서는 에티켓을 지켰으면 좋겠어요."

"마트에 갔을 때 카트에 아이 태우는 것도 좀 그렇지 않나요? 카트에 신발 신은 채로 애들을 앉히면 불결하잖아요."

이런 '뒷담화'를 해본 적이 있다면 반성의 시간을 가져보세요. 그런 적이 없더라도 이 기회에 진지하게 생각해보면 좋겠습니다.

앞에서 말한 상황이 자신에게 절대 닥치지 않을까요? 아이를 공공장소에 절대로 데려가지 않겠노라 장담할 수 있을까요? 민고 싶지 않겠지만 마트에 아이들을 데려오는 것조차 곱게 보지 않는 사람들이 의외로 많습니다. 사실 아이를 키우다보면 필요한 물건이 많아져서 마트에 갈 일이 더 늘어나는데 말이지요.

공공장소에서 아이를 훈육하는 방법도 가지각색입니다. 눈살을 찌푸릴 정도의 행동을 방치하는 안하무인의 부모도 있지만, 대부분의 부모는 '문제를 크게 만들지 않기 위해' 일단 참고 지켜봅니다. 아이들은 말썽을 부리다가도 어른이 참견하지 않으면 의외로 금방 싫증을 냅니다. 아이를 키워본 사람이라면 누구나 통제했다가 오히려 소란이 더 커진 경험이 한 번쯤 있습니다.

그렇기 때문에 처음에는 일단 아이가 하는 대로 내버려두는 부모가 많습니다. 그래서 제삼자의 눈에는 '공공장소 에티켓이 부족한' 부모가 많아 보일지도 모릅니다. 그런데 그렇게 기다릴 줄 아는 개념 있는 부모는 아이가 도를 넘어서는 행동을 하면 따끔하게 훈육합니다.

또 다 큰 아이를 카트에 태우는 것이 불결해 보이기도 하지만, 오직 그 아이들 때문에 카트가 더러워진 건 아닐 것입니다. 예닐곱 살 정도 된 아이도 마트의 긴 동선을 따라 걷기에는 체력이 약하고, 자칫 아이를 잃어버릴 위험도 있습니다. 특히 엄마 혼자 둘 이상의 아이를 데려왔다면 한 아이를 카트에 태우는 것이 불가피할 때도 많습니다.

이런 이해도 없이 무조건 비난만 한다면 열심히 아이를 키우는 부모에게는 너무 가혹하지 않나요? 그 입장이 되어 생각해보면 달라집니다.

아이를 낳아 기르기로 결심했다면, 이제 이것은 남의 얘기가 아닙니다. 그러니 나에게 곧 닥칠 상황이라 여기고 관대한 마음을 가져보세요. 내 아이에게 훌륭한 태교가 될 것입니다.

온라인상에서 '아기 엄마들이 왜 그런 행동을 하는지 이해하지 못했는데, 막상 내가 아기 엄마가 되고 나니 알겠다'는 내용의 글이 화제가 된 적이 있습니다. 수많은 엄마들이 공감했고, 과거 자신의 몰이해에 대해 반성하는 댓글도 있었지요.

'그때는 몰랐는데 이제 알겠다', '아이를 키우다보면 그럴 수도 있겠구나' 하는 이해심, 그리고 '내가 직접 키워보니 그때 내 생각이 맞았네' 하고 간접경험에 감사하는 모습이 훨씬 근사하지 않을까요?

혹시 다른 집 아이 때문에 난감한 일이 생기더라도 심각한 정도가 아니라면 이해하고 넘어가주세요. 이해하는 연습을 하다보면 결국 내가 낳은 아이도 예쁠 것이고, 남들도 내 아이를 예쁘게 봐주리라는 믿음도 생깁니다. 그리고 그 믿음은 육아의 고단함을 덜어주는 원천이 됩니다.

아이를 갖기 전에 부부나 연인끼리 반드시 육아에 대해 이야기를 나누세요. 이런 대화는 부부의 가치관을 일치시키는 작업입니다.

육아는 부부가 함께 해야 하므로 두 사람의 가치관을 맞추는 일이 매우 중요합니다. 이 과정은 하루 이틀에 이루어지지 않으므로 아기를 낳은 뒤 시행착오를 겪는 것보다 아기를 낳기 전부터 적극적으로 대화하는 것이 훨씬 좋습니다.

"어떤 엄마가 되고 싶어?"

"아이가 나를 믿고 좋아할 수 있는 엄마. 당신은?"

"아이를 행복하게 해줄 수 있는 아빠."

"당신이 내 아이의 아빠가 된다는 생각만으로도 참 좋아."

어찌 보면 유치하고 낯간지러울 수도 있지만 어려운 숙제는 아니지요. 어렵지 않은 데 비해 효과는 상당히 큽니다. 지금 임신을 계획하고 있다면 이런 대화를 앞당길수록 좋습니다. 물론 임신 사실을 확인한 뒤 시작해도 결코 늦지 않습니다.

임신으로 신체 변화를 직접 느끼며 아홉 달을 보내는 예비 엄마에 비해 신체 변화가 없는 예비 아빠는 아무래도 실감을 덜하며 아이를 맞이하게 됩니다. 그런 면을 보완하기 위해서라도 엄마, 아빠가 함께 부모 공부를 해보기 바랍니다.

사람들은 태교라는 개념을 임신부, 즉 엄마에게만 초점을 맞춰 생각합니다. 하지만 저는 '부모 공부'라는 의미로 부부가 함께 태교를 해나가기를 권합니다. 아이를 태아 때부터 교육시키는 목적이 아니라 부모 스스로 부모가 되는 공부를 한다는 의미로서의 태교가 훨씬 생산적이며 효과적입니다.

유산도 입덧도 남의 일이 아니다

임신 확인

요즘은 책이나 잡지뿐만 아니라 인터넷에서 많은 정보를 접하기에 대부분의 사람들은 언제 병원에 가야 하는지 알고 있습니다. 먼저 약국에서 구입한 임신 진단 테스트기로 월경 예정일 즈음임신 여부를 확인할 수 있습니다. 꼭 아침 첫 소변이 아니더라도월경 예정일 3일 전쯤에는 양성 반응을 확인할 수 있지요. 하지만 월경 예정일이 지난 뒤에도 음성으로 나왔는데 임신인 경우도간혹 있습니다. 월경주기에 따라 차이가 날 수 있다는 점을 기억해두세요. 최종적으로는 산부인과 전문의의 진단으로 확인해야합니다.

산부인과 진단은 8주경에

테스트기로 임신을 확인했다면 통상 임신 4주경입니다. 이때 병원에 가면 집에서 확인해본 테스트기로 다시 확인하고, 질 초음파를 하지만 대부분 아기집이 확인되지는 않습니다. 최소 5~6주 이상은 돼야 아기집을 확인하고 심장 소리를 들을 수 있지요. 심장 소리는 8주까지 듣지 못할 수도 있습니다.

당연한 얘기지만 심장 소리는 아기집이 잘 자리 잡고 태아가 안정적으로 자라고 있음을 확인하는 척도입니다. 그런데 너무 일찍 병원에 갔다가 심장 소리를 듣지 못해 마음 졸이는 부모가 많습니다. 그래서 경험자들은 8주가 지난 뒤 병원에 가보라고 합니다. 물론 첫아이를 가진 입장에서는 하루라도 빨리 병원에 가서 확인하고 싶을 테지만요.

테스트기로 확인하지 못했지만 몸이 불편하거나, 월경주기가 늦어지거나, 월경이 아닌 것 같은 부정 출혈이 있다면 임신 확인 여부를 떠나서 무조건 산부인과를 찾아야 합니다.

초기 유산 비율은 20%

벅찬 기쁨을 느끼고 있을 부부들에게 찬물을 끼얹는 말일 수 있지만, 임신 초기의 유산은 의외로 많습니다. 자신도 모르게 유산을 하고 월경인 줄 아는 일도 있어 정확한 통계를 내기 힘들지만, 8주 이내에 유산할 확률이 20% 이상이라는 주장도 있습니다. 결코 낮은 확률이 아니지요. 심장 소리까지 들은 뒤인 12주경에 유산했다는 경험담도 종종 듣습니다.

전문의들은 초기 유산은 대체로 '임신부의 상태와 무관하다'고 규정짓습니다. 수정 과정에서 어떤 문제수정란을 의학적으로 검사하거나 실험해서 학술적 결과물로 제시하기 어려워 의사들도 원인을 알 수 없는가 발생해 태아가 더 이상 자라지 않고 도태된다는 설도 있습니다. 임신 초기에는 유산의 위험성이 크니 안정을 취해야 한다는 것은 전문의 입장에서는 당연한 조언입니다. 하지만 막상 유산되더라도 그 이유가 온전히 임신부의 탓만은 아닙니다.

유산에 대한 주변 반응

이 글을 읽는 여러분들에게는 결코 슬픈 일이 일어나지 않기를 바랍니다. 누구에게나 닥칠 수 있는 일인데도 그동안은 임신·출산 관련 서적에서 유산과 관련된 내용을 찾아볼 수 없었습니다.

유산을 했을 때 문제를 심각하게 만드는 것은 바로 양가 어른들입니다. 아무리 며느리를 진심으로 아껴서 한 말이라도 당사자

입장에서는 비수가 되고, 그것이 고부 관계의 어려움으로 발전하기도 합니다.

이를테면 며느리가 안타까워서 "너무 무리한 모양이구나. 좀 쉬지 그랬니. 직장에서는 쉬게 안 해준다니?"라고 한 말도 당사자에게는 "너는 몸도 보살피지 않고 왜 그렇게 무리했니?" 하는 타박으로 들릴 수도 있습니다.

이 부분은 남편이 도와줘야 합니다. 유산을 한 여성이 주변 사람들의 말을 예민하게 받아들이는 것은 당연합니다. 더욱이 정말 며느리 잘못이라고 생각하는 사람들도 많습니다. 그러므로 남편은 부모님보다 아내의 심정을 더 깊이 헤아리고 이해해야 합니다. 유산에 관한 한 아내야말로 상처 입은 주체이자 가장 안쓰러운 대상입니다.

아내 역시 너무 예민한 반응은 오히려 자신을 힘들게 한다는 사실을 받아들여야 합니다. 쉽지는 않겠지만 한 귀로 듣고 한 귀로 흘리는 것이 가장 바람직하지요.

힘들 때는 남편에게 당당히 힘들다고 말하고, 듣기 싫은 말은 상대에게 확실히 싫다고 표현하세요. 악의는 없지만 눈치 없이 말하는 사람들이 많습니다. 이럴 때 자신의 감정을 나타내는 것은 잘못이 아닙니다. 다시 한 번 강조하지만 유산은 전혀 자신의 잘못이 아닙니다. 절대 위축될 필요 없습니다.

일반화하기 어려운 입덧 기간

평소에는 길에서 죽은 동물을 봐도 아무렇지 않던 사람인데 어느 순간 멀쩡한 음식을 봐도 구역질이 나는 경험을 해본 적이 있나요? 화장실 변기와 한바탕 씨름하고 눈물을 닦아본 적은요? 상에 놓인 밥과 반찬 냄새를 견디지 못하고 외면한 적이 있나요?

저는 네 번의 임신에서 제각기 다른 경험을 했습니다. 아이를 잃었던 첫 번째 임신 때는 음식물 쓰레기 말고는 그럭저럭 견딜 만했습니다.

첫째를 임신했을 때는 시도때도 없이 구역질이 나서 머리가 어질어질하고, 대형 마트에서 토하는 바람에 청소하는 분들에게 민폐를 끼치기도 했습니다. 그렇게 20주 정도를 고전했지요.

둘째를 임신했을 때는 첫째 때 그렇게 싫던 고기 반찬이 먹고 싶더니 상큼한 과일을 보면 오히려 구역질이 났습니다. 음식물 쓰레기는 물론 냉장고 5미터 앞에서도 견디지 못했습니다.

셋째를 임신했을 때는 첫째와 둘째의 대변을 처리해야 하니까 스스로도 강인해지리라 기대했습니다. 하지만 지옥 문턱을 밟는 심정으로 처리했을 뿐, 역시나 20주까지는 세상의 모든 냄새가 온몸을 짓누르는 것 같아 괴로웠습니다.

한 사람의 몸에서도 임신할 때마다 반응이 이렇게 다르니 임신부들의 입덧 양상이 천차만별인 것은 당연합니다. 저는 입덧이 아주 심했던 반면 제 언니는 입덧이란 걸 거의 모르고 지나갔습니다. 오히려 힘들어하는 저를 보고 신기해했습니다. 언니였으니 망정이지 만약 직장 상사가 그런 반응을 보였다면 더 속상했을 겁니다.

실제로 많은 직장 여성들이 임신의 기쁨을 만끽하지 못한 채 출퇴근길과 회사에서 힘든 시간을 보냅니다. 하지만 그런 어려움을 이해해주는 사람은 드뭅니다. 대부분 임신을 하면 눈치부터 봐야 하는 마당에 입덧하는 티를 내면 엄살을 부린다고 눈총 받을 수도 있습니다. 같은 여성이라도 경험해보지 않은 사람은 이해하지 못하는데, 남성들이 입덧을 이해해줄까요?

입덧은 정도의 차이가 워낙 커서 위액과 피까지 토하는 사람도 있고, 적당히 메슥거리다 마는 사람도 있습니다. 또 임신 기간 내내 하는 사람도 있고, 6주경부터 한 달가량 고생하고 12주쯤 끝났다는 사람도 있습니다. 또 속이 찼을 때 입덧이 심한 사람이 있는 반면, 속이 비면 더 견디기 힘들다는 사람도 있습니다. 그야말로 일반화가 힘든 증상입니다. 어쨌거나 공통점은 힘들다는 것입니다. 당사자가 많이 힘들면 많이 힘든 것이고, 감내할 만하면 감내할 만한 것이지요.

가장 필요한 것은 남편의 도움

임신 초기에는 유산할 확률이 높고 실제로 몸이 무겁거나 피곤한 증상도 가장 심합니다. 하지만 겉보기에는 임신한 티가 나지 않아서 대중교통을 이용할 때도 어려움을 겪습니다. 이런 점을 개선하려고 정부에서는 임신부 표시 마크를 배지로 만들어 홍보, 배포하기도 했지만 실제로 도움을 받기는 어렵습니다.

임신 초기는 여러모로 몸과 마음이 힘듭니다. 그만큼 함께 아이를 만든 사람, 곧 남편의 도움이 절실합니다. 생물학적으로는 아무 변화도 겪지 않는 남편이 반드시 임신한 아내를 도와야 합니다.

많이 먹어야 아기도 잘 자란다?

아직 안심할 수 없는 시기

임신 중기가 되면 입덧 증상이 서서히 없어집니다. 배가 살짝 나오긴 해도 넉넉한 옷을 잘 골라 입으면 아직 임신한 티가 잘 나지 않습니다. 입덧이 끝난 뒤 식욕이 돌아와 체중이 갑자기 느는 사람도 있습니다.

개인차가 있지만, 입덧이 끝나고 아직 몸이 가벼운 이 시기에 대부분의 임신부는 편안하게 지냅니다. 하지만 이때도 늘 몸을 소중히 하고 이상 징후를 경계해야 합니다. 저는 23주에 양막 파열로 양수가 소실되는 바람에 유산을 했습니다. 첫 임신이라 여러모로 미숙했지만, 지나고 나서 생각해보니 출혈이나 잦은 배 뭉침 같은 징후도 한 달 전부터 분명히 있었습니다.

이 시기의 태아는 자랄 만큼 자랐지만 폐호흡을 하기엔 너무 일러서 분만을 해도 아이를 살리지 못하는 일이 의외로 많습니다. 병원에서도 알 수 없는 이유로 아기를 잃는 일이 너무 많은 시기입니다. 산모의 자궁 경부가 약해 아기를 잃기도 합니다. 저뿐만 아니라 병원에서 만났던 고위험 산모들의 경험을 보면 중기라고 결코 안심할 수는 없습니다.

임신부들 가운데 임신 기간이 너무 힘들다고 차라리 애가 빨리 나왔으면 좋겠다고 말하는 분이 있습니다. 하지만 정말 아기가 빨리 나와서 고생하는 사람들도 있으니 이런 생각은 하지 마세요. 최근 들어 이른둥이 발생률이 높아지고 있습니다. 별 생각 없이 '빨리' 나오라고 한 말이 이른둥이 부모나 아기에게 상처가 될지도 모릅니다. 그렇다고 미리 걱정할 필요는 전혀 없습니다. 임신 기간 내내 겸허한 자세로 태아와 자신의 몸을 소중히 하는 것이 중요합니다. 평화롭게 보낼 수 있는 시기인 만큼 지나치게 걱정하지 않아도 됩니다. 태아와 자신의 건강을 바라는 마음이 태교라고 생각하며 지내면 됩니다.

초음파 사진과 동영상은 단지 기록일 뿐

인터넷의 임산부 카페에서 '병원에서 실수로 동영상을 지웠다며 사진을 주지 않는다'는 불만 사례를 자주 발견합니다. 입체 초음파를 찍어주지 않거나, 그 비용이 너무 비싸 병원을 바꾸었다는 얘기도 자주 나옵니다.

물론 첫아이를 임신한 부모에게 배 속 아이를 보여주는 초음파 사진은 매우 각별하지요. 하지만 사람이 하는 일이니 실수로 동영상이 지워질 수도 있습니다.

그런데 동영상은 그저 동영상일 뿐 배 속 아기의 안녕과는 무관합니다. 불과 30년 전만 해도 배 속 아기의 모습을 본다는 것은 상상도 할 수 없었고, 10년 전에는 초음파 동영상을 개인이 소장하기 어려웠습니다. 지금의 우리는 기술 발달의 특혜를 누리고 있는 셈입니다.

배 속 아기가 건강하게 자라고 있다면 초음파 동영상에 얽매여 우울해하지 마세요.

임신 당시에는 초음파 사진이 너무 소중한 물건이지만 아기가 세상 밖으로 나오는 순간부터 큰 의미가 없어집니다. 내 손으로 직접 만질 수 있는 아기가 앞에 있으니 초음파 사진은 기록의 의미가 있을 뿐입니다.

물론 아쉽고 화가 날 수도 있습니다. 임신 중이라고 해서 너무 감정을 억제할 필요도 없습니다. 단지 결과를 바꿀 수 없는 일로 필요 이상 오래 슬퍼하지는 마세요. 감정을 억제하는 것만큼 나쁜 것이 화를 오래 품고 있는 것입니다.

임신 중기의 검사

병원에서 산전 진료를 받을 경우 일반적으로 12주쯤에 혈액을 채취해서 다운증후군 등의 기형아 판별 검사를 하고, 그 결과에 따라 양수 검사를 합니다. 극소의 확률 때문에 양수 검사를 시행하기도 하는데, 제 지인들은 병원에서 권하는 대로 모두 양수 검사를 했습니다. 이후 임신 기간 동안 마음 졸이는 일 없이 편안하게 지냈다고 합니다. 스스로의 선택에 따라 양수 검사를 받지 않기도 합니다.

병원마다 조금씩 다르지만 대체로 20~25주경에 정밀 초음파를 시행합니다. 태아의 장기까지 자세히 관찰해 미리 기형을 알아보는 검사입니다. 이때 추가 비용이 많이 들어가므로 당황하기도 하고, 경험자들 중에는 반드시 할 필요가 없다고 하는 이들도 많습니다.

선택은 오로지 본인의 몫입니다. 저는 고위험 임신 기간을 겪은 경험자로서 병원에서 권하는 검사를 모두 받았고, 결과적으로 후회하지 않습니다. 만일 종교적 이유 등으로 검사를 받고 싶지 않다면 병원 측에 의사표시를 하면 됩니다. 물론 병원에서는 재차 권하겠지만 환자의 동의 없이는 검사를 강제하지 못합니다.

임신 중기의 식이 조절

임신부들의 식사량은 대부분 입덧이 멈추는 중기에 늘어납니다. 주위에서도 잘 먹어야 한다고 음식을 많이 권합니다. 하지만 결코 2인분을 먹을 이유도, 특별한 보양식을 챙길 필요도 없습니다. 그저 먹고 싶은 음식을 과하지 않을 만큼 먹으면 됩니다.

임신 중에 살이 찌느냐 안 찌느냐는 체질과도 관련이 있지만 근본적으로는 고열량식에 달려 있습니다. 열량이 높은 음식을 많이 먹으면 당연히 살이 찝니다. 임신부는 의도적으로 식이 제한을 하지 않아도 되고, 그에 따른 스트레스도 금물이고, 사실 조금 살이 쪄도 이해되는 시기이지요. 하지만 출산 후의 건강까지 생각한다면 식사량을 적절히 조절하세요.

아기가 태어날 시점의 평균 체중은 3.5kg입니다. 그러므로 '배 속 아기를 키운다'는 목적으로 너무 많이 먹지 않아도 됩니다. 오히려 임신중독증 등의 질환으로 체중이 많이 나가는 임신부가 저체중 아기를 출산하거나, 날씬한 임신부가 몸무게가 4kg이 넘는 아기를 낳기도 합니다. 엄마의 식사량과 아기의 체중이 반드시 정비례하지 않는다는 것이죠.

골고루, 자연스럽게 먹는 것이 가장 중요합니다. 임신 중에도 살이 많이 찌지 않고 출산 후 원래 체중으로 빨리 돌아간 이들을 보면 임신 기간에도 평소처럼 식사한 경우가 많습니다.

같은 경험 공유하기

체중 증가로 인한 어려움

임신 후기에는 배가 불러오고 체중도 많이 늘어납니다. 살이 쪄서 기분이 가라앉을 때도 많습니다. 그럴수록 이런 변화가 앞으로 태어날 아이를 위한 것이라 믿고 하루하루 즐겁게 지내야 합니다. 엉덩이나 허벅지에 축적된 지방질이 나중에 모유로 만들어진다는 주장을 믿어보세요. 각종 임신·출산 관련 서적과 산부인과 전문의들의 의견이기도 합니다.

하지만 임신 중 살이 너무 찌면 무릎이나 관절에 좋지 않으니 체중은 적당히 조절, 관리하는 것이 바람직합니다. 말처럼 쉬운 일은 아니지만요. 임신 중 체중 조절에 대해서는 주치의의 지시를 따르는 것이 최선입니다.

임신 중의 몸 상태는 워낙 사람마다 편차가 있어 일반화하기 어렵습니다. 하지만 누구든 배가 나오고, 그로 인해 평소와는 달리 불편함을 많이 느낍니다. 그나마 서서히 배가 나와서 임신부가 적응해갈 기간이 있다는 점이 다행스럽지요.

그래도 여러모로 힘든 임신 후기에는 가족, 특히 남편의 배려와 도움이 절실합니다. 초산이라면 초산이니만큼 많이 도와줘야 하고, 경험이 있다면 손위 아이를 돌봐주는 것도 중요합니다. 호르몬과 몸의 변화로 지친 아내를 위해 산책도 자주 하고 아내의 취미 생활을 지지해주는 것도 좋은 방법입니다.

임신 기간이 행복했던 엄마는 대부분 출산 후에도 아이를 수월하게 돌봅니다. 육아는 아이가 배 속에 있을 때부터 시작됩니다. 부부가 함께 하루하루를 즐거운 임신 기간으로 만들어보세요. 이것이 진정한 태교입니다.

임신부에게 불친절한 대중교통

양수를 포함해서 5kg이 넘는 무게가 항상 배 속에 들어 있는 상태로 일상을 보내는 일이 쉽지는 않습니다. 지하철 계단을 오르내리면 무릎도 아프고 숨도 가쁩니다. 대중교통을 이용해야 하는 임신부는 정말 힘듭니다.

제가 임신 기간에 괴로웠던 일 중 하나는 버스나 지하철에서 제 시선을 피하며 교통약자석에 앉아 있는 사람들이었습니다. 멀쩡해 보이는 젊은이나 아저씨, 아주머니 들이 임신부 배려석에 버젓이 앉아 있는 모습을 보면 기분이 좋을 리 없습니다. 더욱이 제 시선까지 피할 때는 나 자신이 왠지 '불편한 존재'가 되었다는 느낌마저 들었습니다. 셋째를 가졌을 때는 내공이 쌓였는지 화가 나기보다는 우습다는 생각이 들었지요.

이런 상황에서 모든 임신부들이 "여기는 임신부를 위한 자리니 양보 좀 해주시겠어요?" 하고 한목소리를 낸다면 환경은 점점 나아지지 않을까요? 직접 말하기 어렵다면 임신부 배려석을 좀 더 현실적으로 홍보해달라고 민원을 제기할 수도 있습니다. 혜택은 행동하는 사람에게 돌아오기 마련이고, 당장 내가 혜택을 누리지 못하더라도 임신부에 대한 인식은 점점 개선될 것입니다.

경험을 공유하는 커뮤니티

아무래도 임신을 하면 임신부들과 많이 만나게 됩니다. 할 이야기가 많고 애환도 나누기 좋으니까요. 이런저런 사연을 들어보면 만삭에도 몸이 가벼운 사람들도 있다는데, 누구는 허리가 아프고, 누구는 다리와 발이 부어 걷기도 힘들 지경이며, 누구는 아이가 태동을 하면 갈비뼈까지 아프고, 누구는 30분이 멀다 하고 화장실에 가야 하고, 누구는 숨이 차오르는 증상으로 앉아도 힘들고 누워도 힘들다고 합니다. 그리고 그렇게 힘든 과정을 거쳐 한 생명을 얻는 것이라고 말하지만, 직접 겪어보기 전에는 역시 제대로 알 수 없다고 입을 모읍니다.

그런 이야기를 들으며 공감도 하고 배우기도 하며 한 생명을 얻는 일이 결코 만만치 않음을 새삼 확인하게 됩니다. 또한 기꺼이 치러야 할 대가라고, 더 성숙한 엄마가 되기 위한 과정이라고 다시 마음을 다잡지요.

그런 의미에서 임신 기간 중에 같은 임신부나 출산 선배들을 자주 만나는 것이 좋습니다. 저는 삼형제를 키우는 언니 옆에서 간접경험을 한 것이 큰 도움이 되었습니다. 언니의 경험을 통해 취할 것은 취하고 버릴 것은 버리면서 수월하게 제 나름의 육아 방식을 만들어나갔습니다.

이 책을 읽는 여러분들도 가까운 사람들의 경험을 통해 심적으로 편안하게 육아 준비를 했으면 좋겠습니다. 여건이 되지 않는다면 온라인상의 만남도 좋습니다.

"그래도 배 속에 있을 때가 가장 편해!"

가뜩이나 몸이 무거워져서 힘든데 이건 또 무슨 말이냐 싶겠지만, 말 그대로입니다. 아이는 배 속에 있을 때가 가장 편합니다. 저는 둘째가 배 속에 있을 때 해외여행도 다녀왔습니다. 셋째 때는 몸이 무거운 상태로 애 둘까지 돌보려니 차라리 출산으로 몸이라도 가벼워지면 좋겠다고 생각했습니다. 하지만 낳고 보니 역시 임신 시간이 더 편했구나 싶었습니다.

하지만 아이는 너무 빨리 나오는 것도, 너무 늦게 나오는 것도 좋지 않습니다. 아이와 산모가 건강하도록 280일 정도를 채우고 나오는 것이 가장 좋습니다.

아이가 배 속에 있을 때가 편하다는 선배들의 말을 명심하고 출산 직후에는 절대 하지 못할 일, 갓난아이와는 함께 즐길 수 없는 일, 본인이 좋아하는 일을 열심히 즐기세요. 브런치를 먹든, 쇼핑몰을 활보하든, 매운 음식을 먹든…….

출산일이 가까워질수록 가장 하기 편한 태교 방법을 하나 알려드릴까요?

곁에서 가장 많이 배려해주고 도와준 남편에게 고맙다는 문자를 보내세요. 조금 새삼스럽긴 해도 어려운 일은 아닙니다.

비록 자신의 배에 품고 있지 않지만 남편들도 아내 못지않은 설렘으로 아이를 기다립니다. 아내의 감사 문자는 아이를 기다리는 남편의 마음을 행복하게 만들어줍니다.

배에 손을 대고 태동을 느끼며 행복을 맛보는 시간도 중요합니다. 굳이 동화책을 읽어주지 않더라도 부부간에 나누는 즐거운 대화로 충분합니다. 중요한 것은 이제 한 사람이 더 늘어날 가족의 행복입니다.

이미 여러분은 좋은 부모가 될 자질을 갖추고 있습니다. 다만 좋은 부모의 모습이 뚜렷이 그려지지 않아 의구심과 두려움이 있을 뿐입니다. 남들보다 나은 부모가 되려고 하지 마세요. 마찬가지로 남들보다 뛰어난 아이를 만들려고 하지도 마세요. 뭔가를 자꾸 놓치는 것 같고, 뭔가 더 해줘야 한다는 마음에 고민된다면 초심으로 돌아가세요. 아이가 배 속에서 무럭무럭 잘 자라는 것만으로도 감사하던 그때로.

꼭 필요한 출산 준비 2

눈앞에 닥치기 전에 준비할 것

태교의 목적은 엄마 되기 공부

"언어 감각 발달하라고 영어 동화책을 자주 읽었어요."

"손을 많이 움직이면 아이 머리가 좋아진다고 해서 십자수를 놓았어요."

대부분의 임신부는 태교에 신경을 씁니다. 태어날 아기를 생각하며 매사에 열심인 엄마의 모습은 매우 바람직하지만 그 목적이 머리 좋은 아이에 맞춰져 있다면 반쪽짜리 태교이지요.

임신 기간 중 진정으로 교육을 받아야 할 사람은 엄마, 아빠입니다. 아기 돌보기나 모유 수유 등의 육아 기술을 익히는 것도 중요하지만 가장 필요한 공부는 '부모로서의 마음가짐'입니다. 갓난아기가 울 때 어떻게 달랠 것인지, 아이가 부모의 기준에 못 미치는 행동을 할 때는 어떻게 대처할 것인지, 아이와 외출할 때는 어떤 방법으로 할 것인지……. 실제로 아이를 키우면서 불거지는 상황에 지혜롭게 대처할 수 있는 부모의 마음가짐 공부가 필요합니다.

아쉽게도 이렇게 세세한 부분까지 가르쳐주는 기관은 없으니 결국 엄마, 아빠가 스스로 공부해야 합니다.

저는 아이가 태어났을 때 '항상 긍정적인 엄마가 되자'를 가장 큰 목표로 삼고, 그러려면 어떻게 해야 할까를 따져보았습니다.

- 나는 젖병을 소독할 엄두가 나지 않으니 반드시 모유 수유를 해야겠다.

  → 모유 수유에 대한 책 탐독

- 나는 집 안에만 있으면 답답해하는 성격이니 아기와 함께 외출을 많이 하고 싶다.

  → 외출 시 모유 수유에 대한 각오를 다지고 요령 연습

- 나는 아이를 키운다고 아무것도 못하고 우울해지기 싫다.

  → 생활의 활력이 될 육아 블로그 운영 계획

- 나는 천 기저귀를 쓰고 싶다.

  → 천 기저귀를 어떻게 쓸 것인지 자료 및 사전 조사

이런 식으로 양육자 중심의 '긍정적인 엄마 되기' 공부를 했습니다. 미리 남편과 충분한 대화도 나누었습니다.

사실 저도 첫째를 가졌을 때는 이것저것 남들 하는 태교도 제법 했습니다. 하지만 출산 이후 저와 아이에게 가장 큰 도움을 준 것은 바로 이런 마음 준비였습니다. 남편도 대화를 통해 저의 마음을 받아들이고 심적·물적으로 전폭적인 지지를 해주었지요.

둘째, 셋째 때는 흔히 말하는 태교는 전혀 하지 않았지만 첫째 때보다 더 만족스러운 긍정 육아를 할 수 있었고, 이것은 지금도 진행 중입니다. 둘째 이상 낳은 분들은 대부분 동감할 것입니다.

결국 태교의 본질은 엄마가 되는 마음가짐을 다지는 것입니다. 그 방법은 집안 분위기, 성격, 환경에 따라 다르겠지만 중요한 것은 태교의 목적을 아이를 인위적으로 어떻게 키울 것인지가 아닌 부모로서의 준비에 두는 것입니다.

긍정 육아의 시작

부모 되기 공부에는 왕도가 없습니다. 사람에 따라 지향하는 바와 해결하는 방법이 다르기 때문입니다. 하지만 목표가 확고하다면 세부 사안은 유연성 있게 적용할 수 있습니다. 이러한 '자가 태교법'은 결코 거창하지 않습니다. 일단 생각만 하고 부부간에 대화만 나누어도 이루어집니다. 전혀 생각하지 않다가 갑자기 일이 눈앞에 닥치는 것과는 차원이 다릅니다.

대부분의 예비 부모들은 당장 분만을 어떻게 할지, 출산 가방은 어떻게 꾸릴지를 고민하지만 그런 것들은 입원할 때 순식간에 지나가는 별것 아닌 일입니다. 정말 준비해야 할 일들은 아이를 직접 돌보는 시기부터 발생합니다.

그렇기 때문에 태교의 초점을 부모에게 맞추고 많이 공부해야 합니다. 태교는 엄마 혼자가 아니라 부부가 같이해야 합니다. 아빠가 태교 동화를 읽어주는 데서 만족하지 않고 어떤 아빠가 될지도 함께 고민하면 더 좋습니다.

우리 아이는 남이 키워주지 않습니다. 다른 사람이 제시한 가이드라인을 따르다가 오히려 역효과를 낼 수도 있습니다.

준비한 대로, 생각대로 되지 않는 것이 또한 육아입니다. 그런 돌발 상황에 어떻게 대처할지, 그 기준을 정하는 것이 긍정 육아의 핵심입니다.

긍정 육아의 시작은 태교입니다. 아이를 가르치고 원하는 방향으로 움직이기 위해서가 아니라 부모가 되기 위해 스스로 바뀔 준비를 하는 태교부터 시작하세요.

이거 정말 필요할까?

출산 준비에 돈이 많이 드는 이유

비싼 물건을 사든 저렴하게 사든 그것은 각자의 선택입니다. 똑같은 품목이라도 백화점, 마트, 인터넷 쇼핑몰에 따라 가격이 다릅니다. 또 질 좋은 물건을 주변에서 물려받을 수도 있습니다. 다들 형편에 따라 하는 것이지 정답은 없습니다.

중요한 것은 스트레스를 받거나 아기한테 미안해하지 않는 자세입니다. 따지고 보면 백화점 물건도 중국 OEM이 많고, 갓 태어난 아기는 명품인지 물려받은 것인지 알 리도 없습니다. 제 아이들은 사촌 오빠 셋이 10년 넘게 물려 입은 옷을 입혀줘도 좋다고 웃었습니다. 그게 아이들이지요.

아기한테 미안해할 것은 따로 있습니다. 아기가 우는데 안아주지 않거나, 놀아달라고 하는데 무시하거나, 어른에게 받은 스트레스를 아기에게 푸는 것입니다. 물질적인 것으로 천진한 아기에게 미안함을 느낄 필요는 티끌만큼도 없습니다. 아기가 자라 학생이 되었을 때도 남들보다 물질적 혜택을 덜 준다고 미안해할 필요는 없지 않을까요?

출산 용품은 아기가 필요한 것이 아닙니다. 냉정히 말하면 엄마가 편하기 위해 사는 게 대부분입니다. 예를 들어 기저귀도 오물이 옷이나 이불에 묻으면 생기는 어른들의 번거로움을 덜어주는 것이지 아기 입장에서 필요한 물건이 아닙니다. 기저귀 발진이 왜 생기는지 생각해보세요. 실제로 기저귀 발진을 치료하는 가장 좋은 방법은 기저귀를 채우지 않고 엉덩이를 공기에 노출해서 건조시키는 것입니다.

아기한테 정말 필요한 것은 단순합니다. 몸을 보호할 천 한 장, 엄마 품과 엄마 젖, 깨끗이 씻을 물만 있으면 그만입니다. 물론 엄마에게 필요한 물품도 중요하지요. 하지만 준비물에 집착하지 않아도 됩니다. 남들이 준비하는 출산 용품이라고 나도 다 갖출 필요는 없다고 생각하면 마음이 편안해집니다.

"애 낳는 데 돈이 너무 많이 들어!" 하며 죄 없는 아기를 탓하지 말고 절약할 방법을 찾으면 반드시 길이 있습니다.

적게 준비할수록 행복한 아기

아기는 엄마만 있으면 더 바랄 게 없습니다. 형편이 넉넉하다면 이것저것 사줘도 좋겠지만, 무리하면서까지 아기 용품에 과다 지출하지 않아도 됩니다.

요즘에는 엄마들이 바운서를 많이 장만합니다. 국민 바운서라는 이름까지 붙었으니 없으면 안 될 것 같은 분위기지요. 물론 있으면 엄마도 편할 테니 사는 게 잘못은 아닙니다.

가만히 생각해보면 그런 용품의 용도는 '엄마가 편하게 아기를 떨어뜨려 놓게 하는' 것입니다. 대가족 문화가 해체된 현실에서 이렇게 엄마를 도와주는 서양식 육아 용품은 사막의 오아시스처럼 고맙기도 합니다.

하지만 없어서는 안 될 필수품처럼 유행하는 현상은 달갑지 않습니다. 적어도 그런 용품을 사주지 못해서 아기한테 미안해할 필요는 없습니다. 남들보다 한 번 더 아이를 안아줄 수 있으니 더 잘된 일이라고 생각한다면 아쉬움은 사라질 것입니다.

결론적으로 남들이 다 사니까 나도 사야겠다는 마음이 아니라 내 상황에 이 물건이 필요하다는 판단이 우선입니다.

그런데 엄마가 너무 힘들고 아기가 무거워서 손목에 무리가 간다면 어떡해야 할까요? 이럴 때는 누워서 아기를 안아주세요.

아기도 편하고 엄마도 편합니다. 또 앉아서 안아주면 신생아는 가벼워서 다리가 저리지 않습니다. 아기를 오래 안아주면 손 탄다는 옛말도 있지만, 제 아이들은 신생아 시절 아낌없이 안아주었더니 분리 불안이 없어서인지 6개월 이전부터 엄마가 시야에 없어도 안정적으로 잘 놀았습니다. 개인차가 있겠지만 저는 손 탄다는 속설을 믿지 않습니다.

저는 신생아 카시트를 바운서 겸용으로 사용했는데 제법 유용했습니다. 그래서 신생아용 카시트를 장만한 것이 전혀 아깝지 않았습니다. 차를 탈 때는 안전하게, 집에서는 벨트를 채워 잠깐 눕히는 용도로 활용했습니다.

만약 바운서나 흔들 침대가 없어서 너무 힘들다면, 그때 사면 됩니다. 엄마가 정말 필요하다고 느끼는 물건은 아무리 비싸도 분명히 제값을 하니까요.

아이를 낳기 전에 사이즈가 작은 옷을 너무 많이 사두면 아이가 쑥쑥 크는 바람에 미처 입히지 못하고 지나갑니다. 준비할 때와 계절이 달라 활용하기 힘든 경우도 많습니다. 이런 점을 고려해 선물 받은 물품도 적절히 교환하는 것이 좋습니다. 저는 남에게 출산 선물을 할 때 조금 비싸더라도 영수증 없이 교환할 수 있는 백화점에서 사주곤 합니다.

특히 둘째 이상 키우는 엄마들이 아기 옷에 대해 들려주는 조언에 귀를 기울이세요. 둘째를 키우는 엄마 중에서 80 사이즈 옷을 90 이상으로 바꿔보지 않은 사람은 없을 것입니다.

결국 아기가 몇 kg으로 태어나느냐에 따라 한 번도 입지 못하는 옷이 생깁니다. 초음파로는 작다고 했는데 막상 낳아보면 아기가 클 때도 많습니다. 특히 외국 브랜드는 사이즈가 작게 나오기도 하므로 충동구매는 자제하세요. 아기가 태어나면 개월 수에 맞춰 물려받거나 구입하세요.

육아 용품은 출산 후 장만

요즘 같은 쇼핑 천국 시대에는 인터넷으로 주문하면 하루 만에 배송되므로 서두를 필요가 없습니다. 주변에서 경험자들이 많이 조언하겠지만, 남들이 다 산다고 미리 샀다가 후회하는 것이 꽤 많습니다.

그런데 이 부분은 개인차가 상당히 큽니다. 인터넷 육아 카페에서는 특정 물건이 필요한가를 두고 자주 공방이 벌어집니다. 하지만 A가 이런가 하면 B는 저렇고, 나는 또 어떨지 눈앞에 닥치기 전에는 알 수 없습니다.

특히 첫아이를 키우는 경우, 직접 겪어보기 전에는 자신의 성향을 알기 힘듭니다. 엄마도 그런데 하물며 아직 세상에 나오지도 않은 아기의 취향을 알 수는 없지요.

그렇다면 어떻게 하는 게 좋을까요? 일단은 사지 않고 기다리는 것입니다. 나중에 필요하면 그때 사면 되고, 또 필요하지 않으면 안 샀으니 돈도 아낄 수 있습니다. 어쨌든 미리 사는 것보다는 사지 않는 것이 경제적으로 바람직합니다.

어떤 사람들은 '미리 준비하지 않았으면 큰일 날 뻔했다'고 말하지만, 사실 하루 이틀 또는 몇 시간 늦는다고 큰일 나는 육아 용품은 거의 없습니다. 거듭 말하지만 아기 입장에서는 엄마만 있으면 그만입니다.

물론 출산으로 경황이 없는 상황에 의연히 대처할 수 있게 도와주거나 엄마의 편의를 위해 필요한 물품도 당연히 있습니다.

미리 준비해야 할 출산 용품

여기에서는 잡지나 육아 정보 매체에서 소개하는 보편적인 출산 준비 용품이 아니라 제 경험을 바탕으로 이야기하고자 합니다. 저는 되도록 많이 물려받고 최소한의 물건만 사려고 노력했습니다. 첫째 때 아기를 낳기 전에 준비한 물건은 다음과 같습니다. 둘째와 셋째 때는 정말 준비할 것이 없었습니다.

신생아 의류

언니에게 많이 물려받아서 준비할 필요가 없었지만, 기분은 내고 싶어서 배냇저고리 두 벌과 모자는 직접 만들고 우주복 두 벌을 샀습니다.

배냇저고리는 거의 50일 이전에 작아졌습니다. 한 달이 되기 전에 배냇저고리를 입히지 못할 만큼 자라는 아기들도 많습니다. 아기가 젖을 넘길 때도 많고 대변도 많이 새는 시기라서 배냇저고리가 많아도 상관없지만, 그런 만큼 비싼 것으로 살 필요는 없습니다. 아기가 아주 어릴 때 잠깐 입히는 옷이어서 지인들이 사용한 것도 새 것처럼 깨끗하니 되도록 많이 얻으세요.

우주복은 첫아이가 겨울에 태어나서인지 아주 유용했습니다. 배가 드러나지 않고 카시트에 태울 수 있어 훨씬 편했습니다. 아기가 여름에 태어난다면 꼭 필요하진 않습니다. 옷은 특히 계절에 맞춰서 준비해야 합니다.

수유 용품

수유 패드 한 상자만 준비했습니다. 매장에서 준 준비 리스트에는 젖병, 분유, 젖꼭지 솔, 젖병 솔, 젖병 집게, 소독기 등 수유 관련 품목이 정말 많았습니다. 하지만 그런 것들을 모두 사진 않아서 최소 15만 원은 절약한 것 같습니다.

사실 수유 패드도 가제 수건으로 충분히 대신할 수 있었습니다. 모유량에 따라 필요 없는 사람도 있으니 굳이 미리 장만하지 않아도 됩니다.

모유 수유를 할 계획이라면 수유 용품을 아예 준비하지 않는 게 낫습니다. 그만큼 독하게 마음먹어야 모유 수유에 성공할 가능성이 높아집니다. 꼭 필요하다 싶으면 그때 구입해도 하루 만에 배송되고, 또 모유 수유에 성공한다면 수유 용품을 사지 않은 것이 훨씬 잘한 일이 되겠지요.

참고로 저는 유축기를 출산 후 병원에서 급히 샀습니다. 신생아 황달 때문에 아기가 하루 광선 치료에 들어갔기 때문입니다. 나중에 직장에 복귀할 예정이라면 유축기는 미리 장만해두면 좋습니다.

외출 · 침구 용품

아기띠는 제 성격상 외출을 많이 할 것 같아 미리 구입했습니다. 솔직히 미리 살 필요는 전혀 없습니다. 어쨌든 생후 한 달은 지나야 신생아용 아기띠를 하고 다닐 만하니까요. 일반적으로 아기띠는 4개월 이상 자란 뒤에 하는 것이 좋습니다. 제품마다 적당한 사용 시기가 다르므로 구입하기 전에 따져보세요.

병원에서 퇴원해 집으로 이동할 때 쓰기 위해 신생아용 카시트도 구입했습니다.

유모차는 출산 전에 구입하지는 않았는데, 저처럼 산후조리가 끝나자마자 외출하려는 엄마라면 출산 전에 구입하는 것도 좋습니다. 아기를 안고 다니기보다는 유모차로 이동하는 것이 안전합니다. 저는 바구니 카시트를 얹어서 쓸 수도 있는 모델을 구입해 셋째까지 잘 썼습니다. 평평한 곳에서는 아이 셋 모두 앞뒤에 매달려서 가기도 했죠. 휴대용 모델, 2인승 모델도 있으니 각자 현명하게 구매하세요. 그런 의미에서 출산 후 자신의 육아 성향을 확인하고 구입하는 것이 현명합니다. 참고로 중저가 유모차도 좋은 제품이 많습니다.

겉싸개, 요, 이불은 중고로 모두 3만 원 정도에 장만했습니다. 새것으로 장만하자면 고가의 제품이지만 물려받거나 중고 용품을 사도 괜찮으니 각자의 취향과 경제 사정에 맞춰서 결정하세요.

속싸개는 신생아에게 꼭 필요하고 자주 갈아줘야 하므로 미리 준비해야 합니다. 저는 배냇저고리와 마찬가지로 언니가 여러 장을 물려줘서 사지 않았습니다. 5년이 넘은 속싸개였지만 아무 문제 없었습니다.

목욕 관련 용품

새로 준비한 것은 없습니다. 욕조는 언니에게 물려받았습니다. 새것으로 사려면 제법 비싼 편이지만 물려받아 써도 충분합니다.

물비누와 로션은 준비하지 않았습니다. 어차피 신생아는 비누를 쓰지 않는 것이 좋으니까요. 소아청소년과 전문의들에 따르면 대부분의 신생아는 아무것도 바르지 않아도 좋다고 합니다. 아기에 따라 보습 로션이 꼭 필요하면 진찰할 때 전문의가 먼저 권해 줍니다.

화장품류는 유통기한도 있으니 필요할 때 사는 것이 가장 좋습니다. 필요하면 당장 가까운 슈퍼마켓에서도 살 수 있고, 인터넷으로 주문하고 하루 이틀 기다려도 큰일 나지는 않으니까요.

아기용 타월도 물려받아 썼습니다.

탕온계는 사용하지 않아도 목욕시키는 데 아무 불편이 없다는 것을 조카 셋을 보며 경험했기 때문에 당연히 준비하지 않았습니다. 초보 엄마들 중에는 유용하게 쓰는 경우도 많으니 스스로 판단해 구입하세요.

온습도계는 망설이다가 구입하지 않았습니다. 제가 수치에 집착하는 유형도 아니고 아이들도 온습도에 민감한 편이 아니었습니다. 온습도계 또한 아이에 따라 반드시 필요한 경우도 있으니 출산 후 상황에 따라 구입하면 됩니다.

체온계는 갑작스러운 발열에 대비해 하나쯤 있어야 합니다. 체온은 아이 건강의 척도이므로 항상 준비해두어야 합니다. 어른에게도 필요하고요.

저는 귀 체온계의 오차를 경험한 적이 있어서 시간이 조금 더 걸리더라도 겨드랑이에 껴서 재는 1만 원대의 전자 체온계를 준비했습니다. 수은 체온계는 파손 위험이 있어 어린아이가 있는 집에서는 바람직하지 않습니다.

위생 용품 및 기타 용품

천 기저귀는 사활을 걸고 준비했습니다. 쓰기 전에는 좀 망설여졌지만 도전하기로 결심하고 30장 이상 구비했습니다. 자칫 어정쩡한 양을 준비했다가 종이 기저귀에 익숙해져서 실패할까봐 많이 준비했지요.

가제 수건은 다다익선인 필수 용품이라 마트에서 저렴하게 장만했습니다. 나중에 생각하니 인터넷으로 샀어도 별 지장 없었을 듯합니다. 요즘은 인터넷 쇼핑몰의 상품도 믿을 만하니까요. 가제 수건은 다른 출산 용품을 구입하면 사은품으로 많이 얻을 수 있습니다.

물휴지의 경우 첫째 때는 병원 매점에서도 살 수 있는 품목이라 따로 준비하지 않았지만 둘째 때부터는 미리 장만했습니다.

유통기한이 있으니 너무 많이 사놓을 필요는 없습니다.

초점책 역시 미리 살 필요가 없었지만 아이를 맞이한다는 기분을 내고 싶어 서점에서 직접 구입했습니다. 그런데 예상 외로 아이가 생후 9일부터 잘 들여다보아서 놀랐습니다. 첫째 때는 무엇을 해줄지 고민하다가 초점책을 보여주며 은근히 뿌듯해하곤 했습니다. 생후 한 달 이후에 보여주어야 한다는 것이 정설이지만, 일찍 본다고 아이에게 특별히 해가 되지는 않습니다. 물론 보여주지 않는다고 큰일 나는 것도 아니지요.

흑백 모빌은 바느질 태교도 할 겸 직접 만들었고, 컬러 모빌은 나중에 두 개나 선물 받았습니다. 둘째부터는 모빌을 첫째 때보다 훨씬 덜 달아줬지만 별로 아쉽지 않았습니다. 셋째는 모빌을 한 번도 걸어주지 않았습니다. 부모 외에도 항상 눈을 맞춰줄 언니, 오빠가 있는 둘째 이후 아이들은 모빌이 없어도 무방합니다.

기저귀 세탁용 세제는 천 기저귀를 쓰기로 결심했기 때문에 구비했습니다. 하지만 유연제는 장만하지 않았습니다. 유연제는 마지막 헹굼 물에 넣는 것이어서 유아용이라도 아기한테 좋을 게 없다고 생각했습니다. 실제로 유연제는 섬유의 흡수력에 지장을 주기도 합니다. 섬유가 뻣뻣한 게 걱정이라면 식초나 구연산 등을 이용하는 방법도 있습니다.

특별한 준비

세탁조 청소는 천 기저귀나 아기 옷을 빨기 위해 꼭 미리 해두고 싶었습니다. 전문가를 불러 세탁기를 분해해서 청소하거나, 전용 세제를 구입해 청소하는 방법이 있습니다. 각자에게 맞는 방법을 택하세요.

자동차 실내 청소도 했습니다. 부부가 모두 외출을 좋아해서 아이가 태어나자마자 차에 탈 일이 많을 테니 차 안의 환경을 쾌적하게 만드는 것이 중요했습니다. 둘째 이후부터는 손위 형제의 일정을 따라가기 위해 아이가 차에 오를 일이 더 많아졌습니다.

아기 방은 따로 꾸미지 않았습니다. 전세로 살다보니 방을 꾸미는 데 큰 의미를 두지 않았고, 조카들이 크는 걸 보면서 아기는 엄마 옆에 있어야 한다는 사실을 일찌감치 깨닫기도 했습니다. 이 부분은 각 가정의 문화에 따라 선택이 달라지리라 봅니다.

개인적으로는 큰아이가 8개월이 될 때서야 카메라를 장만했는데, 미리 준비하지 못한 것이 아쉬움으로 남습니다. 일반 디지털 카메라보다 아기가 훨씬 예쁘게 나오는 카메라로 스튜디오 사진 부럽지 않은 추억을 남길 수 있습니다. 10년 이상 유용하게 쓸 수 있는 카메라에 투자하는 것은 권할 만합니다. 하긴 요즘은 아이를 가지기 훨씬 전부터 카메라 등에 투자하는 부부들이 많아서 이런 조언이 무색하네요.

건강한 몸을 위한 준비

출산 전에 운동을 해두라는 조언은 여기저기에서 자주 듣는 말입니다. 자연분만을 하기 위해서뿐만 아니라 이후 아이를 키우기 위한 체력을 비축하기 위해서라도 운동은 꼭 필요합니다. 수술 분만 후에도 빠른 회복을 위해 운동이 필요합니다.

걷기 운동은 분만과 기초 체력 증강을 위해, 팔·손목 근육 강화 운동은 육아를 위해 권합니다. 아이를 키우다보면 손목이 아프다고 호소하는 사람들이 많습니다. 요즘에는 예전과 달리 평소에 무거운 물건을 옮기거나 손빨래, 밭일 등을 하지 않습니다. 그런데 아이를 낳고 나면 그동안 쓰지 않았던 팔근육을 갑자기 무리해서 쓰게 됩니다. 미리 운동해서 손해 볼 일은 없습니다. 가벼운 아령을 들거나 페트병에 물을 적당히 채워 드는 운동을 추천합니다.

저는 출산하기 전에는 미처 몰랐지만 출산 직후 누워 있지 않고 열심히 운동을 한 덕분에 별 무리 없이 아이를 키웠습니다. 첫째를 숱하게 안아봐서 그런지 둘째는 오히려 가볍다고 생각하며 키웠습니다. 셋째는 물론 더 가벼웠고요.

운동은 여러 의미에서 중요합니다. 원래 운동을 하던 엄마라면 과하지 않은 수준으로 계속하면 됩니다. 평소 운동을 하지 않았던 엄마라면 조금 숨이 차는 정도로 시작합니다. 걷기 운동은 허리와 엉덩이 및 하체의 근육을 단련하는 데 도움이 되는데, 바른 자세로 걷는 것이 중요합니다. 팔자걸음이나 구부정한 자세로 걸으면 오히려 무릎에 좋지 않습니다. 바른 자세로 걷기 운동을 하면 분만도 순조롭고 진통을 줄이는 데도 효과가 있습니다.

건강한 마음을 위한 준비

분만 예정일이 얼마 남지 않은 대부분의 초산모들은 '좋은 엄마가 되어야겠다'는 의욕이 넘칩니다. 그런데 그 의욕이 오히려 좋은 엄마가 되는 길을 방해하기도 합니다.

질문 하나를 해보겠습니다.

여러분은 좋은 엄마, 아빠가 되지 못할 사람인가요?

아마도 '그렇다'고 답할 사람은 없겠지요. 적어도 지금 이 책을 읽는 분 중에는 한 명도 없을 것입니다. 좋은 엄마, 아빠가 되지 않을 것이라고 생각하면서 육아 책을 읽을 사람은 없을 테니까요.

그렇습니다. 이미 여러분은 좋은 부모가 될 자질을 갖추고 있습니다. 다만 좋은 부모의 모습이 뚜렷이 그려지지 않아 스스로에 대한 의구심과 두려움이 있을 뿐입니다.

좋은 부모가 되기 위해 고민하는 모습은 아름답습니다. 하지만 그 고민이 지나쳐서 욕심이 되면 오히려 역효과를 내고 맙니다. 과욕으로 자녀의 미래를 망친 부모에 대한 일화나 드라마가 괜히 흔한 게 아닙니다.

남들보다 나은 부모가 되려고 하지 마세요. 마찬가지로 남들보다 뛰어난 아이를 만들려고 하지도 마세요. 뭔가를 자꾸 놓치는 것 같고, 뭔가 더 해줘야 한다는 마음에 줄기차게 고민한다면 다시 한 번 초심으로 돌아가세요. 아이가 배 속에서 무럭무럭 잘 자라는 것만으로도 감사하던 그때로.

좋은 부모가 되기 위해 고민하는 시간은 분명 값지지만, 고민을 넘어 두려움으로 시간을 소모할 필요는 없습니다. 중요한 것은 부모가 될 자신이 행복해지기 위해 노력하는 것입니다. ‘엄마가 행복해야 아이도 행복하다’는 말은 이제 육아의 공식입니다.

어떻게 해야 부모로서 행복할까요? 역시 ‘마음이 건강한’ 부모가 되는 것입니다. 그리고 건강한 마음을 갖는 첫걸음은 욕심을 버리는 것입니다.

난산이었다거나 가족과 마찰이 있었다거나 병원에서의 불미스러운 일로 산모가 우울해하는 경우가 종종 있습니다. 하지만 그런 것들은 새로 탄생한 생명과 비교하면 너무 사소한 일입니다. 짜증나는 일이 생길 때는 이렇게 생각해봅시다. '누가 뭐래도 내가 세상에서 가장 행복해! 나는 정말 대단해!' 이것만이 분명한 사실입니다. 힘을 내세요. 당신은 이제 엄마입니다!

출산 전, 미리 알면 좋은 것들　3

중요한 사실은 아기와 함께라는 것

출산 후, 의미 없는 걱정들

자연분만이든 제왕 절개든 방법은 중요하지 않습니다. 제왕 절개를 세 번이나 한 경험자로서 당당히 말할 수 있습니다.

출산 직후 어떤 상황에서도 긍정이 가득해야 한다는 것, 그것이 최우선입니다. 자연분만과 제왕 절개의 차이와 장단점을 논하는 이들도 있지만, 일단 산모와 아기가 건강하게 퇴원했다면 출산 방법은 이제 아무런 의미가 없습니다.

'의미가 없다'는 표현이 자연분만의 우수성을 주장하는 사람들에게는 불편하겠지만 정말입니다. 출산 방법은 육아에 영향을 끼치지 못합니다. 그래서도 안 되고요.

자연분만이 가장 좋은 분만법임에는 의심의 여지가 없지만 제왕 절개를 했다고 반드시 나쁜 것도 아닙니다.

조산원이나 가정에서 자연분만을 했다고 육아가 항상 즐겁고 고민도 없을까요? 아닙니다. 반대로 대학 병원에서 제왕 절개 수술을 했다고 육아가 가시밭길인 것도 아닙니다. 어차피 시간이 지나면 과거의 기억으로 사라질 분만법에 필요 이상으로 집착하면 오히려 행복한 육아에 걸림돌이 됩니다.

분만은 아이와 처음 만나는 순간입니다. 평생 잊지 못할 일생일대의 사건이지요. 그러니 아이를 처음 만난 순간을 기억해야지, 분만법에 대한 고민이 무슨 의미가 있을까요.

저는 첫째 때 양수가 터지고 25시간 동안 진통을 한 뒤 자궁문이 10cm까지 열렸지만 아이 머리가 내려오지 않아 제왕 절개를 했습니다. 셋째까지 제왕 절개로 출산하고, 모두 모유 수유를 했고, 아이를 키우면서도 신체적으로나 정신적으로 아무 지장이 없었습니다. 시간이 흐른 지금도 자연분만보다 몸이 조금 더디게 회복된 점 말고는 분만 방법에 대해 전혀 유감이 없습니다. 이후 육아에도 큰 영향을 끼치지 않았다고 자신 있게 말할 수 있습니다.

인터넷 육아 카페를 보고 있으면 아이를 수술로 낳으면 좋지 않다는 속설을 믿고 자연분만을 꿈꾸다가 피치 못할 사정으로 수술한 뒤 산후 우울증에 시달리는 분들의 글이 종종 올라옵니다. 죄책감을 느끼거나 후회하는 분들도 적지 않습니다. 하지만 그런 고민이 무슨 의미가 있을까요? 이미 아이는 세상에 나와서 잘 자라고 있습니다.

분만 방법 외에도 난산이었다거나 가족과 마찰이 있었다거나 병원에서 불미스러운 일이 있었다거나 해서 산모가 우울해하는 경우가 있습니다. 하지만 그런 것들은 새로 탄생한 생명과 비교하면 너무 사소한 일입니다. 물론 당시에는 억울하고 화풀이도 하고 싶지만, 더 중요한 것이 무엇인지 생각해보면 답은 명백합니다.

신생아는 아직 너무 연약해서 황달이 올 수도 있고, 나중에는 별것 아닌 일도 그 당시에는 마음 졸이게 하는 증상을 보이기도 합니다. 이때 부모의 가슴은 타들어가지요. 하지만 그렇다고 해서 걱정과 분노만 머릿속에 담고 있을 수는 없습니다. 한 생명을 키워내야 하는 부모가 되었으니까요.

출산 직후, 긍정이 가득해야 하는 이유는 의외로 단순합니다. 여러분은 이미 한 생명을 배 속에서 무사히 길러 세상에 나오게 했고, 그것은 분만 방법이나 주변 상황과는 아무 상관없이 무조건 기뻐해야 마땅한 사건입니다. 경이로움 자체를 여러분이 몸소 이뤄낸 것입니다.

때로는 피해 의식 속에 숨어 세상을 외면하는 것도 위로가 됩니다. 하지만 아이를 키우는 데에는 결코 좋은 해결책이 아닙니다.

적어도 무사히 출산했다면 어떤 난관이 닥치더라도 이렇게 생각해봅시다.

'누가 뭐래도 내가 세상에서 가장 행복해! 나는 정말 대단해!'

그것은 분명한 사실이고 진리입니다. 누구도 부정할 수 없습니다. 힘을 내세요. 당신은 이제 엄마입니다!

모자 동실의 장점

저는 모자 동실을 하면 엄마가 힘들다느니, 출산 직후에는 젖이 나오지 않아서 데리고 있을 필요가 없다느니 하는 편견에 반대합니다. 실제로 모자 동실을 자세히 다룬 책도 보지 못했고 인터넷에는 모자 동실이 나빴다는 후기도 많이 보입니다.

저는 아이 셋 모두 출산 직후부터 모자 동실을 했는데, 그 덕분에 모유 수유도 수월했고 아이와의 교감도 빠르게 형성할 수 있었습니다. 남편도 아이가 있는 병실에서 함께 있으며 수월하게 적응했습니다. 물론 모자 동실을 반대하는 사람들은 나름대로 이유가 있겠지만, 찬성하는 사람들이 없어서 인터넷에 좋았다는 얘기가 없을까요? 인터넷에 이 세상 모든 사람들의 의견이 있지는 않습니다. 더 적극적으로 의견을 표현하는 이들이 있고 그렇지 않은 사람들도 있지요. 모자 동실 덕분에 모유 수유에 쉽게 성공했다고 말하는 사람들도 많습니다.

현대식 병원 시스템이 생기기 전, 산모는 당연히 아기와 함께 지냈습니다. 그런데 요즘은 산모의 회복을 돕는다는 취지에서 신생아실에 아기를 따로 두는 것이 일반화되었습니다.

언뜻 생각하면 참 좋은 일입니다. 실제로 인터넷 카페 등에서 모자 동실에 반대하는 산모의 비율도 높습니다. 이런 의견을 많이 접한 초산모들은 막연한 두려움으로 모자 동실에 대한 부정적 조언을 받아들이는 경향이 있습니다.

그런데 과연 갓 태어난 아기를 격리해야만 산모의 회복에 도움이 될까요? 정말 산후조리가 안 돼 평생 고생할까요? 모자 동실을 하지 않은 산모는 모두 산후조리가 잘되고 육아가 순탄할까요? 모자 동실을 한 산모는 건강이 나빠져서 육아가 가시밭길일까요?

누구도 무조건 그렇다고 대답할 수 없습니다. 결국 산모의 마음가짐에 따라서 답은 달라집니다.

저는 아이 셋 모두 모자 동실을 했고, 조금도 후회한 적 없습니다. 오히려 출생 직후 이런저런 검사를 한다고 처음부터 모자 동실을 하지 못한 둘째 출산 때 더 불안함을 느꼈습니다. 조금이라도 빨리 아기의 얼굴을 보고 젖을 물리고 싶다는 생각에 외부의 방해가 마뜩지 않았습니다. 제가 모자 동실을 지지하는 이유는 이렇습니다.

- 모유 수유를 안정화하는 데 이보다 더 좋은 방법은 없습니다. 신생아실에 격리되어 우유병과 인공 젖꼭지로 분유나 유축된 모유를 먹다보면 모유 수유는 더욱 어려워집니다.
- 아이와 조금이라도 더 빨리, 가까이 마주하면 더욱 수월하게 유대감이 형성됩니다. 갓난아이라도 신생아실에 혼자 누워 있을 때와 엄마 옆에 붙어 있을 때의 차이를 분명히 느낍니다.

요즘은 출산 후 병원에서 나오면 곧장 산후조리원으로 들어가는 산모가 많습니다. 일반적으로 산후조리원에서 2주 이상 아이와 격리되어 생활하다가 집에 오면, 진작 모자 동실을 하며 아이와 팀워크를 다진 산모에 비해 당혹감을 느낄 가능성이 큽니다. 모유 수유는 말할 것도 없고 아이를 보는 전반적 상황 하나하나에 어려움을 느끼는데, 이런 어려움이 산후 우울증으로 이어지는 사례도 적지 않습니다.

하지만 모자 동실이 불가능한 의료 기관이나 조리원이 훨씬 많은 것이 현실입니다. 제 의견이 정답이라는 주장도 아닙니다. 다만 무조건 반대하기보다는 한 번 더 생각해보기를 바라는 마음입니다.

집에서 하는 산후조리의 조건

산후조리의 장소

일반적으로 산모들이 선택하는 방법은 산후조리원과 산후 도우미입니다. 양쪽 모두 장단점이 있습니다. 시어머니나 친정어머니, 남편과 하는 산후조리에 만족하는 이들도 있습니다.

자신의 성향을 잘 파악하고 거기에 맞은 방법으로 결정하는 것이 중요합니다. 그 과정에서 부부 외에 제삼자, 특히 시댁의 주장은 배제하세요. 앞으로 육아에서도 어른들의 개입으로 힘들어할 일이 제법 생깁니다. 산후조리 방법을 본인에 맞춰 결정하고 부모로서 독립성을 확립하는 일은 흔들림 없는 육아를 향한 첫 단추입니다.

실내 온도

뜨끈뜨끈한 방에서 꽁꽁 싸매고 산후조리를 하는 것은 옛날 방식입니다. 옛날에는 보일러도 없고, 바람을 막아주는 이중창이 있는 아파트에 살지 않았지요. 따라서 현대 주거 생활에 맞는 산후조리 환경이 필요합니다.

참고로 땀이 날 정도로 더운 환경은 산모뿐 아니라 신생아에게도 좋지 않습니다. 의료 전문가들에 따르면 적절한 실내 온도는 20~22°C 정도입니다. 최고 24°C를 넘지 않도록 하는 것이 좋습니다.

산후 운동과 자세

산후 운동을 하지 않으면 회복이 더딥니다. 수술 산모도 마찬가지입니다. 꼭 제왕 절개만이 아니라 개복수술 후 걷기 운동을 한 환자와 운동을 하지 않은 환자의 회복 상태를 비교하면 전자가 빠른 회복을 보였다는 연구 결과도 있습니다.

저는 세 아이 모두 수술로 낳고 24시간 후에는 가볍게 걷기 운동을 했습니다. 컨디션이 허락하는 한도 내에서 허리와 등 근육을 가볍게 풀어주는 스트레칭도 열심히 했는데, 그 후의 몸 상태에 만족감을 느꼈습니다.

산후 자세도 중요합니다. 쉴 때는 똑바로 누워서 쉬고 앉을 때, 특히 모유 수유를 할 때는 등이 굽지 않도록 조심하세요.

산후조리 중의 옷

면 소재가 좋지만 요즘은 기능성 소재도 잘 나오므로 상관없습니다. 긴 소매, 긴 바지를 입고 양말을 신는 것이 좋지만 여름철에는 반소매를 입거나 양말을 신지 않아도 괜찮습니다. 무더위에 땀범벅이 돼 탈진하는 것보다는 적당히 시원함을 유지하는 것이 좋습니다.

미역국과 산후 보양식

미역국은 오랜 세월 동안 검증된 우리나라의 독특한 산후 음식입니다. 미역의 효능에 대해서도 잘 알려져 있지요. 다만 과유불급 過猶不及이 되지 않아야 합니다. 아무리 몸에 좋은 음식이라도 그것만 많이 먹으면 탈이 나게 마련이지요.

모유에 좋은 성분이라고 지방질이 많은 음식을 줄기차게 먹으면 오히려 유선이 막히고 산모의 몸에도 좋지 않습니다. 어른들이 좋다고 권하는 늙은 호박이나 가물치도 너무 많이 먹으면 부종을 유발합니다.

출산 후에도 예전 몸매를 유지하고 싶다면 과유불급, 이 네 글자를 꼭 기억하세요.

목욕과 샤워

옛날 사람들은 수도꼭지만 돌리면 따뜻한 물이 콸콸 나오는 장면을 상상도 못했겠지요. 그래서 삼칠일 동안 씻지 말라고 그렇게 강조했습니다. 물의 위생 상태도 지금과는 달랐겠지요.

지금은 자연분만 후 특별한 문제가 없다면 3일 이내에 머리를 감고 가볍게 샤워를 해도 좋습니다. 제왕 절개를 해도 수술 상처가 아무는 일주일쯤 뒤에는 샤워를 할 수 있습니다. 그래도 염려가 된다면 주치의와 상의하면 되고요.

전문가들은 통 목욕, 특히 대중탕 목욕은 감염의 우려가 있으니 분만 6주 후에 하라고 권합니다. 좌욕은 자연분만, 제왕 절개 여부와 상관없이 산후조리 기간 동안 매일 하면 위생 관리도 되고 회복에 좋습니다. 산후조리원에 들어가거나 출장 산후 도우미가 있다면 거품이 발생하는 좌욕기를 사용하므로 걱정이 없습니다. 도우미 없이 집에서 산후조리를 한다면 끓여서 식힌 물을 스테인리스 대야에 붓고 10~20분쯤 거품 없이 좌욕하는 방법도 있습니다. 좌욕기만 대여하는 업체도 있으니 참고하세요.

집안일의 시작

산모에 따라 직접 집안일을 해야 직성이 풀리는 사람이 있고, 집안일은 쳐다보기도 싫은 사람도 있습니다. 그러니 본인이 원하는 시기에 시작하면 됩니다.

손에 물도 대지 말고 설거지나 빨래도 하지 말라던 시대에는 뜨거운 물이 나오지 않았고, 세탁기나 식기세척기도 없었습니다. 저는 컵 씻기 등의 가벼운 설거지, 천 기저귀 애벌빨래 같은 것은 산후 일주일쯤 지나서부터 했습니다. 하지만 지금까지도 산후조리가 안 되었다는 생각은 전혀 들지 않습니다.

외출의 시작

따뜻한 계절이라면 산후 일주일쯤 지나서 베란다나 가까운 공원까지 나갈 수 있습니다. 아기를 낳은 뒤에는 집 안에만 있어야 한다는 것 또한 편견입니다. 사실 둘째 이후부터는 추운 계절에도 큰아이의 등하원을 챙겨야 합니다. 그러니 각자 상황에 맞춰 지내면 됩니다.

일반적으로 병원에서 출산한 사람은 2~3주 뒤 산모 검진 겸 아이 예방접종을 위해 진료를 받으러 갑니다. 그 시기를 첫 외출로 생각하면 됩니다.

신생아를 생각한다면 50일까지는 되도록 집 안에만 있는 것이 바람직합니다. 물론 그것도 둘째를 낳은 사람에게는 허락되지 않지만요. 저와 제 주위의 많은 엄마들은 50일경부터 활발히 외출을 했습니다. 주로 자가용을 이용해 공공장소가 아니라 친척 집이나 친구 집 등 편한 곳을 다녔지요. 그래도 아이들은 모두 건강하게 잘 자랐고 엄마도 건강합니다.

오로 관리

개인차가 있지만 출산 후 3~5주 정도는 생리혈과 비슷한 오로가 나옵니다. 그래서 많은 산후조리 프로그램에서 좌욕을 권하는데, 염증은 언제나 조심해야 합니다.

산후조리 기간에는 한 달 내내 생리대를 하고 있어서 불편합니다. 최근에는 면 생리대가 많이 보급돼 세탁의 번거로움을 감수하고 면제품을 사용하는 경우도 있습니다. 사용해보니 번거롭기는 해도 몸에 편한 것은 분명합니다.

저는 오로 양이 줄어 겉옷까지 배어나지 않을 때는 패드나 면 생리대도 쓰지 않았습니다. 면 생리대를 손으로 빠느니 차라리 4시간 간격으로 팬티를 자주 갈아입고 애벌빨래하는 것이 통풍에도 훨씬 좋았습니다.

산모가 우울해지는 이유

가장 중요한 것은 산모의 자존감

산모의 자존감이 높으면 우울증에 걸릴 가능성은 훨씬 줄어듭니다. 최근 육아 전문가와 정신과 전문의들이 '아이의 자존감'의 중요성을 강조하는데, 아이의 자존감에 앞서 갓 출산한 산모의 자존감이 정립돼야 합니다. 책을 봐도 엄마의 자존감이 튼튼해야 아이의 자존감도 건강하게 형성된다는 설명이 나옵니다. '산모의 자존감 확립'은 이른바 잘 끼운 첫 단추입니다. 이는 산후 우울증을 방지하는 가장 중요한 조건입니다.

저는 첫아이 때 25시간이나 진통을 하고도 수술했기 때문에 출발이 별로 좋지 않았습니다. 아이가 건강하게 나온 것만으로 감사하며 넘기려고 했지만, 남들은 자연분만을 하는데 나는 못했다는 것이 억울하기도 했습니다. 그래서 더 천 기저귀를 열심히 썼던 것 같습니다. 천 기저귀를 쓰고 모유 수유라도 성공해서 내가 인정받을 만한 엄마라는 것을 보여주고 싶었습니다.

아이를 셋 키우는 지금, 천 기저귀나 모유 수유보다 중요한 것이 바로 엄마의 자존감이라는 사실을 깨닫고 있습니다. 육아 방식이 자존감을 형성하는 수단이 될 수는 있지만 목적이 되어서는 안 됩니다.

다음은 제가 5년여 동안 육아 커뮤니티를 분석하며 정리한 산후 우울증을 유발하는 원인들입니다. 미리 각오하고 자신만의 기준을 마련한다면 무력감과 시행착오를 줄일 수 있을 것입니다.

산후 우울증의 원인과 극복

주위의 말에 예민해질 때

아무리 가족이 걱정하며 건넨 말이라도 전혀 도움이 되지 않을 때가 많습니다. 산모의 성격에 따라 대수롭지 않게 넘길 수도 있지만 대범했던 사람도 출산 후에는 예민해집니다. 바로 호르몬 때문이지요. 본래 성격이 예민한 산모는 더 힘듭니다.

이때 주위에서는 입을 다물고 산모의 뜻을 존중해주어야 합니다. 수고했다는 말, 아기가 참 예쁘다는 말 외에는 하지 않는 것이 가장 현명한 대응입니다.

출산 전의 예비 엄마는 다음 말을 꼭 명심하세요.

"나를 속상하게 하는 말을 들어도 한 귀로 듣고 한 귀로 흘려버리자! 빈 수레가 요란한 법, 잘 모르는 사람들이 이러쿵저러쿵 떠들어대는 간섭에 흔들릴 필요 없다. 아이를 키우는 사람은 바로 나다."

어려운 시어른이 무슨 말을 해도 눈치 볼 필요가 없습니다. 정말입니다. 가장 소중한 것은 나의 마음과 건강입니다. 아이를 낳아보면 실감하게 됩니다.

몸이 힘들 때

몸이 힘들면 남녀노소를 막론하고 장사가 없습니다. 사람은 체질이 제각각이어서 수술을 하고도 쌩쌩한 사람이 있는가 하면 자연분만을 하고도 오래 고생하는 사람도 있습니다. 요즘은 예비 엄마들이 인터넷 카페 등에 올라온 출산 후기를 많이 참고하는데, 사실 남의 경험담은 그다지 도움이 되지 않습니다. 결국 나 자신의 문제니까요.

몸이 힘들면 힘들다고 인정하면 됩니다. 그리고 가족에게 솔직히 털어놓으세요. 산모에게 무조건 참으라고 하는 사람은 드뭅니다.

각 가정마다 사정도 다르고 문제를 슬기롭게 풀어나가는 것도 각자의 몫이라 구체적인 해결법을 일반화하기는 어렵습니다. 하지만 가족에게 다음과 같이 말해주세요.

"산모가 힘들다고 말하면 정말 힘든 겁니다. 더 힘들지 않게 최선을 다해 문제를 해결해주세요. 아기를 위해서도 주위에서 꼭 도와주어야 합니다."

저는 산후 도우미 기간이 끝난 직후부터 가사 도우미의 도움을 받았습니다. 살림에서 해방되어 오직 아기만 보니 육아는 매우 즐거운 일이었습니다. 물론 살림도 잘하고 아기도 잘 돌보는 사람도 있지만, 내가 꼭 그런 사람이 될 필요는 없습니다. 중요한 것은 산모의 몸 건강, 마음 건강입니다.

외출하고 사람들을 만나지 못해 답답할 때

외출을 할 수 없다면 인터넷이나 스마트폰으로라도 다른 사람들과 소통의 끈을 이어갈 수 있습니다.

저는 산후 일주일이 지난 뒤부터 조용히 다녀갈 손님들을 초대해 즐거운 시간을 보냈습니다. 신생아를 배려해주는 지인들은 산모의 엔도르핀입니다. 저를 비롯해 산후 우울증을 겪지 않은 많은 산모들은 아이가 50일쯤 되었을 때부터 외출을 했습니다. 물론 아기의 위생에 신경을 썼습니다. 외출이나 손님을 초대해서 충분히 기분 전환을 할 수 있습니다.

전문가들의 이견도 있습니다만 제 경우 셋째는 산모와 보호자, 방문객, 손위 형제가 북적거리는 6인실 환경에서 모자 동실을 했는데도 건강했습니다. 물론 손 소독을 자주 하는 등 위생에 신경을 많이 썼습니다.

퇴원해 집에 와서도 다른 가족의 몸을 청결하게 하는 등 각별히 위생에 주의했고요. 그래서인지 셋째는 누나 둘이 기관에 다니는데도 집에서 건강하게 잘 적응했습니다.

전문가들은 생후 4주가 지나면 비행기도 탈 수 있다고 합니다. 아기의 외출을 우려하는 것은 사람이 많은 곳에 가면 감염성 질환에 걸릴 가능성이 높아지기 때문이지 어머니들이 흔히 말하는 찬바람 때문은 아닙니다.

먹고 싶은 것을 못 먹을 때

산후조리 기간에 미역국만 먹느라 질려서 힘들었다는 사람이 상당히 많습니다. 사실 특수한 체질이 아니라면 치킨을 먹어도, 피자를 먹어도 괜찮습니다. 미국에서 출산한 사람들은 병원에서 햄버거와 얼음 띄운 탄산음료를 줘서 황당했다고도 합니다. 그런데 현지인들은 그렇게 먹으며 산후조리를 합니다.

어떤 이들은 백인종과 황인종의 체질이 달라 산후조리 방식도 당연히 달라야 한다고 주장합니다. 하지만 일본 산모들은 우리나라처럼 거창하게 식이 제한도 하지 않고 오히려 더 적게 먹는 편입니다.

저는 출산하고 2주쯤 뒤에는 짜장면이나 라면도 가끔 먹었습니다. 그리고 아이들도 모유만 먹여 키웠지만 음식을 가리지 않는 편입니다.

다시 말하지만 아이보다 더 우선할 것이 산모의 마음 건강입니다. 못 먹어도 견딜 만하다면 아무 문제 없지만, 그것 때문에 우울하다면 큰일입니다.

많은 책들이 모유 수유를 강조하며 산모의 식생활을 억압하고 있습니다. 저도 모유 수유를 권하는 입장이지만 식생활만은 산모의 자유입니다. 저는 그렇게 세 아이를 키웠고, 아이들 모두 건강하게 잘 자라고 있습니다.

체형이 돌아오지 않아 기분이 처질 때

제삼자는 운동을 하면 된다고 가볍게 말할 수 있지만, 사실 아이를 낳고는 운동할 여유가 잘 생기지 않습니다. 저 역시 셋째를 낳고 배가 들어갈 생각을 하지 않아 가끔 거울을 보고 슬퍼지곤 하니까 자신 있게 말하기도 민망합니다.

하지만 분명한 것은 산후 비만이 심각하게 우울해할 만큼 중요한 일은 아니라는 점입니다. 의사가 주의를 줄 정도라면 빠른 시일 내에 살을 빼야겠지요. 하지만 대부분은 개인의 만족 차원 문제이니 마음을 조금 느긋하게 가져도 되지 않을까요?

가장 중요한 것은 산모의 건강이며 다이어트가 그보다 우선될 수는 없습니다. 다만 모유 수유를 이유로 보양식을 과하게 섭취해 살을 찌우지는 마세요. 그것만 주의해도 산전 체중으로 회복하기가 수월합니다. 아기를 돌보면서 쓰는 에너지만큼 살도 빠지니까요.

육아에서 좌절감이 들 때

육아에서의 좌절감이 산후 우울증까지 연결되는 일이 제법 많습니다. 학업이나 직장에서 승승장구하던 사람들이 육아에서 난생처음 좌절을 겪으며 고통 받기도 합니다. 신생아는 말이 통하지 않으니 그동안 상대하던 사람들과는 차원이 다르지요. 무엇을 원하는지 알 수도 없어 막막합니다.

그런데 이 부분은 비교적 예방법이 명확합니다. 아기를 어떻게 돌봐야 할지 미리 알고 있으면 최소한 좌절하지는 않습니다. 첫아이일 때 특히 부모는 아기와 함께하는 매 순간이 당황스럽습니다. 어디가 아픈 건 아닌지, 제대로 돌보고 있는지 늘 의심스럽고 초조합니다. 하지만 신생아의 신체적 특징, 먹고 싸는 과정,

그 과정에서 부모가 할 일 등을 미리 알고 준비하면 훨씬 유연하게 대처할 수 있습니다. '좌절할 필요가 없다'는 것을 깨닫고 시작하는 것과 모르고 시작하는 것은 분명 다릅니다.

신생아에게 일어날 수 있는 일

아기를 만나기 전, 마음의 준비

아기를 낳기 전에 신생아를 볼 기회는 많지 않습니다. 갓 낳은 아기, 그야말로 갓난아기를 볼 기회는 드물지요. 그래서 난데없이 하늘에서 뚝 떨어진 것만 같은 아기가 생소해 한동안 정이 안 가더라는 산후 우울증 경험담도 흔합니다. 그런 의미에서 갓난아기의 모습을 미리 머릿속에 그려보는 것이 도움이 됩니다.

평균적으로 신생아의 신장은 50cm, 체중은 3.5kg 정도입니다. 하지만 이 기준에 못 미치더라도 병원에서 정상이라고 하면 걱정할 필요 없습니다. 참고로 아이가 한참 자란 후에도 병원에서 출생 시의 몸무게를 물어보는 일이 많으니 몸무게는 꼭 기억해 두세요.

신생아는 몸에 비해 머리가 크고 팔다리는 앙상하기 그지없습니다. 손가락, 발가락은 말할 것도 없고요. 막 태어난 신생아는 귀엽기보다는 신기하고 애처로운 느낌이 먼저 듭니다. 이런 느낌이한 달 이상 가는 산모들도 적지 않습니다.

솔직히 말해서 갓 태어난 신생아는 예쁘지 않습니다. 가끔 매스컴에서 미모가 돋보인다며 연예인의 아기를 공개하는데, 최소한 3일은 지난 아기의 얼굴이니 오해하지 마세요. 신생아의 얼굴은 하루 하루 확확 바뀝니다.

물론 내 아기는 누구보다 예쁘게 마련입니다. 세상에 와준 것만으로도 정말 예쁘지요. 부모 눈에는 자동으로 콩깍지가 씌이게마련이니 괜한 걱정 하지 마세요. 돌이 될 때까지 아기의 얼굴은여러 번 바뀝니다.

까맣고 끈적끈적한 태변

모유 수유나 모자 동실을 하지 않더라도 출산 후 일주일 안에는아기를 안아봅니다. 그리고 그 기간 동안 태변을 보지요. 태변은길게는 일주일 이상 나오기도 합니다.

태변은 까맣고 타르 같은 모양에 잘 닦이지 않는 변입니다. 정말 끈적끈적해서 가뜩이나 아기 엉덩이를 닦는 게 어색한 초보 엄마는 물티슈를 정말 많이 씁니다.

저는 셋째를 낳고 모자 동실을 하면서 좀 많이 쌌다 싶으면 아예 신생아실로 데려갔습니다. 아무래도 목욕을 시키는 게 깨끗할 테니까요.

아기를 신생아실에 둔다면 태변의 특징을 몰라도 상관없습니다. 하지만 태변이 다 나오고 대변이 황금빛으로 변해야 태어나서 첫 번째 건강 관문을 통과하는 것이므로 내 아이의 변 상태는 꼭 챙기세요. 간혹 드물게 신생아 사망 사고가 일어나는데, 비약일 수도 있지만 저는 그런 뉴스를 볼 때마다 '엄마가 태변을 챙기는 게 아기 건강 점검의 시작인데……' 하는 안타까운 마음이 듭니다. 태변을 많이 보지 않고 짙은 색 변이 계속되면 황달 등의 증상으로 발전할 수도 있습니다.

신생아의 첫 언어, 울음과 트림

아기는 당연히 웁니다. 이것은 상식이지요. 그런데 아기가 운다는 이유로 힘들어하는 부모가 많습니다. 걱정도 되고 사실 시끄럽기도 하지만 아무리 그만 울라고 한들 신생아가 그 말을 알아들을 리 없으니 아기가 운다고 힘들어하는 어른만 손해이지요.

저는 첫째 때 아이가 의외로 울지 않아 신기해했습니다. 그런데 알고보니 모유가 부족해 황달이 생겨 아기 몸이 처지고 있는 상태였습니다. 그러니 아기가 울지 않는 것보다는 우는 것이 낫습니다. 울 힘이 있으니까 우는 것이지요.

흔히 신생아는 잠만 잔다고 생각하기 쉽지만 생후 일주일만 지나도 깨어 있는 순간이 옵니다. 이때 가만 있는 아기도 있지만 배가 고프다거나 기저귀를 갈 때가 되었다거나 안아달라는 이유로 아기는 결국 웁니다. 아기마다 표현법이 다를 뿐 우는 아기가 이상하거나 잘못된 것은 아닙니다.

트림은 모유를 먹든 분유를 먹든 모든 아기들이 합니다. 간혹 트림을 잘 하지 않는 아기가 있다고 하지만 아기는 당연히 트림을 한다고 생각하는 것이 좋습니다. 즉 수유 후 아이를 세워 안고 일부러 트림시키는 것은 당연한 과정입니다. 신생아는 입으로 먹는 법이 서툴러서 젖이나 분유를 공기와 함께 삼키므로 그 공기를 빼주어야 합니다. 그래야 소화와 구토 예방에 도움이 됩니다. 태어난 당일에 어른 뺨칠 만큼 아주 시원하게 트림하는 아기도 있습니다.

영아 산통의 증상

영아 산통이라는 말을 미리 알고 있으면 아기가 많이 울더라도 마음이 좀 편합니다. 그런데 그 내용을 알고 나면 다소 허무하기도 합니다. 흔히 말하는 영아 산통은 생후 4개월 이하의 영아가 저녁이나 새벽에 갑자기 울고 보채는 증상입니다. 젖을 물려도, 안고 토닥여줘도 전혀 달래지지 않고 보채는 시간과 횟수가 매우 잦습니다. 대부분은 큰 문제가 없지만 장중첩증, 감돈탈장, 장염, 복막염인 경우에도 영아 산통 증상이 나타나므로 전문가의 진단이 필요할 수도 있습니다.

한마디로 영아 산통인지 여부는 의사가 진단해야 하고 영아 산통이 아닌 심각한 질환이 있는지도 확인해야 합니다. 확인해서 나쁠 것은 없지만 대부분의 신생아는 건강하니 미리 걱정하지 않아도 됩니다.

소아청소년 전문의들의 말에 따르면 영아 산통의 원인이 정확하게 밝혀지지 않았지만 소화 기능의 미숙함으로 보인다고 합니다. 분유에 함유된 유단백이나 유당에 민감한 영아에게서 발생하는 복부 팽만감이나 통증으로 여겨진다고 하지요. 일부에서는 수유 중 공기를 너무 많이 삼키거나 배에 가스가 많이 찼을 때, 사회적·정신적 스트레스로 발생할 수 있다고 하나 과학적으로 입증된 바는 없다고 합니다.

그렇다면 진찰을 받아도 별 이상이 발견되지 않는데 집에서 밤마다 계속 아파할 때는 어떻게 해야 할까요? 아이가 배가 아플 때 부모가 해줄 수 있는 일은 곁에서 따뜻한 말로 안정시켜주고 손으로 배를 문질러 따뜻하게 해주는 것 등입니다. 이것은 부모가 가장 잘할 수 있는 일이지요.

전문의들의 의견에 따르면 따뜻한 물을 마시게 하는 것은 괜찮지만 그 밖의 음료는 좋지 않다고 합니다. 이 역시도 통증 완화를 위해 시도하는 것이지 원칙적으로는 이유식을 시작하기 전에는 젖이나 분유 외에는 먹이지 않는 것이 좋습니다. 특히 생후 1개월 미만의 영아에게는 매실차 등 다른 음료를 먹이지 않아야 합니다.

저도 첫째가 어릴 때 밤새도록 울었던 기억이 아직도 남아 있습니다. 그때 급성장기였는지, 영아 산통이었는지는 알 수 없었지만 초보 엄마였던 저는 그저 딸을 꼭 껴안고 젖을 주면서 밤을 꼬박 새웠습니다. 다행히 다음 날에는 울음이 잦아들어 책에서 읽은 영아 산통이 이런 건가 보다 하고 넘어갔던 기억이 납니다.

신생아의 배꼽 관리

병원에서 퇴원 교육을 할 때 1순위로 하는 것이 배꼽 관리입니다. 배꼽은 평균적으로는 2주일 즈음, 길어도 한달 이내에 말라서 떨어지는데 요즘에는 많은 산모들이 산후조리원에 가기 때문에 직접 아기의 배꼽을 관리해주는 일은 적습니다.

저는 퇴원 후 집에서 아기를 돌보았으므로 배꼽 소독도 직접 했습니다. 첫째 때는 배꼽 소독의 중요성을 제대로 인식하지 못해 산후 도우미가 오지 않는 주말에만 직접 했습니다. 그런데 생후 3주가 지나도록 배꼽이 떨어지지 않더니 결국 배꼽 육아종 진단을 받고 통원 치료를 받았습니다. 둘째 때는 꼼꼼히 닦아주었더니 깨끗이 잘 떨어졌습니다. 셋째 때는 배꼽이 떨어지고 살짝 솟아난 부분이 의심스러워 예방접종을 하러 갔을 때 물었더니 육아종은 아니라면서도 예방 차원에서 질산은으로 닦아주었습니다. 그때 물어보기를 잘했다고 생각했습니다. 사실 의사가 먼저 배꼽을 진료해주는 일은 의외로 드뭅니다. 초보 엄마였다면 병을 키웠을지도 모르는 상황이었지요.

배꼽이 떨어진 양상은 세 아이 모두 다르지만 육아종이 제법 심했던 첫째의 배꼽 모양도 딱히 이상하지는 않았습니다. 배꼽이 늦게 떨어진다 해도 크게 걱정할 필요는 없지만 만약 2주가 지나도 떨어질 기미가 없다면 일단 전문의에게 보여주세요. 소독하고 잘 말리는 것, 그 이상의 방법은 없습니다.

대부분의 아기는 시기가 되면 배꼽이 떨어지고 잘 아무니까 크게 걱정하지 않아도 됩니다. 또 산후조리원에 들어가면 신생아실에서 관리해주고, 그 기간 중에 배꼽이 떨어지므로 안심해도 됩니다. 다만 출산 후 곧장 아기를 집으로 데려온다면 배꼽 관리에 대해 미리 알아두고 신경 써야 합니다.

배꼽 소독은 최소한 하루에 한 번 이상 해야 합니다. 전문가들은 하루 한 번만 하라고 하는데, 성에 차지 않을 때는 열 시간 간격으로 하루에 두 번 정도 했습니다. 소독한 후에는 접혀 있는 부위에 바람이 잘 통하도록 합니다.

배꼽을 관리하는 목적은 미용보다 감염 방지입니다. 혹시 육아종이 생기더라도 치료법은 매우 간단하니 방치하지만 않으면 됩니다. 대개는 BCG 접종 때문에 생후 3주 전에 소아청소년과 전문의를 만나므로 그때 확인하면 됩니다. 육아종을 방치하면 자칫 패혈증까지 간다고 합니다. 배꼽이 떨어져도 진물이 계속 나오거나 이상한 살이 돋는다면 지체 말고 병원을 찾으세요.

그 밖에도 신생아에게 일어날 수 있는 질환이나 증상이 있습니다.

사실 아는 게 병이라고, 예비 부모들이 불필요한 걱정을 할까 봐 신생아 질환을 이야기하는 것이 조심스럽습니다. 하지만 전혀 모르고 있다가 쉽게 나을 수 있는 병을 방치해 악화시키지는 말아야 합니다. 특히 신생아는 신속한 조치가 이후의 상황을 완전히 바꿔놓습니다. 반대로 겉보기에는 걱정스러운데 시간이 지나면 자연스레 사라지는 증상도 있습니다. 이럴 때는 아는 것이 힘이겠지요. 그래서 필요한 내용입니다. 다만 대부분의 신생아는 겪지 않을 질환이라는 점, 혹시 있더라도 병원에서 확인하고 쉽게 치료할 수 있다는 점을 기억하세요.

신생아에게 뭔가 심상치 않은 건강 징후가 보일 때에는 책을 뒤지거나 인터넷 검색을 할 시간에 얼른 병원으로 달려가라는 말도 덧붙입니다.

눈곱

비교적 흔하고 큰 후유증이 없는 증상입니다. 신생아는 눈물길이 좁아서 막히는 일이 많습니다. 조리원 간호사나 산후 도우미도 열이면 아홉은 걱정하지 말라고 합니다. 대부분 1~2주일 안에 증상이 자연스럽게 사라집니다.

어른도 피곤하거나 감기 기운이 있을 때면 흔히 생기는 것이 눈곱입니다. 제 아이들도 두세 살 때까지 감기가 심해지면 눈곱이 많이 꼈습니다. 크게 걱정하지 않아도 됩니다.

눈곱이 너무 많이 껴서 눈을 뜨기 힘들 정도라면 각막 손상이 있을 수 있으므로 의사의 진단이 필요합니다. 심각한 수준이 아니라면 삶은 손수건에 신선한 생리식염수아이들의 식염수는 소포장된 일회용을 추천합니다. 생리식염수는 유통기한이 길지만 개봉하는 순간 급속도로 오염됩니다를 묻혀 살살 닦아주세요. 식염수가 없을 때는 삶은 손수건을 식혀 물기를 최대한 빼고 닦아주세요.

신생아 홍반, 연어반, 혈관종

생후 2~3일 또는 1~2주일 지나서 넓은 면적의 붉은 반점이 얼굴이나 목 등에 서서히 올라오는 경우가 있습니다. 생명과 직결되는 증상이 아니므로 일단 마음을 가라앉히고 3주일쯤 경과를 지켜본 뒤 소아청소년과나 피부과에 가서 진단을 받는 것이 좋습니다.

홍반이나 연어반은 흔한 증상이고 몇 주에서 길게는 일 년까지 지속되지만 보통 깨끗이 없어집니다. 정확한 원인도 모르고 예방법도 따로 없으니 필요 이상으로 걱정하고 자책하지 마세요.

경험한 분들은 모두 시간이 약이었다고 합니다.

간혹 연어반이나 홍반이 아니라 혈관종이라면 부위에 따라 치료가 필요하기도 합니다.

신생아 비립종

얼굴에 돋아나는 지름 1mm 정도의 좁쌀만 한 백색이나 황색 돌기를 '비립종'이라고 합니다. 신생아 비립종은 신생아의 코와 미간 사이, 이마나 뺨에 주로 나타납니다. 피지선에 각질과 피지의 정체가 일어나는 증상으로, 신생아의 40%에서 나타난다는 보고가 있습니다. 제 아이들도 이런 증상을 보였는데, 몇 주가 지나자 아무 탈 없이 저절로 없어졌습니다.

최근에는 아이들에게 아토피 증상이 많아서 산모들은 신생아 비립종만 보여도 크게 걱정합니다. 하지만 비립종은 흔한 증상인데다 시간이 지나면 사라집니다.

집 안 온도를 너무 높이거나 아기를 꽁꽁 싸서 키우면 신생아 비립종이 붉게 변할 수도 있습니다. 신생아를 덥게 키우지 않으면 이런 증상으로 스트레스 받는 일도 없습니다.

두혈종

머리에 말랑말랑한 혹이 생기는 것인데, 제 둘째 아이는 지름이

3cm 정도로 제법 큰 데다 꽤 높이 부풀었습니다. 두혈종은 크기가 다양한데, 지름 5cm 이상의 큰 두혈종도 대부분 4~5개월 만에 사라진다고 합니다.

둘째 출산 직후 신생아실에서 간호사가 아기를 데려오면서 이렇게 말했습니다.

"이것은 두혈종인데, 석 달 내로 없어지니까 걱정하지 마세요."

간호사의 말대로 서서히 가라앉더니 백일 즈음에는 흔적도 없이 사라졌습니다. 별다른 조치는 없었고 예방접종 때마다 전문의에게 진찰받으며 소견을 묻는 정도였습니다. 모두 괜찮다고 해서 그냥 넘어갔지요.

두혈종은 무리한 자연분만이나 흡입 분만을 했을 때 발생한다고 하는데, 저는 제왕 절개를 했으니 분만 방법과 관계없이 나타난 증상 같습니다. 아주 드물게는 7~8개월 이상 갈 수도 있고, 뇌척수액이 유출된 중한 질환일 수도 있으니 오래 지속된다면 전문의에게 진료를 받는 것이 좋습니다.

아구창

정식 명칭은 '구강칸디다증'이지만 일반적으로 아구창牙口瘡이라 불립니다. 입안에 하얀 입자가 번져 점막이 되면서 아픈 것이 주 증상입니다. 보통 열은 나지 않고 젖을 먹을 때 보채고 거부하는 증상을 보입니다. 이 질환은 신생아뿐만 아니라 영양이 부족하거나 면역력이 약한 유소아, 노인 들에게서도 나타납니다. 칸디다는 곰팡이의 일종으로 입안에 흔히 존재하지만 면역력이 약해지면 탈이 납니다. 특히 신생아는 출생 시 산도를 빠져나오는 과정에서 감염되기 쉽다고 합니다.

아구창이 생긴 신생아는 젖을 못 먹고 많이 울기 때문에 부모들이 걱정하지만, 예후는 별 치료 없이도 양호한 편입니다. 한마디로 시간이 약이지요. 어쨌든 아기가 많이 울면 먼저 입안을 살피고 심상치 않다 싶으면 전문의의 진료를 받아보세요.

아구창을 예방하려면 젖병 꼭지를 깨끗이 소독하고, 모유 수유를 할 때 가슴을 잘 닦아주세요. 이는 엄마의 유선염을 예방하는 데도 꼭 필요합니다. 위생에 주의하는 것이 최선입니다. 똑같은 균에 감염돼도 괜찮은 아기가 있고 그렇지 않은 아기도 있으니 아기가 아구창에 걸렸다고 해서 엄마가 자책하지는 마세요.

황달

잘 알려진 대로 여러 가지 원인에 의해 간의 빌리루빈 수치가 높아지고 피부가 노랗게 되는 질환입니다. 빌리루빈 수치는 태어난 직후에는 괜찮다가 생후 3일 정도에 가장 높아지며, 특히 모유 수유를 하는 황인종 유아에게 나타나는 비율이 다소 높아 전문의들도 걱정하지 않는 증상입니다. 초기 황달은 주로 젖이 모자라서 생기므로 아기가 처져서 잠만 자거나 빌리루빈 수치가 계속 높아지면 혼합 수유를 권하기도 합니다. 극히 드물지만 황달이 심해 아이가 위험해질 수도 있으니 이를 막으려는 처방입니다.

첫째가 태어난 2006년에는 황달 유무를 알기 위해 발뒤꿈치를 찔러 피검사를 했는데, 이후 피부색 측정기가 생겨서 2011년에 태어난 셋째는 피검사를 하지 않고도 수치를 잴 수 있었습니다. 이때 위험 수치가 나타나면 피검사를 시행한다고 합니다.

머리나 접힌 부분의 태지

증상이라고 말하기도 민망하지만, 첫아이의 경우 태지에 신경 쓰다가 상처를 입히기도 합니다.

앞에서 대부분의 신생아들은 예쁘지 않다고 했는데, 그 원인 중 하나가 태지입니다. 태지는 태아 피부에서 탈락된 상피세포와 피지선 분비물의 혼합물로 태아의 몸 표면을 덮고 있는 막입니다. 이 막은 양수의 침식을 막고 태아가 엄마의 산도를 쉽게 통과하도록 돕습니다.

하지만 출산 직후 신생아의 피부를 덮고 있는 치즈 같은 태지를 보면 얼른 떼어주고 싶습니다. 심하면 얼굴 전체를 뒤덮고 머리카락, 특히 정수리 부분에 가득 뭉쳐 있습니다. 특히 피부가 겹

치는 주름 부위, 여자 아이는 음순 사이에 태지가 많습니다. 빨리 없애고 싶지만 결코 서두를 일이 아닙니다. 태지는 당연히 있는 것이라 생각하고 자연스럽게 떨어지기를 기다려야 합니다.

간혹 태지를 일찍 떼어내려고 목욕을 시킬 때 무리하게 박박 씻기는 사람들이 있는데, 그들에게는 저의 셋째 산후 도우미가 당부했던 이야기가 도움이 될 것입니다.

"내가 처음 손자 봤을 때 사타구니 태지 벗겨주다가 피 봐서 깜짝 놀랐던 적이 있어. 이거 절대로 떼지 마. 난 산모들 만날 때마다 이 얘기를 꼭 해주고 있어."

이렇게 할머니들도 실수할 수 있으니 잘 알아두는 게 좋습니다.

기저귀 발진

천 기저귀든 종이 기저귀든 기저귀를 자주 갈아주지 않으면 흔히 나타나는 증상입니다. 기저귀 때문에 엉덩이가 습하고 암모니아 성분이 계속 닿아서 생깁니다. 여성이라면 누구나 생리대를 사용하면서 가렵거나 따가운 증상을 한두 번쯤 겪어보았을 텐데, 딱 그런 증상입니다.

이것도 당연히 개인차가 있어서 피부가 약하면 통풍이 조금만 안 돼도 발진이 생기지만, 피부가 강한 아이는 저렴한 종이 기저귀를 쓰고 자주 갈아주지 않아도 아무렇지 않습니다.

발진이 생기면 기저귀를 자주 갈고 발진 크림이나 연고를 발라주며 통풍을 자주 시키세요. 발진이 많이 생기던 아기들도 관리를 해주면 한두 달 지나는 동안 눈에 띄게 줄어듭니다.

살성이 여린 아이는 아무리 자주 기저귀를 갈아줘도 발진이 생기니 엄마가 자책할 필요도 없습니다.

간단히 말해 한두 번은 겪을 각오를 하되 걱정하거나 자책하지 마세요. 혹시 증상이 발생하더라도 잘 관리하면 낫는 가벼운 병입니다.

발열

백일 전의 아기에게 열이 난다면 이유나 컨디션을 막론하고 응급실로 달려가야 합니다. 잘 놀고 있어도 열이 난다면 병원에 가야 합니다. 하물며 낳은 지 한 달도 안 된 신생아에게 열이 난다면 지체 말고 지역의 가장 큰 병원 응급실로 가세요. 열이 나는 아이를 직접 보지 않고는 절대 증상을 알 수 없으니 이때는 인터넷 검색도 금물입니다.

대부분은 별일이 아니지만, 열은 어쨌든 그 순간 뭔가 아기 몸이 심상치 않다고 보내는 신호입니다. 신호가 오면 무엇보다 즉각 대응이 중요합니다. 이때 아기가 어리다고 무조건 꽁꽁 싸지 말고 열이 조금이라도 내리도록 홑겹으로 입혀서 데려가야 합니다. 또한 한 달 미만 신생아에게 처방 없이 임의로 해열제를 먹여서는 안 됩니다.

부모들이 불필요한 걱정을 할까봐 망설이면서도 신생아들에게 나타날 수 있는 증상을 쭉 열거한 이유가 바로 발열 때문입니다. 신생아의 발열에는 무조건 신속히 대처해야 한다는 점을 꼭 명심하세요.

결론적으로 '열이 나지 않고 엄마가 보기에 잘 먹고 잘 놀면 신생아와 관련된 질환은 다 괜찮다'고 보면 됩니다. 참 쉽지요?

모유 수유가 육아의 전부는 아니지만 아이를 낳기 전 임신부들이 가장 관심을 기울이는 부분입니다. 사실 분유 수유를 해도 아이는 잘 크지만, 모유 수유에 대해 잘 알지 못한 채 출산하면 주위 사람들의 말에 흔들리다가 스트레스를 받기도 합니다. 모유 수유를 할 생각이라면 미리 공부해두세요. 산후 우울증까지 예방하는 길입니다.

모유 수유로 가는 길 **4**

모유 수유가 육아의 전부는 아니지만 아이를 낳기 전 임신부들이 가장 관심을 기울이는 부분입니다. 사실 분유 수유를 해도 아이는 잘 크지만, 모유 수유에 대해 잘 알지 못한 채 출산하면 주위 사람들의 말에 흔들리다가 스트레스를 받기도 합니다. 모유 수유를 할 생각이라면 미리 공부해두세요. 산후 우울증까지 예방하는 길입니다.

나도 모유 수유 할 수 있을까?

모유 수유의 시작

모유 수유에 성공하는 가장 쉬운 방법은 첫날부터 젖만 물리는 것입니다. 많은 병원이나 산후조리원에서는 산모가 쉬어야 한다고 아기를 신생아실에 격리시키는데, 이것은 장기적으로 볼 때 산후조리에 더 방해가 될 수 있습니다. 모유 먹이는 연습을 하지 않은 상태로 조리 기간이 지나면 엄마와 아기가 모유 수유에 적응할 겨를도 없이 단둘이 남겨져 정신적·육체적 스트레스를 받을 수 있습니다. 제가 생각하는 산후조리는 하루라도 빨리 엄마와 아기가 모유 수유에 적응하는 것입니다. 저는 첫날부터 젖을 먹여 일주일쯤 지나자 매우 편해졌습니다.

물론 이는 모유 수유를 계획하는 산모에게만 해당하는 내용입니다. 요즘에는 모유, 특히 초유 수유의 장점이 점점 부각되니 모유 수유를 시도해보길 권합니다. 물론 첫날부터 모유를 먹이지 않아도 분유와 혼합하다가 완전 모유 수유에 성공하는 경우도 많지만 모유 때문에 한 달 이상 신경 써야 합니다. 쉽게 모유를 먹이고 싶다면 출생 직후부터 모유 수유에 몰두하세요.

우리나라 산모들이 첫날부터 수유를 하지 않는 가장 흔한 이유는 다음 두 가지입니다.

① 산후조리 때문에
② 젖이 아직 돌지 않아 아기가 굶을까봐

①번은 모유 수유를 더 쉽게 하기 위해서라면 문제 될 게 없습니다. 저는 출산하고 첫날부터 젖을 물렸지만 일주일 후부터 일상생활이 가능했습니다. 모유 수유에 대한 스트레스도 전혀 없었고요. 산후조리를 못했다는 아쉬움도 없었습니다.

②번의 경우, 정상적인 신생아라면 사흘 동안 극소량의 초유 정도만 먹어도 아무 문제가 없다는 의학적 연구 결과가 있습니다. 모유 수유율을 높이기 위해서 세계보건기구가 권장하는 원칙은 출생 직후부터 모유 말고는 절대 아무것도 주지 않는 것입니다. 그래도 신생아들은 잘 지랍니다.

아기가 굶는 게 안타까워 분유를 주기 시작하면 아기는 그만큼 엄마 젖을 빨 의욕을 잃고, 자극이 없으니 엄마 젖은 더 말라갑니다. 그런 상태로 출산 후 3~4일을 보내면 젖이 돌더라도 젖병에 익숙해진 아기가 엄마 젖을 거부하거나 잘 빨지 않을 가능성이 큽니다. 엄마는 고인 젖 때문에 젖몸살로 힘들고 장기적으로 악순환이 거듭될 수 있습니다.

물론 처음에는 혼합 수유를 하다가 완전 모유에 성공하는 산모도 많습니다. 하지만 그 과정이 힘들다는 것을 생각해야 합니다. 세상사가 다 그렇듯이 '나는 아니겠지' 하다가 내 일이 될 때가 많으니까요.

모자 동실이 되는 병원이나 조산원에서 출산하면 첫날부터 수유를 할 수 있습니다. 저는 세 번의 출산을 통해 그렇게 해야 아기와의 유대감도 일찍 형성되고 서로 적응하는 기간도 짧아져 이후 육아에 큰 도움이 된다는 확신을 얻었습니다.

분유 수유가 필요한 경우

드물긴 하지만 3~4일 이상 모유가 한 방울도 나오지 않는 산모에게는 의사가 분유 수유를 권할 것입니다. 이 경우에는 산모의 체질상 초기 모유 수유가 힘들고 앞으로도 쉽지 않을 가능성이 큽니다. 하지만 분유를 먹여도 아기는 잘 큽니다. 그러니 마음의 부담을 버리고 아기가 무엇이든 잘 먹으면 된다는 것만 기억하세요. 아이의 건강을 위한 선택이니 죄책감은 금물입니다.

또 빌리루빈 수치가 매우 높고 모유 황달이라 판단되면 분유를 권합니다. 최근 의료계 지침은 빌리루빈 수치가 20을 넘지 않으면 모유 수유를 중단하지 않지만, 보수적 판단으로 모유를 끊고 분유 수유를 권하는 일도 많습니다. 이럴 때는 주치의의 권유를 따르는 것이 좋습니다. 이런저런 고민은 장기적으로 볼 때 모유 수유에 도움이 되지 않습니다. 모유를 끊을 동안 유축기를 열심히 사용해서 짜내면 젖이 마르지 않습니다. 물론 이 과정이 만만하지 않지만 황달을 치료한 뒤 다시 모유를 먹일 수도 있다는 것만 기억하세요.

생후 첫 주 기저귀 개수

첫날부터 모유를 먹이는 사람들에게 최대의 고민은 젖이 충분히 돌지 않는다는 것입니다. 하지만 이는 근거 없는 걱정입니다. 10개월 동안 탯줄로 양분을 받으며 양수 속에서 편히 놀던 아기가 태어나자마자 꿀꺽꿀꺽 뭔가를 먹을 수 있다고 생각하는 것 자체가 무리지요.

엄마의 젖은 딱 신생아가 먹을 만큼 돕니다. 이런 자연의 섭리에 의심이 간다면 '생후 첫 주 기저귀 개수 일지1st week diaper diary'를 활용해보세요.

병원에서 첫째를 출산했을 때, 병원 방침에 따라 첫날부터 이

일지를 작성했습니다. 나중에 보건소에 가니 영문으로 된 일지가 배포되고 있었지요. 지역마다 조금씩 다르지만 요즘은 보건소에서도 모유 수유 교육을 적극 실시하므로 마음만 먹으면 자료를 구할 수 있습니다. 첫날부터 젖을 먹일 각오라면 활용해보는 게 좋겠지요.

사실 이 표는 가이드라인일 뿐입니다. 신생아가 이 표대로 배변을 한다면 아무 문제가 없다는 뜻이지요. 또 표보다 횟수가 많다면 많이 먹었다는 뜻이고 태변이 빨리 빠져나와 훨씬 좋습니다.

생후 첫 주 기저귀 개수 일지

출산 1일	소변 1회, 까맣고 타르 같은 끈적끈적한 대변(태변) 1회 *생후 24시간 동안 이렇게만 볼일을 보면 모유량은 결코 적지 않은 것이다(물 한 방울 먹지 않아도 이렇게 배변한다고 함).
출산 2일	소변 2회, 까맣고 타르 같은 끈적끈적한 대변 2회
출산 3일	소변 3회, 초록빛이 나는 대변 3회
출산 4일	소변 4회, 노란빛이 나는 대변 4회
출산 5일	소변 5회, 노란빛이 나는 대변 4회
출산 6일	소변 6회, 노란빛이 나는 대변 4회
출산 7일	소변 6회, 노란빛이 나는 대변 4회

위와 같은 변 상태, 배변 횟수(또는 그 이상의 횟수)라면 산모 본인의 젖 양에 대해 걱정하지 않아도 좋다.

<h2 align="center">수유량에 문제가 있는 경우</h2>

① 하루에 한 번도 대변이나 소변을 보지 않을 때

② 3일이 지났는데 짙은 색깔의 소변이 나올 때

③ 5일이 지났는데 계속 짙은 색깔의 변이 나올 때

이것은 모유 이외의 보충 수유가 필요하다는 신호이며 반드시 소아청소년과 전문의를 찾아야 한다.

여기에는 하루 24시간 중 8~12번까지 모유 수유를 한다는 조건이 있습니다. 그렇다면 최소 2~3시간 간격으로 수유를 해야 한다는 계산이 나옵니다. 그것이 힘들어 포기한다면 이 가이드라인은 의미가 없습니다. 즉 출산 첫날부터 열심히 모유 수유를 할 여건과 의지를 갖춘 사람을 위한 자료입니다.

스마트폰을 사용하는 사람이라면 수유 배변 상황을 기록하는 앱을 이용할 수 있습니다. '베이비 로그baby log' 등의 키워드로 검색하면 '베이비 피딩 로그baby feeding log' 등의 영어 어플리케이션이 있습니다.

또한 다양한 모유 수유 일지를 살펴보면 일반적으로 수유를 시작한 시각과 중단한 시각, 즉 먹인 시간을 기록합니다. 모유는 용량을 알 수 없으므로 먹인 시간으로 판단하지요. 그리고 수유 간격은 먹이기 시작한 시각을 기준으로 삼습니다. 즉 2시간 간격으로 먹이려면 12시부터 30분을 먹이고 2시에 다시 먹이는 것이 맞습니다.

계속되는 기저귀 개수 세기

생후 7일 이후에는 소변, 대변 합해서 하루에 기저귀를 8개 이상 쓴다면 모유량이 안정적이므로 안심해도 좋습니다. 이때 무엇보다 중요한 것은 성장곡선대로 체중이 잘 늘어나는 것입니다.

대한모유수유의사협회 홈페이지에서 세계보건기구WHO 기준의 모유 먹는 아기의 성장 기준표를 참고하세요.

이것은 분유 먹는 아기를 제외한 통계이기 때문에 모유 수유를 할 때 도움이 됩니다. 분유 먹는 아기까지 포함하면 모유 먹는 아기만으로 낸 통계보다 평균적으로 체중이 높아집니다. 따라서 정확한 판단을 하기 위해서는 모유 수유 아기를 대상으로 한 성장곡선을 기준으로 삼아야 합니다.

제 아이들은 백일 전에 기저귀가 하루에 25개도 나왔습니다. 기저귀 개수가 많다고 나쁜 것은 아니니 안심했지요. 사실 기저귀 개수가 많은 것은 오히려 신진대사가 활발하다는 신호이고, 노폐물이 그만큼 빨리 빠져나온다는 증거입니다.

묽은 변을 기저귀마다 지려도 상관없습니다. 제 아이들은 한 달쯤 지나니 배변 상태가 점차 안정되면서 지리는 증상이 없어졌는데, 이것은 아기마다 다릅니다. 세상의 모든 어른들이 같은 상태로 변을 보지 않는 것과 같습니다. 그러니 다른 집 아이의 변

2006 세계보건기구(WHO) 어린이 성장 기준
남아 연령별 체중(kg) 백분위수(0~24개월)

개월	백분위수										
	1	3	5	15	25	50	75	85	95	97	99
0	2.3	2.5	2.6	2.9	3.0	3.3	3.7	3.9	4.2	4.3	4.6
1	3.2	3.4	3.6	3.9	4.1	4.5	4.9	5.1	5.5	5.7	6.0
2	4.1	4.4	4.5	4.9	5.1	5.6	6.0	6.3	6.8	7.0	7.4
3	4.8	5.1	5.2	5.6	5.9	6.4	6.9	7.2	7.7	7.9	8.3
4	5.4	5.6	5.8	6.2	6.5	7.0	7.6	7.9	8.4	8.6	9.1
5	5.8	6.1	6.2	6.7	7.0	7.5	8.1	8.4	9.0	9.2	9.7
6	6.1	6.4	6.6	7.1	7.4	7.9	8.5	8.9	9.5	9.7	10.2
7	6.4	6.7	6.9	7.4	7.7	8.3	8.9	9.3	9.9	10.2	10.7
8	6.7	7.0	7.2	7.7	8.0	8.6	9.3	9.6	10.3	10.5	11.1
9	6.9	7.2	7.4	7.9	8.3	8.9	9.6	10.0	10.6	10.9	11.4
10	7.1	7.5	7.7	8.2	8.5	9.2	9.9	10.3	10.9	11.2	11.8
11	7.3	7.7	7.9	8.4	8.7	9.4	10.1	10.5	11.2	11.5	12.1
12	7.5	7.8	8.1	8.6	9.0	9.6	10.4	10.8	11.5	11.8	12.4
13	7.6	8.0	8.2	8.8	9.2	9.9	10.6	11.1	11.8	12.1	12.7
14	7.8	8.2	8.4	9.0	9.4	10.1	10.9	11.3	12.1	12.4	13.0
15	8.0	8.4	8.6	9.2	9.6	10.3	11.1	11.6	12.3	12.7	13.3
16	8.1	8.5	8.8	9.4	9.8	10.5	11.3	11.8	12.6	12.9	13.6
17	8.3	8.7	8.9	9.6	10.0	10.7	11.6	12.0	12.9	13.2	13.9
18	8.4	8.9	9.1	9.7	10.1	10.9	11.8	12.3	13.1	13.5	14.2
19	8.6	9.0	9.3	9.9	10.3	11.1	12.0	12.5	13.4	13.7	14.4
20	8.7	9.2	9.4	10.1	10.5	11.3	12.2	12.7	13.6	14.0	14.7
21	8.9	9.3	9.6	10.3	10.7	11.5	12.5	13.0	13.9	14.3	15.0
22	9.0	9.5	9.8	10.5	10.9	11.8	12.7	13.2	14.2	14.5	15.3
23	9.2	9.7	9.9	10.6	11.1	12.0	12.9	13.4	14.4	14.8	15.6
24	9.3	9.8	10.1	10.8	11.3	12.2	13.1	13.7	14.7	15.1	15.9

2006 세계보건기구(WHO) 어린이 성장 기준
여아 연령별 체중(kg) 백분위수(0~24개월)

개월	백분위수										
	1	3	5	15	25	50	75	85	95	97	99
0	2.3	2.4	2.5	2.8	2.9	3.2	3.6	3.7	4.0	4.2	4.4
1	3.0	3.2	3.3	3.6	3.8	4.2	4.6	4.8	5.2	5.4	5.7
2	3.8	4.0	4.1	4.5	4.7	5.1	5.6	5.9	6.3	6.5	6.9
3	4.4	4.6	4.7	5.1	5.4	5.8	6.4	6.7	7.2	7.4	7.8
4	4.8	5.1	5.2	5.6	5.9	6.4	7.0	7.3	7.9	8.1	8.6
5	5.2	5.5	5.6	6.1	6.4	6.9	7.5	7.8	8.4	8.7	9.2
6	5.5	5.8	6.0	6.4	6.7	7.3	7.9	8.3	8.9	9.2	9.7
7	5.8	6.1	6.3	6.7	7.0	7.6	8.3	8.7	9.4	9.6	10.2
8	6.0	6.3	6.5	7.0	7.3	7.9	8.6	9.0	9.7	10.0	10.6
9	6.2	6.6	6.8	7.3	7.6	8.2	8.9	9.3	10.1	10.4	11.0
10	6.4	6.8	7.0	7.5	7.8	8.5	9.2	9.6	10.4	10.7	11.3
11	6.6	7.0	7.2	7.7	8.0	8.7	9.5	9.9	10.7	11.0	11.7
12	6.8	7.1	7.3	7.9	8.2	8.9	9.7	10.2	11.0	11.3	12.0
13	6.9	7.3	7.5	8.1	8.4	9.2	10.0	10.4	11.3	11.6	12.3
14	7.1	7.5	7.7	8.3	8.6	9.4	10.2	10.7	11.5	11.9	12.6
15	7.3	7.7	7.9	8.5	8.8	9.6	10.4	10.9	11.8	12.2	12.9
16	7.4	7.8	8.1	8.7	9.0	9.8	10.7	11.2	12.1	12.5	13.2
17	7.6	8.0	8.2	8.8	9.2	10.0	10.9	11.4	12.3	12.7	13.5
18	7.8	8.2	8.4	9.0	9.4	10.2	11.1	11.6	12.6	13.0	13.8
19	7.9	8.3	8.6	9.2	9.6	10.4	11.4	11.9	12.9	13.3	14.1
20	8.1	8.5	8.7	9.4	9.8	10.6	11.6	12.1	13.1	13.5	14.4
21	8.2	8.7	8.9	9.6	10.0	10.9	11.8	12.4	13.4	13.8	14.6
22	8.4	8.8	9.1	9.8	10.2	11.1	12.0	12.6	13.6	14.1	14.9
23	8.5	9.0	9.2	9.9	10.4	11.3	12.3	12.8	13.9	14.3	15.2
24	8.7	9.2	9.4	10.1	10.6	11.5	12.5	13.1	14.2	14.6	15.5

* 대한모유수유의사협회 홈페이지에서 0~5세까지의 성장 기준표를 볼 수 있습니다.

상태, 변 횟수와 비교하며 걱정하지 마세요. 정도가 너무 심한 변비, 혈변 등의 문제가 아니라면 마음 편히 지내도 됩니다. 다만, 특별한 문제가 없더라도 생후 1주, 2주, 1개월에는 검진을 받아보는 것이 바람직합니다.

미리 공부하는 것이 최고의 준비

저는 출산 전에 한 모유 수유 준비가 큰 도움이 되었습니다. 제왕절개 수술을 급하게 결정했는데도 정신적 스트레스 없이 무난히 모유를 먹일 수 있었습니다.

그렇다고 처음부터 젖 양이 넘쳐나는 행운의 산모는 아니었습니다. 첫째 때는 초반에 아기 몸무게가 13%까지 빠지고 황달까지 와서 병원 출입도 제법 했으니까요. 이때도 모유를 먹이기 위해 입원 치료는 하지 않았습니다. 이런 결정도 전문의의 철학이나 병원 방침마다 다르기 때문에 미리 확인해야 합니다.

어쨌든 미리 공부를 해놓은 까닭에 흔들리지 않고 모유만 주었고, 젖 양이 금방 늘어서 정말 편하게 수유를 했습니다.

어찌 보면 모유 수유의 최대 적은 엄마의 걱정입니다. 엄마가 미리 준비하고 자신감을 가지면 주위에서 물젖이라느니, 젖이 모자란다느니 하는 이야기를 들어도 끄떡없이 모유를 먹일 수 있습니다.

모유 수유를 할 때 생기는 고민

모유 수유의 솔직한 진실

아마도 이 책의 독자 중 절반 이상은 모유 수유를 6개월 이상 못하거나 결국에는 분유를 먹이게 될 것입니다. 통계가 그렇습니다. 우리나라의 모유 수유 비율은 보건복지부의 2009년 자료를 기준으로 24.2%이고, 2010년 12월 소비자시민모임에서 조사한 바로는 조사 대상 33개국 중 23위였습니다. 그런데도 미리 준비한 사람은 모유 수유에 성공할 가능성이 훨씬 높다고 감히 예상합니다. 최근 우리나라의 모유 수유율이 상승곡선을 그리고 있기도 합니다.

모유 수유에 대해서는 '하면 된다'와 '해도 안 되더라'는 경험담이 공존하고, 두 이야기 모두 일리가 있습니다. 정답은 아무도 모릅니다. 결국 스스로 책임져야하는 일입니다.

모유 수유가 좋다고 강조하면서 '분유를 먹여도 괜찮다'고 말하는 것이 이율배반적으로 보이지만, 사실 정말 괜찮습니다. 지금 이 책을 읽는 여러분도 대부분 분유를 먹고 자랐을 것입니다.

다만 분유 때문에 모유 수유율이 떨어지는 것은 분명합니다. 분유라는 대체 식품이 '모유 아니면 우리 아이가 굶는다!'는 절박함을 덜어주기 때문입니다.

모유 수유를 하는 이유

저는 처음부터 모유 수유가 가장 '자연스럽고 당연한 것'이라고 믿었습니다. 전통 사회를 한번 생각해볼까요? 대가족이 모여 살던, 분유가 없던 그 시절에는 당연히 모유 수유를 했습니다. 원래 아기는 엄마 젖을 먹게 돼 있으니까요.

대한소아청소년과학회에서는 4~6개월까지 모유만 먹은 아이들에게서 음식 알레르기의 발생률이 낮다고 밝힙니다. 하지만 모유가 좋다고 절대 모유만 고집해서는 안 됩니다. 그랬다가 혹시라도 외적인 이유로 모유 수유를 못하게 되면 자칫 우울증에 걸리기 쉽습니다. 무엇보다 모유 수유를 해야 하는 이유를 스스로 명확히 하는 것이 중요합니다.

저는 '젖병을 소독하기 싫다'는 것이 가장 큰 이유였습니다. 농담 같지만 진심입니다. 그리고 직장에 다니지 않으니 모유 수유가 더욱 편할 것이라고 확신했습니다.

여러분도 모유를 먹이려는 목적에 대해 진지하게 고민해보세요.

우리나라의 12개월 미만 아기에 대한 모유 수유율은 25% 미만으로 분유 수유보다 낮습니다. 많은 사람들의 생각과는 달리 우리나라에서 모유 수유는 대세가 아닙니다. 모유 수유가 자연스러운 환경이라면 굳이 이런 글을 쓸 이유가 없지요.

분유 수유를 하는 엄마들은 분유를 '소젖'이라 부를 때 상처를 받는다고 합니다. 하지만 이와는 달리 모유가 '사람젖'인 것은 부정할 수 없는 사실입니다. 이것은 분유에 대한 우월감의 문제가 아닙니다. 자연스러운 일에 "이러저러해서 좋으니 모유를 먹여야 한다"는 말을 억지로 갖다 붙이는 것이 안타깝습니다.

결론적으로 모유를 먹이는 것은 자연스럽고 당연한 일이며, 사정이 허락하는 한 대부분 할 수 있습니다. 스웨덴, 노르웨이 등의 모유 수유 선진국은 12개월 미만 아기에 대한 모유 수유율이 50% 이상이며, 생후 1주차의 모유 수유율은 90% 이상입니다.

자연분만을 하기 위해 노력하는 것처럼 모유를 먹이는 데도 그에 준하는 노력이 필요합니다. 지레 겁먹고 뒤로 물러설 만큼 불가능한 꿈은 결코 아닙니다.

분유와 모유의 차이

저는 모유의 이로움 때문에 모유 수유에 집착한 유형이 아니지만 '모유의 가치를 중요시하기 위한 근거 자료가 필요하다'는 이들에게는 여기에 소개하는 내용이 도움이 될 것입니다.

일단 분유는 아기가 자라는 데 해롭지 않아야 한다는 목표로 만들어집니다. 그러므로 아기에게 뭔가 더 좋은 점이 있기에 분유를 먹이는 것이 아닙니다. 이런 의견에 분유를 먹이는 산모들이 적잖이 상처를 받겠지만, 이것은 소아청소년과 전문의의 견해이기도 합니다.

다음은 토론토대학교 소아 병원의 자료입니다.

〈모유 수유의 이점 101가지〉

1. 캐나다 소아과학회와 미국 소아청소년과학회에서는 모유 수유를 추천한다.(대한소아청소년과학회에서도 모유 수유를 적극 추천합니다!)

2. 모유 수유는 엄마와 아기 사이의 유대 관계를 촉진한다.

3. 모유 수유는 아기의 감정적 요구를 충족시킨다.

4. 모유는 아기를 위한 완전한 영양식이다.

5. 모유 수유는 엄마의 유방암 위험률을 감소시킨다.

6. 모유 수유는 여아가 성장했을 때 유방암 위험률을 감소시킨다.

7. 모유 수유는 높은 아이큐 지수와 관련된다.

8. 모유는 항상 준비돼 있고 분유보다 더 잘 포장돼 있다. 필요할 때 "조금 더!"라고 말만 하면 된다.

9. 모유를 먹는 아기들은 운동성 발달motor development이 더 잘 이루어진다.

10. 모유는 질병에 대항하는 면역 물질을 포함하고 아기 면역 체계의 발달을 돕는다.

11. 모유는 분유보다 소화가 훨씬 잘된다.

12. 아기가 젖을 빨면 출산 후 엄마의 자궁 수축을 돕는다.

13. 아기가 젖을 빨면 엄마의 출산 후 출혈을 막는다.

14. 모유 수유는 아기가 태어난 뒤 엄마의 체중 감량을 돕는다.

15. 조산한 엄마의 모유는 조산아에게 최적화되어 있다.

16. 세계보건기구와 유니세프는 6개월 동안은 절대적으로 모유 수유를 권장한다.

17. 모유 수유는 크론병Crohn's disease을 예방할 수 있다.

18. 모유 수유는 아기의 당뇨 위험을 감소시킨다.

19. 모유 수유는 당뇨가 있는 엄마의 인슐린 필요량을 감소시킨다.

20. 모유 수유는 엄마의 자궁내막증 진행을 억제한다.

21. 모유 수유는 엄마의 난소암 위험률을 감소시킨다.

22. 모유 수유는 엄마의 자궁내막암 위험률을 감소시킨다.

23. 모유 수유는 아기의 알레르기 위험률을 감소시킨다.

24. 모유 수유는 아기의 천식 위험률을 감소시킨다.

25. 모유 수유는 아기 귀 감염 질환의 위험률을 감소시킨다.

26. 모유 수유는 아기의 돌연사 위험률을 감소시킨다.

27. 모유 수유는 아기의 설사를 일으키는 감염을 예방한다.

28. 모유 수유는 아기의 세균성 수막염을 예방한다.

29. 모유 수유는 아기의 호흡기 감염을 예방한다.

30. 모유 수유는 소아기 암의 위험률을 낮춘다.

31. 모유 수유는 유년기 류머티즘의 위험을 낮춘다.

32. 모유를 먹는 아기는 호지킨병Hodgkin's disease의 위험률이 감소된다.

33. 모유 수유는 아기의 시각 장애 발생을 예방한다.

34. 모유 수유는 아기의 골다공증 위험률을 감소시킨다.

35. 모유는 아기의 적절한 장관 발달intestinal development을 돕는다.

36. 분유는 아기의 장관 자극제다.

37. 모유를 먹는 아기는 나중에 비만이 될 가능성이 적다.

38. 모유를 먹는 아기는 수유 동안 심폐 부담이 적다.

39. 모유를 먹는 아기는 궤양성 대장염의 위험률이 감소한다.

40. 모유는 아기의 출혈성 감염을 예방한다.

41. 모유를 먹는 아기는 수술 전후 금식이 더 짧아진다.

(모유는 기도로 흡입돼도 아기에게 폐렴을 덜 일으킨다.)

42. 모유 수유를 하면 직장 부모가 더 편히 일할 수 있도록 아기가 아픈 날이 적어진다.

43. 모유 수유는 아기의 예방접종 효과를 증가시킨다.

44. 모유를 먹는 아기는 괴사성 대장염의 위험률이 감소된다.

45. 모유 수유는 엄마의 임신 가능성을 낮춘다.

46. 모유 수유는 분유 수유보다 쉽다.

47. 모유는 공짜다.

48. 분유는 비싸다.

49. 분유는 높은 세금을 지출하게 한다.

50. 모유는 항상 아기에게 적절한 온도를 유지한다.

51. 모유는 항상 적절한 지방과 탄수화물, 단백질을 함유한다.

52. 모유는 아기를 더 만족스럽게 만든다.

53. 모유 수유는 엄마도 더 행복하게 만든다.

54. 모유는 분유보다 더 맛이 좋다.

55. 모유를 먹는 아기는 더 건강하다.

56. 모유를 먹는 아기는 3세가 되기 전 사망 위험률이 더 낮다.

57. 모유를 먹는 아기는 의사를 덜 찾게 된다.

58. 모유 수유를 하는 엄마는 의사를 방문하면서 버리는 시간과 돈이 줄어든다.

59. 모유를 먹는 아기는 어떠한 쓰레기도 남기지 않는다.

60. 모유 수유를 하면 병을 휴대할 필요가 없다.

61. 모유 수유는 소가 만드는 온실가스를 줄인다.

62. 모유는 냉장 보관을 할 필요가 없다.

63. 우유는 송아지를 위해 고안되었다.

64. 인간의 모유는 인간의 아기를 위해 고안되었다.

65. 모유는 아기에게 자주 발생하는 통증을 감소시킨다.

66. 모유는 아픈 아기를 위해 완전한 음식을 제공한다.

67. 모유는 아기가 더 잘 자게 한다.

68. 모유는 엄마가 더 잘 자게 한다.

69. 모유는 아빠가 더 잘 자게 한다.

70. 모유 수유는 사야 할 기구가 별로 없다.

71. 모유 수유는 유지하고 보관해야 할 기구가 줄어든다.

72. 모유는 결코 반품된 적이 없다.

73. 모유 수유를 하면 세균 감염 걱정을 할 필요가 없다.

74. 모유 수유를 하면 어느 제품이 더 좋은지 걱정할 필요가 없다.

75. 모유 수유를 하면 오염된 물 사용을 걱정할 필요가 없다.

76. 모유 수유는 농장의 동물 학대 감소를 돕는다.

77. 모유 수유는 아기의 치아와 턱의 발달을 촉진한다.

78. 모유를 먹는 아기는 충치 발생이 더 적다.

79. 모유 수유는 치아 교정에 쓰이는 비용을 줄인다.

80. 모유 수유는 말하는 능력의 발달을 돕는다.

81. 모유 수유는 아기가 습진에 걸릴 위험을 감소시킨다.

82. 모유를 먹는 아기는 피부가 더 좋다.

83. 모유를 먹는 아기는 덜 흘린다.

84. 흘린 모유는 분유보다 닦기가 더 쉽다.

85. 모유에는 유전공학으로 만들어진 물질이 없다.

86. 모유에는 인공으로 만든 성장호르몬이 없다.

87. 모유 수유의 부족은 다발성 경화증multiple sclerosis과 관련된다.

88. 모유 수유는 서혜부 탈장inguinal hernia 위험을 감소시킨다.

89. 모유 수유는 아기의 인지능력 발달을 돕는다.

90. 모유 수유는 아기의 사회 적응 능력의 발달을 돕는다.

91. 모유 수유는 아기의 요로 감염 위험을 감소시킨다.

92. 아기가 젖을 빠는 것은 아기의 손과 눈의 협동을 돕는다.

93. 모유 수유는 아기의 철분 결핍을 예방한다.

94. 모유 수유로 엄마의 생리가 늦춰져 비용이 덜 든다.

95. 모유 수유는 엄마에게 자신감을 심어준다.

96. 모유는 아기의 눈 감염 위험을 줄인다.

97. 모유는 아기의 상처를 위한 좋은 천연 항생제다.

98. 모유 수유를 하면 분유의 첨가 물질 중 가장 최근에 개발된 물질의

안전성을 걱정할 필요가 없다.

99. 모유를 먹는 아기의 기저귀는 훨씬 더 단 냄새가 난다.

100. 모유를 먹는 아기의 냄새는 환상적이다.

101. 모유 수유는 유방이 왜 고안되었는지를 알게 한다.

노파심에서 덧붙이자면 이 자료에는 의료인들의 연구 결과가 반영되었지만 주관적 내용도 상당 부분 포함돼 있습니다. 모유 수유의 당위성과 장점을 찾고 싶은 이들에게는 위안이 되겠지만 다른 상황에 놓인 이들에게는 오히려 불편한 자료가 될 수도 있습니다. 분유 수유에 대한 비난의 근거로 이 내용이 활용되지 않기를 바랍니다.

젖 양에 대한 고민

이 점은 매우 중요합니다. 모유 수유 경험이 없는 예비 엄마나 산모가 반드시 참고하길 바랍니다.

모유 수유를 방해하는 가장 큰 요인은 '젖 양에 대한 고민'입니다. 젖몸살보다 더 심각한 문제이지요. 모유 수유 관련 서적을 보면 '산모의 95% 이상은 모유 수유를 할 수 있다. 젖 양이 적은 사람은 극히 드물다'라고 나와 있는데, 백방으로 알아보아도 95%

라는 통계의 근거를 찾을 수 없었습니다. 하긴 어차피 통계란 본인에게 닥치면 100%, 닥치지 않으면 0%인 것이니 신경 쓰지 말고 스스로에게 집중하세요.

제가 5년 가까이 인터넷 카페, 블로그 등에서 활동하면서 "젖이 모자라 분유를 먹이게 됐어요"라고 말하는 사람 중 아기의 기저귀 개수나 체중 증가를 제대로 살핀 경우는 10명 중 1명 미만이었습니다.

대부분은 "아이가 보채요", "잠을 못 자요", "너무 자주 빨아요" 하는 핑계를 대고 있었습니다. 핑계라고 해서 미안하지만 사실이 그렇습니다. 기저귀 개수와 체중 증가를 살펴보지 않았다면 분명 핑계입니다. 이 책을 읽는 여러분들은 부디 그러지 않기를 바랍니다.

아기는 늘 보챌 일이 많으며 보채는 것이 정상입니다. 엄마 배 속에서 10개월 동안 편안히 있다가 나오면서 온갖 고생을 하고, 또 막상 나와보니 숨도 직접 쉬어야 하고 먹는 것도 직접 먹어야 하니 얼마나 힘들까요?

특히 초보 엄마들은 아이가 보채는 것을 절대 나쁘게 생각하지 마세요. 능숙한 엄마들, 둘째 이상을 키우는 엄마들은 아이가 보채도 마냥 예쁘다고 웃을 수 있습니다. 첫째 아기라도 마음가짐을 굳게 하면 시행착오를 겪지 않습니다.

또 출산 직후 젖이 돌지 않아서 힘들다는 사람이 많은데, 그것은 오히려 당연한 일입니다. 아이는 바로 어제까지만 해도 탯줄로 편안히 영양을 공급받았습니다. 그런데 엄마 배 밖으로 나오니 난데없이 코로 숨을 쉬어야 하고 입으로 음식을 먹어야 합니다. 아기의 위는 아직 골프공보다 작습니다. 그런 상황에서 엄마 젖이 흘러넘친다면 아이에게는 얼마나 힘든 일일까요.

제 경우 첫째 때는 남들처럼 젖이 천천히 돌았습니다. 둘째는 수유 경력이 있어서인지 첫날부터 많이 돌았는데, 오히려 아기가 젖이 너무 많아 힘들어하며 3일 동안은 조금만 빨고 쉬려고 했습니다. 부작용 아닌 부작용이었지요. 셋째도 둘째와 마찬가지였습니다. 첫째는 수유에 적응이 안 된 엄마 가슴을 보아하니 자기가 열심히 빨아야 먹고 살 수 있다는 사실을 첫날부터 알아챘던 것 같습니다. 첫째가 셋 중에서 가장 힘차게 젖을 빨았던 기억이 지금도 생생합니다.

젖 양을 판단하는 과학적 방법

젖 양을 과학적으로 판단하는 근거는 바로 숫자입니다. 숫자는 거짓말을 하지 않습니다.

1~2주부터 5개월까지 아기의 체중은 1일에 평균 15~20g 정

도 증가합니다. 사실 성장곡선은 어차피 아이마다 다른데, 하루 체중 증가가 10g 미만이면 젖 양이 부족하다는 의미입니다.

하지만 매일 10g 단위까지 재기 힘들고 일반 저울로는 오차 범위가 있으므로 1~2주일 단위로 잽니다. 일주일쯤은 혹시 영양 공급이 부족했더라도 아주 걱정스러울 정도는 아닙니다. 다만 장기간 영양 부족 상태가 되는 것을 막기 위해 1~2주 단위로 점검합니다.

이렇게 했을 때 일주일 동안 약 140g이 늘었으면 젖 양이 부족하지 않은 것입니다. 다른 집 아기의 몸무게가 얼마나 느는지는 신경 쓰지 말고 오직 내 아기의 체중 증가 수치만 보세요.

일주일 미만의 신생아는 체중 회복, 대변 색깔, 황달의 유무로 젖 양이 모자라는지 가늠할 수 있습니다. 참고로 태어난 직후 5~12%까지 체중이 빠지는 것은 정상입니다. 신생아 스스로도 분만 시 피로감을 느끼기 때문에 체중이 빠진다고 합니다. 또한 신생아는 생후 24시간 동안 아무것도 먹지 않아도 의학적으로 괜찮습니다. 기준치 이상으로 체중이 빠질 때는 의료진이 혼합 수유를 권합니다.

사실 예민하게 체중을 따질 것도 없이 젖만 잘 물리면 젖 양도 순조롭게 늘고 아이도 잘 큽니다. 저를 비롯해 오랜 기간 완전 모유 수유에 성공한 사람들의 경험입니다. 괜히 예민하게 걱정하면 오히려 수유에 소홀해지고 아이도 스트레스를 옮겨 받습니다.

매일 초조하지 않게, 쉽게 점검할 수 있는 방법은 없을까요?

바로 108쪽에서 소개한 기저귀 개수입니다. 국제 모유 수유 전문가들은 기저귀가 하루 7개 이상 나오면 젖이 모자라지 않다고 말합니다. 이것은 대소변을 합해서 센 개수입니다. 신생아 때는 항문 근육이 완전히 발달하지 않아 시도 때도 없이 대변을 지립니다. 이때를 대비해 기저귀 가는 연습과 각오를 미리 해두면 좋습니다.

저는 모자 동실에서 아이의 기저귀를 직접 갈았습니다. 산후 조리는 집에서 했는데 퇴원 직후부터 천 기저귀를 써서 소변 양을 정확히 확인할 수 있었습니다. 그래서 큰아이의 체중이 더디게 늘어도 자신 있게 22개월 이상 모유 수유를 할 수 있었지요. 물론 종이 기저귀를 사용할 때도 엄마가 직접 확인한다면 소변의 양이나 횟수를 알 수 있습니다.

만약 기저귀 개수가 6개 이하로 나와서 보충 수유를 해야 한다면 모유와 분유를 혼합하세요. 아이를 위해서 혼합하는 것이 당연하므로 괜히 스트레스 받을 필요 없습니다.

결국 항상 아이에게 바람직한 선택이라고 생각하면 상실감을 덜 수 있습니다. 엄마가 젖 양이 적은 5%에 해당하는 것은 그 누구의 잘못도 아니니까요.

젖 양 늘리는 방법

젖은 아이가 빠는 만큼 만들어집니다. 유두를 자극하면 뇌로 신호가 전달됩니다. 물론 빨아도 나오지 않는다는 사람들도 있지만 체중 증가와 기저귀 개수를 근거로 하지 않은 주장은 설득력이 없습니다.

저는 첫째 때 한 시간 먹고 10분 쉬고, 또 한 시간 먹으며 하루 중 20시간 동안 젖을 물린 적도 있습니다.

둘째 때는 출산 직후부터 젖이 잘 나와서 첫째 때보다 훨씬 수월했고 황달도 나타나지 않았지요. 체질이 좋은 산모는 첫째 때도 젖이 잘 나오니 지레 겁먹지 마세요. 신생아 황달이 그리 흔한 것도 아니고요.

셋째는 위의 둘보다 더 보채는 편이어서 물기 싫다고 하면 안아서 달래줬지만, 두 아이를 키우면서 아이마다 다르다는 사실을 이미 경험해서인지 당황하지 않고 계속 젖을 물렸습니다. 결국 아이는 퇴원할 때쯤에는 젖도 길게 잘 빨고 잠도 푹 잤습니다.

유니세프의 권고 사항에 따르면 태어나자마자 30분 이내에 젖을 물려야 아이가 잘 문다고 하는데, 저는 아이 셋 모두 출산하고 6시간 후에 처음 젖을 물렸지만 아무 문제 없었습니다. 빨리 젖을 물려야 한다는 강박으로 수술 등의 갑작스러운 상황이 발생했다고 실망하거나 포기하지 마세요.

참고로 갓 태어난 아기는 산도를 빠져나오면서 받는 스트레스로 관련 호르몬이 증가해 각성도가 가장 높습니다. 즉 잠이 오지 않고 초롱초롱한 상태입니다. 그 각성도가 떨어지면 대부분의 아기는 잠들기 때문에 30분 이내에 젖을 물리라고 권유하는 것입니다.

이보다 중요한 것은 엄마 젖을 물기 전에 인공 젖꼭지를 물지 않는 것입니다. 병원에서 모자 동실이 허용되지 않는다면 병원을 옮기는 것도 한 방법입니다. '3일인데 뭐 어때?' 하며 신생아실에 아이를 맡기고, 산후조리원에 가서 더 오랫동안 아이와 떨어져 있다보면 모유 수유는 몇 배나 더 힘들어집니다.

주위 어른들과 남편이 산모 힘들다고 아이를 못 보게 할 수도 있습니다. 주변 사람들 때문에 산모가 모유를 먹이지 못하는 일은 매우 흔하므로 산모 자신이 마음을 단단히 먹어야 합니다.

물론 3일 동안 신생아실에 맡기고도 모유 수유를 잘하는 사람들이 있긴 하지만 자신이 거기에 해당된다는 보장은 없습니다. 가급적이면 처음부터 먹여서 훨씬 편하게 젖이 돌게 만드세요.

많은 사람들이 3일 후에나 젖이 돈다면서 그동안은 그냥 분유를 먹이라고 합니다. 하지만 첫날부터 아기에게 젖을 물린 사람들이 3일 후에도 젖이 훨씬 잘 돕니다. 아기가 빨면 유선도 더 잘 뚫려서 첫날부터 시작하지 않으면 3일 후에는 뚫리지 않은 유선 때문에 젖몸살로 고생할 가능성이 큽니다.

또한 아기 옆에 있어야 어떤 상황에서 어떤 행동을 하는지 파악하고 바로 대처하는 연습이 됩니다. 예를 들어 아기는 배가 고픈데 신생아실의 연락을 받고 가는 동안 울다 지쳐서 젖을 물려도 오래 빨지 못하고 잠들어버립니다. 그러면 젖 양도 늘지 않고 악순환이 시작됩니다. 모유를 먹는 신생아는 수유 간격이 일정하지 않아서 갓 출산한 엄마가 시간을 예측하고 신생아실을 찾기 어렵습니다. 그래서 저는 모자 동실을 거듭 권합니다.

물론 아이와 2주 이상 격리되었다가도, 신생아실에 아이를 떨어뜨려놓고 모유 수유에 성공하는 사람도 있습니다. 하지만 가급적 시작부터 편하게 먹이자고 말하는 것입니다.

요즘은 모유 수유에 대한 인식이 예전보다 많이 높아져서 신생아실에 아기를 맡기거나 산후조리원에서 떨어져 있어도 엄마가 원할 때마다 젖을 먹이러 갈 수 있는 곳이 많습니다. 모자 동실이 힘들다면 젖 먹이라는 호출이 올 때만이라도 기쁜 마음으로 자주 가세요.

모유 수유를 할 때는 '아이가 엄마 젖에 일찍, 많이 친숙해지게 하자'는 정도의 마음가짐이 엄마도 아기도 가장 편안합니다.

한 가지, 출생 시 아이 몸무게가 많이 나갔다면 엄마 젖이 돌기 전에 '요산빨간 피처럼 보이지만 피가 아닙니다'이 아이 소변으로 나오는 일이 있습니다. 엄마의 젖 양이 아이의 몸무게를 따라가지 못해서 생기는 현상이지요. 요산은 지속되지만 않는다면 아이에게 큰 영향을 끼치지 않습니다.

결론적으로 본래 젖이 부족한 5%에 해당하지 않는다면 '이 세상에 분유가 없다'고 생각하고 하루 종일 젖을 빨리면 젖 양은 늘어납니다. 분유를 혼합하더라도 9(모유) : 1(분유) 이상으로 비율을 높이면 안 됩니다. 정말 어쩔 수 없을 때만 딱 한 번 분유를 준다는 원칙을 세우세요. 분유 비율이 높아지면 분유 수유 쪽으로 돌아서기 쉽다는 점을 명심해야 합니다. 아울러 젖을 열심히 물리다 보면 처음에 아무리 양이 적었더라도 결국 몸속에서 만들어지고야 마는 신기한 경험도 하게 됩니다.

일주일 이상 노력했는데도 안 된다면 미련 없이 분유를 먹이면 됩니다. 그러고는 이렇게 생각하세요.

'나는 할 만큼 했으니 후회 없다. 분유를 먹어도 아이는 건강하게 잘 큰다. 분유의 장점도 많다!'

일단 노력해봤으니 후회할 필요도 없고 자책할 일도 아닙니다. 여러분은 엄마이므로 이미 대단한 사람입니다.

가장 편한 수유 자세

저는 '누워 수유 자세'를 추천합니다. 옆으로 누워 아이와 몸을 맞대고 바닥 쪽에 있는 젖을 물리는 자세입니다. 아이가 태어난 지 50일 이상 되고 산모가 익숙해지면 같은 자세에서 반대쪽 젖까지 물릴 수 있습니다. 이때 산모의 목과 어깨가 편하도록 베개를 적절히 활용하면 좋습니다.

가급적이면 출산 전에 미리 인형을 가지고 누워서 연습해보거나 실제 산모가 젖 물리는 자세를 눈여겨봐두는 것이 좋습니다. 전혀 감이 없는 상태로 닥쳐서 하려면 의외로 힘들 수 있습니다. 가슴 크기는 전혀 상관없고 몸의 각도를 조절하면 됩니다. 자연 분만이든 제왕 절개든 출산 직후에는 산모의 몸이 힘들기에 편하게 누워서 먹이는 자세를 추천합니다.

모유 수유를 힘들게 하는 것들

모유 수유에 대한 오해

모유 수유를 하면 식사량이 많아야 한다?

아기를 낳으면 주위에서 많이 먹어야 한다고 하는데, 그 말을 너무 믿어서는 안 됩니다. 사람마다 체질이 다르겠지만 음식을 많이 먹지 않아도 모유 수유에 성공한 사람들이 많습니다. 저도 아이 셋에게 모유 수유를 했지만 보양식과는 거리가 멀었고, 살이 찔 정도로 많이 먹지도 않았습니다. 사실 엄마 혼자 애 키우며 세끼 해 먹고 사는 것이 쉬운 일은 아닙니다. 그래서 군것질을 하다 보면 그게 또 역효과를 불러오지요. 하루 세 끼 또는 두 끼만 먹어도 아이가 열심히 빨아주는 한 모유는 잘 돕니다.

전체 산모의 20%정도는 젖 양이 많다고 합니다. 젖 양이 적어서 고민하는 산모도 있지만, 반대로 많아서 고민하는 산모도 있다는 이야기이지요. 영양 상태가 좋은 산모에게 충분히 있을 수 있는 일입니다. 젖이 많이 고여서 몽우리가 딱딱해질 정도가 되면 참지 말고 전문가를 찾아 더 큰 문제를 예방해야 합니다.

너무 기름진 보양식은 많이 먹지 않는 것이 좋습니다. 동양 사람들 중에는 치밀 유방유선 조직의 밀도가 높은 유방이 비교적 많고, 그 때문에 유방암도 더 잘 걸리고 젖몸살도 더 많이 앓습니다. 젖몸살이 오면 모유에 도움이 된다고 알려진 돼지 족발이나 고기를 넣고 끓인 미역국은 오히려 멀리해야 합니다. 국제모유수유전문가들의 권유이기도 합니다.

다시 말해 산후조리 때 젖이 잘 나오게 한다고 족발이나 곰탕, 칼로리가 높은 음식을 주로 먹으면 오히려 유선이 막혀 젖이 나오지 않고 젖몸살도 앓습니다. 질 좋은 모유를 나오게 하는 데 가장 좋은 음식은 된장국, 나물, 생선, 안 매운 김치 등 평범한 한식입니다.

유축기는 필요없다?

인터넷 임산부 카페의 게시물을 보면 유축기 사용에 대해 찬반 논란이 많습니다. 유축기를 쓰기도 하고 안 쓰기도 했던 제게는 이것이 정답 없는 논쟁으로 보입니다.

유축기는 잘만 쓰면 분명 유용한 도구입니다. 직장에 다니는 아기 엄마들 중에는 일 년 이상 유축해서 간접 수유로 완전 모유 수유에 성공한 사람이 은근히 많습니다. 적절한 타이밍에 잘 유축해주면 생각보다 오랜 기간 모유 수유를 할 수 있습니다.

지인 한 분은 출산휴가 후 복직해서 하루에 다섯 번 정도 유축을 했다고 합니다. 양쪽을 한꺼번에 유축할 수 있는 유축기를 사용해 출근 전에 한 번, 퇴근 후 잠자기 전에 한 번, 직장에서 틈틈이 했습니다. 퇴근해서는 가급적 아이가 직접 젖을 빨게 했고요. 그 결과 전업주부들의 평균 기간보다 훨씬 오래 완전 모유 수유에 성공했습니다.

참젖과 물젖이 있다?

아직도 어르신들과 일부 의료진들이 사용하는 단어 중에 '참젖' '물젖'이 있습니다. 그보다는 '전유' '후유'라고 하는 것이 맞습니다. 전유는 수분이 많아 약간 묽은 편이고, 후유는 전유를 어느 정도 빨면 나오는 뽀얗고 지방 성분이 많이 포함된 젖입니다.

산모의 체질에 따라 전유 양이 많을 수도 있고 후유 양이 많을 수도 있습니다. 어떤 이들은 전유가 많은 산모는 미리 좀 짜낸 뒤 후유를 먹이는 것이 좋다고 조언합니다. 하지만 저를 비롯해 완전 모유 수유를 하는 산모들은 별로 신경 쓰지 않고도 잘 먹이고 있습니다.

그런가 하면 한쪽 젖을 오래 물려야 후유를 충분히 먹는다는 말도 있는데, 이것은 맞습니다. 그렇다고 해서 한쪽 젖을 오래 물리려고 노력할 필요는 없습니다. 한쪽 젖을 먹다가 아이가 잠들려 하면 깨우기도 할 겸 방향을 바꿔주면 결과적으로 많은 양을 먹일 수 있습니다. 결국 이런 문제도 엄마 스스로 적응하고 적용하기 나름입니다.

한 번에 한쪽 젖만 오래 물리기 vs 한 번에 양쪽 젖을 다 물리기

저는 그냥 아이에게 맡겼습니다. 아이가 계속 빨면 한쪽만 진득하게 주고, 아이가 빼면 바꿔 물리고, 그래도 안 먹으면 그만 먹였습니다. 가장 좋은 방법은 아이에게 맡기는 것입니다. 물론 초보 엄마에게는 쉽지 않겠지만 이 과정에서 아이와 소통하는 기술도 늘어납니다.

신생아에게 믿고 맡기며 시작하는 것은 정말 경이로운 육아의 첫걸음입니다.

젖을 안 물고 울기만 할 때는 다른 이유가 있다?

신생아가 젖을 빨지 않는다면 괜히 젖 양만 탓하지 말고 다른 이유를 찾아보세요.

전문의에 따르면 아이를 키우기에 가장 좋은 온도, 즉 감기에 안 걸리고 건조함을 줄이는 온도는 20~23°C입니다. 동절기라면 어른이 얇은 옷을 두 겹 정도 입어야 편안한 온도입니다. 2009년 미국 소아청소년과학회의 발표에 따르면 신생아가 있는 집의 온도는 23°C를 넘지 않아야 합니다. 영국과 일본에서는 18~21°C를 제안하기도 합니다.

25°C 이상이 되면 가습기를 틀어놔도 성인의 콧속이 건조해집니다. 만약 신생아가 있는 집에서 실내 온도가 25°C를 넘으면 아기는 잘 먹지 않고, 젖을 빨다가도 금방 잠들어버리곤 합니다.

특히 우리나라 산후조리원은 산모를 위한다고 방의 온도를 높이는 경우가 많은데, 아이를 방에 데려와 젖을 먹이면 엄마 품에 밀착된 아기는 더워서 젖을 빨지 않곤 합니다. 더욱이 우리나라에서는 아기를 꽁꽁 싸놓으니 더 덥겠지요. 외풍이 심했던 전통 주거 문화의 영향에서 아직 벗어나지 못해 벌어지는 일입니다.

제 지인의 경우, 산후조리원에서 아이가 젖을 물지 않는다고 산모가 곤혹스러워하자 간호사가 산모의 옷과 신생아의 배냇저고리를 훌렁 벗겼다고 합니다. 그러자 아기가 거짓말처럼 젖을 잘 빨더랍니다.

어른들은 산모만 보면 협박처럼 몸을 따뜻하게 해야 한다고 말하지만 젖을 먹일 때는 예외입니다. 따뜻한 정도면 됩니다. 더워서는 곤란합니다.

모유 수유만 한다면 꼭 물을 먹일 필요는 없다?

이유식을 하는 4~6개월까지 모유가 충분히 물 역할을 하니까 물을 먹이지 않아도 됩니다. '전유'는 물처럼 묽은 젖으로 영양분까지 포함하고 있으니 굳이 물로 배를 채우지 않아도 되지요. 제 첫째와 둘째도 6개월까지 모유만 먹었지만 잘 자랐고 당연히 그 이후에 물도 잘 마십니다.

물은 수분을 공급할 뿐 칼로리는 없으므로 괜히 아이의 배를 채워 젖을 덜 먹게 할 필요는 없겠지요.

6개월 이후 모유에 영양이 없다?

'6개월 이후 영양이 없어진다'는 이유로 모유 수유를 방해하는 사람들이 많습니다. 이렇게 근거 없는 말을 하는 사람들은 전문가가 아닙니다.

전문의들은 돌까지는 젖이 주식이라고 이야기합니다. 그리고 이유식은 모유에 부족한 철분 섭취와 12개월 후 제대로 된 고형식을 씹는 연습을 하기 위해 단계별로 시행하는 것입니다. 그러니 이유식에서 너무 많은 영양을 얻으려고 욕심부리지 마세요. 아기에게 필요한 영양소는 젖에 모두 포함되어 있습니다.

설사 6개월에 모유를 끊더라도 돌까지는 분유를 꼭 먹여야 합니다. 간혹 인터넷 게시판에서 '9개월에 두유를 먹여도 되느냐'고 묻는 글을 발견할 때마다 안타깝습니다. 아이에게 필요한 영양분을 생각하면 두유는 분유에 훨씬 못 미칩니다.

이에 대한 전문의의 의견을 덧붙입니다.

- 6개월 이후 모유는 철분이 급격히 감소하지만 그 밖의 영양 성분은 건재합니다. 철분 때문에 이유식에 고기가 충분히 들어가야 하며, 필요하다면 전문의와 상의해 예방적 용량의 철분 제제를 투약하는 것도 도움이 됩니다.

- 9~10개월 이후에는 하루 영양의 절반 이상을 이유식에서 공급받아야 하므로 모유의 영양이 떨어져 분유로 바꾼다는 것은 의미가 없습니다. 돌 이후에는 모유든 우유든 칼슘이 풍부한 간식 역할을 할 뿐입니다.

- 두유는 두 돌 이전에는 권하지 않습니다. 신경계 발달에 필요한 동물성 지방이 부족하며, 함유된 피트산이 무기질 흡수를 저해하고, 다른 필요한 음식을 섭취하는 데 방해가 되기 때문입니다.

엠블병원 정재호 원장

모유 먹은 아이들이 엄마에게 의존적 성향을 보인다?

저는 분유 수유 경험이 없어서 비교하기 어렵지만, 제 첫째와 둘째 모두 두 돌 이후까지 모유 수유를 했어도 엄마에게 의존하거나 낯을 가리는 편이 아닙니다. 또 셋째는 삼남매 중 가장 낯을 가리지 않고 아무에게나 안깁니다.

사실 이런 점은 타고난 성격과 양육 환경에 더 영향을 받는다고 생각합니다. 괜히 모유를 탓할 일이 아닙니다.

밥을 잘 안 먹으면 모유를 끊어야 한다?

모유를 끊으면 밥을 잘 먹는다는 말은 반은 맞고 반은 틀립니다.

모유를 끊었더니 아이가 밥을 잘 먹더라는 엄마들이 많지만, 이는 보통 16개월 이후에 해당하는 이야기입니다. 제 아이는 17개월 무렵 밥을 잘 먹지 않아서 혈액검사를 해보았더니 철 결핍성 빈혈이었습니다. 빈혈 증상의 하나로 식욕부진이 나타났던 것입니다.

모유를 먹일 때 유일하게 부족한 영양소가 바로 철분인데, 약으로 보충할 수 있습니다. 제 아이는 이유식을 할 때 고기를 충분히 넣지 않아 빈혈이 나타났습니다. 하지만 빈혈 약을 복용한 지 일주일쯤 지나자 아이는 다시 밥을 잘 먹었습니다. 물론 모유 수유도 계속했습니다.

모유 수유를 할 때 각오해야 할 것

줄어드는 밤잠

모유는 분유보다 소화가 빨라서 아기가 좀 더 자주 먹습니다. 특히 한 달 미만의 신생아는 더 자주 먹어서 엄마의 밤잠을 양보할 수밖에 없습니다. 그래서 몸이 힘드니까 울고 싶고, 그런 이유로 분유 수유로 돌아서는 경우도 있습니다.

결정은 본인의 몫입니다. 정말 지쳐서 힘든 엄마에게는 분유가 더 바람직한 길입니다. 하지만 생후 초반 3주 정도 밤잠을 포기할 각오로 모유 수유를 한다면 이후에는 편하게 먹일 수 있습니다. 또한 초반에 열심히 주고 일찍 밤중 수유를 끊는 방법도 있습니다.

젖꼭지에 앉는 피딱지

모유 수유 초반에는 엄마와 아기 모두 바른 자세에 익숙하지 않아서 젖꼭지에 피딱지가 생기기도 합니다. 저도 그랬기 때문에 아기가 유두에서 나오는 피를 먹기도 했습니다. 전문가들은 그래도 괜찮다고 말합니다. 결국 그렇게 유두가 빨리 단단해질수록 아이와 엄마가 더 잘 적응합니다.

처음에는 눈물이 날 만큼 아프고 화끈거립니다. 이럴 때 가장 좋은 처방은 옷깃을 열어서 바람이 통하게 하는 것입니다. 땀이 고이면 유두의 상처에 더 안 좋으니까요.

약을 써야 한다면 비판텐 연고는 아기가 먹어도 괜찮다고 합니다. 수유 직전에 닦아내도 좋겠지요. 비판텐 연고는 기저귀 발진 연고로도 쓰이니 미리 알아두세요. 또한 모유 발라주기, 3~4일 동안 유두보호기를 사용하는 것도 도움이 됩니다.

젖몸살

젖몸살은 보통 젖 양이 늘어나는 3~7일 사이에 대부분의 초산모가 경험합니다. 유선이 제대로 뚫리지 않고 아기도 잘 빨지 않는데 젖샘에 고이는 젖이 배출되지 않아 생기는 현상입니다.

저도 겪어봤지만 젖몸살의 고통은 말로 표현하기 힘들 정도입니다. 어떤 사람들은 출산의 고통보다 더하다고도 하니까요. 심하면 머리가 띵하고, 온몸에 열이 나며, 눈앞이 캄캄해집니다.

젖몸살을 예방하는 가장 좋은 방법은 아기를 낳자마자 하루 종일 젖을 물리는 것입니다. 제가 모자 동실 예찬론을 펼치는 또 하나의 이유입니다.

그래도 젖몸살이 오면 남편이 빨아주는 방법도 있습니다. 의사들은 위생상의 이유로 반대하지만 예부터 유명한 민간요법이고 실제 효과도 큽니다. 저는 둘째, 셋째 때 손위 아이가 빨아주니 정말 시원했습니다. 그래서 그때는 젖몸살 근처에도 안 갔지요.

젖몸살이 있을 때 유축기의 도움을 받기도 하는데, 더 아플 수도 있고 젖 양이 줄었다는 사례도 있으니 적극적으로 권하지 않겠습니다. 경우에 따라 유용한 방법이 될 수는 있습니다.

저는 해보지 않았지만 '통곡 마사지'로 효과를 봤다는 사람들도 있습니다. 그런데 이 마사지는 비용이 만만치 않으니 웬만하면 낳자마자 젖을 물리는 쪽을 택하는 게 좋습니다. 이후에는 훨씬 편해집니다.

젖몸살이라는 것 자체가 젖은 도는데 비워주지 않아서, 젖이 차서 생기는 것입니다. 그러니 젖몸살이 있는 사람이 젖 양이 적다고 오해하면 곤란합니다.

손목, 등, 허리의 통증

아이를 낳은 뒤 손목이 아프다는 산모들이 많습니다. 그런데 저는 사실 손목이 아팠던 적이 없습니다. 그래서 아무래도 수유 자세와 관계가 있지 않을까 생각합니다.

수유할 때 엄마 몸은 가만 있고 아기의 머리를 움직여서 입의 위치를 맞추는 것이 중요합니다. 엄마가 움직여서 아기의 입 위치에 맞추려고 하면 등이나 어깨가 경직되어 몸에 무리가 올 수 있기 때문입니다. 이때는 수유 쿠션이 큰 도움이 됩니다.

엄마 몸이 편한 수유 자세

누워 수유 자세

아기를 갓 낳거나 수술한 뒤 취할 수 있는 자세입니다. 이 자세가 힘들다는 산모들도 있는데, 아기의 배와 산모의 배가 맞부딪친다고 생각하고 주위 사람들이 자세를 잡아주면 편안합니다. 산모는 옆으로 누울 때 높은 베개를 베고, 아기가 옆으로 누울 수 있도록 등 뒤에 베개를 받칩니다.

수유 쿠션 이용

C자형과 D자형 수유 쿠션 중에서 D자형을 권합니다. D자형 쿠션은 엄마 몸에 두른 상태에서 바로 아이를 안고 돌아다닐 수 있어 혼자 아이를 볼 때도 유용합니다. 수유 쿠션과 신생아용 베개를 함께 이용하면 아기도 엄마도 편합니다. 아기 배를 엄마 배에 밀착시키는 것이 기본자세이지만 아기가 5주 이상 자랐다면 반드시 그럴 필요는 없습니다. 저는 아기가 누운 자세로 고개만 돌려 젖을 빨아도 큰 문제가 없었습니다.

수유 쿠션을 이용하지 못할 때

손목으로 아기의 목을 지탱해서는 절대 안 됩니다. 팔꿈치 안쪽에 머리가 오도록 하고 손목 힘을 풀고 있어야 합니다. 손목에 힘을 주면 만성 통증으로 이어질 수 있습니다. 아기의 엉덩이는 신생아일 경우 반대쪽 팔꿈치에 걸치고, 조금 더 컸다면 엄마 허벅지에 가볍게 올려놓으면 됩니다. 반드시 아기가 누운 자세가 아니어도 됩니다. 특히 3주 정도 지나면 어느새 수유 쿠션 없이도 안고 먹일 정도로 아기가 자랍니다. 베개를 활용할 수 있다면 베개를 받치고 수유하면 좋습니다.

아기띠에서 수유하기

신생아부터 사용할 수 있는 목받침 기능이 있는 아기띠나 슬링으로 안은 상태에서도 젖을 먹일 수 있습니다. 아기띠마다 방법이 달라지겠지만 어쨌든 가능하다는 사실만 알고 있어도 급할 때 도움이 됩니다.

수유 시 아기의 입 모양

몸의 도구화

출산 직후, 아래에서는 오로가 나오고 가슴에서는 젖이 나오고, 몸 구석구석이 아픈 진퇴양난의 상황에서 젖을 먹여야 하니 정말 힘듭니다. 어떤 산모는 스스로 '짐승이 된 것 같다'는 자괴감에 빠지기도 합니다. 충분히 그렇게 생각할 만한 상황입니다. 실제로 모유 수유는 포유류로서의 정체성을 규정하는 일이기도 하니까요. 하지만 생각을 바꿔보면 내 몸이 아이를 먹여 키울 수 있는 도구가 된다는 것이 매우 즐겁습니다. 우리 여성들은 몸속에서 사람을 만들어내고, 그 사람을 위한 음식도 만들어내는 능력자입니다. 좀 더 과장하면 초능력자이지요. 여성이면 누구나 할 수 있는 일이지만, 세상에 나온 아기들은 공장에서 만들어지는 물건과 다르게 그 하나하나 성격도 생김새도 특별합니다. 정말 신기하고 대단한 존재입니다. 그런 존재를 만들어냈으니 자랑스러워하기에 충분하지요. 혹시 자신의 몸이 도구가 되었다는 생각에 우울하다면 자부심을 가지고 힘을 내세요.

모유 수유를 방해하는 주변인

모유 수유에 대해 비전문가인 의료진

의외로 의사가 틀린 말을 할 때가 많습니다. 특히 모유 수유를 지지하는 산부인과, 소아청소년과 의사가 아닌 다른 분야 의사들인 경우가 많지요. 아직까지도 6개월이 되면 모유를 끊는 게 더 좋다고 하는 의사들도 있으니까요.

저도 첫째가 17개월 때 제가 진료를 받으러 가정의학과에 갔다가 어이없게도 모유를 당장 끊으라는 이야기를 들었습니다. 이미 소아청소년과학회에서 24개월까지 엄마 젖을 먹이라는 유니세프의 권고를 지지한다고 밝힌 지 몇 년이나 지났을 때였습니다. 어차피 다른 이유로 진료를 받았던 터라 굳이 대꾸하지 않았지만, 역시 분야에 따라 전문가를 만나야겠구나 생각했습니다.

산후조리원에 상주하는 간호사나 간호조무사의 말도 100% 맞지는 않습니다. 물론 모유 수유에 대한 지식을 잘 갖추고 도와주는 분들도 많지만 근거 없이 "젖 양이 부족하다"면서 분유를 권장하는 경우도 있습니다.

소아와 산모에 대해서는 소아청소년과, 산부인과 전문의의 견해에 따르는 것이 당연합니다. 만약 전공이 다른 의사가 모유 수유에 대해 부정적으로 말한다면 너무 마음쓰지 않아도 됩니다.

결론적으로 모유 수유를 적극적으로 하고 싶다면 모유 수유를 지지하는 산부인과, 소아청소년과 의사의 견해를 우선적으로 받아들여야 합니다. 대한모유수유의사회 홈페이지www.bfmed.co.kr가 도움이 될 것입니다.

모유 수유를 오해하는 시댁과 친정 어른, 남편

드러내놓고 '시댁과 친정 어른들을 경계하라'고 쓰는 것이 사실 조심스럽습니다. 하지만 인터넷 육아 커뮤니티에서 자주 볼 수 이는 하소연이 '집안 어르신들이 모유 수유에 참견해서 괴롭다'

는 것입니다. 단순히 산모가 힘든 데서 그치지 않고 모유 수유 실패와 그로 인한 산후 우울증으로 이어지기도 합니다.

먼저 모유 수유에 대한 의지가 확고하다면 반드시 사전에 어른들에게 이야기해두세요.

"저는 모유 수유를 꼭 할 생각이에요. 처음에는 젖이 잘 돌지 않겠지만 전문가들 말이 그게 정상이라네요. 계속 빨리다보면 곧 잘 나오게 된대요. 분유는 세상에 없다고 생각하고 모유만 먹이는 게 모유 수유에 성공하는 지름길이래요. 그러니 처음엔 좀 걱정되시더라도 저한테 맡겨주세요."

이렇게 미리 이야기해도 분명 참견하는 어른들도 있을 것입니다. 하지만 이런 각오도 없이 아기를 낳았다면 산모의 심신이 약해진 상황에서 휘둘리기 쉽고 자신의 의지를 어른들, 특히 시댁 어른들에게 주장하기 힘듭니다.

모유 수유를 하기 위해서는 정보를 찾아보며 그 과정을 준비하는 것은 물론, 가족들에게도 그 내용을 알려야 합니다. 이것은 정말 중요합니다.

저는 출산 후 모유 수유뿐만 아니라 모든 부분에서 어른들의 개입을 최소화하려고 생각했습니다. 임신 기간 동안 남편과도 꾸준히 모유 수유에 대한 정보를 공유한 덕분에 남편도 기본 지식을 갖춘 상태에서 아빠가 되었고, 잘 도와주었습니다.

집안 어르신들이 '물젖이다', '젖이 모자란다'며 참견하는 일은 정말 흔합니다. 그런데 이런 참견은 모유 수유에 아무 도움이 되지 않습니다. 젖 양을 과학적으로 판별하기 전에 제삼자가 왈가왈부하는 것은 어불성설입니다.

한 귀로 듣고 한 귀로 흘릴 수 있는 성격이라면 상관없지만 성격적으로나 집안 환경이 그렇다면 미리 차단하는 것이 좋습니다. 남편이 내 편이어야 가능한 일입니다.

그런가 하면 친정에서는 딸이 힘들다고 분유를 먹이라고 권하기도 합니다. 그러니 미리 모유 수유에 대한 각오를 알려주세요. 딸 쉬게 하려고 아이에게 분유를 먹이는 동안 딸은 젖몸살이나 모유 부족으로 더 큰 마음고생, 몸고생을 할 수 있습니다. 출산 직후 친정어머니와 티격태격하는 이유 중 하나가 필사적으로 모유를 먹이려는 딸과 딸을 쉬게 하려고 분유를 먹이려는 엄마 사이에서 벌어지는 신경전입니다.

시댁 어른들이 분유를 먹이고 싶어 하는 경우도 의외로 많습니다. 직접 아이를 안고 우유병으로 먹이는 일을 즐거워하기도 하고, 며느리가 손자 젖 물리는 것을 샘내는 시어머니 이야기도 있습니다.

모유 수유를 하려면 이런 주변 상황에 흔들리지 말아야 합니다. 아기는 내가 낳았고 내가 키워야 합니다. 내 의지가 아닌 외부 요인에 아기의 먹을거리가 좌우되어선 안 됩니다. 분유 수유를 하는 경우에도 마찬가지입니다.

짝젖 주의하기

모유 수유 관련 책이나 정보들을 보면 이 부분을 소홀히 다루고 있습니다. 그냥 양쪽 젖을 번갈아가며 먹이라고만 할 뿐 조심하라고 으름장을 놓지 않습니다. 하지만 직접 겪어본 사람은 압니다. 으름장 놓을 만한 일입니다.

양쪽 젖을 골고루 먹인다고 해도 대부분은 왼쪽 젖주로 쓰는 손의 반대 방향을 더 많이 먹이게 됩니다. 주로 쓰는 오른손이 자유롭도록 왼팔로 안고 먹이는 것이 더 편하기 때문입니다. 왼손잡이라면 반대가 되겠지요.

앞에서 젖은 아이에게 많이 물릴수록 많이 나온다고 강조했습니다. 그런데 한쪽 젖만 습관적으로 많이 물리면, 아이가 많이 문 쪽의 가슴이 반대쪽 가슴보다 커지는 현상을 실감합니다. 아이가 많이 빨면 그만큼 양이 빨리 차고, 양이 많으니 그쪽만 더 빨게 되는 악순환의 고리에 발을 담그게 되지요.

저도 첫아이 때는 심한 짝가슴이 되었던 적이 있습니다. 이후 정신을 차리고는 왼쪽보다 작고 젖이 잘 나오지 않는 오른쪽을 세 배 더 물렸더니 3주쯤 뒤에는 양쪽 가슴 크기가 비슷해졌습니다. 둘째 이후부터는 오른쪽을 더 많이 물리려고 노력했습니다.

혼합 수유·유축 젖병 수유

엄마가 일을 해야 하기 때문에, 가끔은 자유롭고 싶어서, 약을 먹는 중이라서 등등 수만 가지 이유로 혼합이나 유축 수유_{이후 두 가지 방법을 묶어 '혼합 수유'로 부릅니다}를 선택할 수 있습니다. 그것은 전적으로 엄마의 몫이니 제삼자가 왈가왈부할 일이 아닙니다.

그런데 모유 수유에 성공한 사람들은 대부분 혼합 수유를 달가워하지 않습니다. 출산 초에 어설프게 혼합 수유를 시작하다가 결국 분유로 갈아타고, 그것 때문에 산후 우울증에 빠지는 경우를 자주 보기 때문입니다. 예비 부모가 이런 사실을 미리 알고 있으면 모유 수유에 대한 강권을 이해하기 쉽습니다.

혼합 수유를 경험한 산모들의 사례를 모아 장단점을 정리해보았습니다.

혼합 수유의 단점은 일이 두 배가 된다는 것입니다. 모유는 모유대로 먹이면서 물도 끓이고 젖병도 소독해야 합니다. 그리고 아이가 모유를 얼마나 먹었는지 알 수 없으므로 분유량을 맞추기 어렵습니다. 그러다 결국 분유 수유로 돌아설 가능성도 높습니다. 또한 아기가 엄마 젖과 젖병의 젖꼭지를 동시에 접하다보면 유두 혼동이 오기도 합니다. 아이가 인공 젖꼭지와 엄마 젖꼭지를 구별하면서 어느 한쪽만 물려고 한다는 경우도 많이 보았습니다. 이것이 유두 혼동입니다.

장점은 엄마가 아이를 맡겨놓고 장시간 외출할 수 있고 약물 치료도 받을 수 있다는 점입니다. 모유 수유만 할 때는 외출이나 약물 복용이 자유롭지 못해 답답한 면이 있습니다.

혼합 수유를 나름대로 잘했다고 자부하는 제 지인은 "나는 정말 좋았는데, 나를 따라 하다 분유로 갈아탄 경우를 너무 많이 봐서 쉽게 권하지 못하겠다"라고 했습니다. 현명한 혼합 수유 방법은 다음과 같습니다.

- 하루에 한 번 반드시 분유를 준다. 젖병 씻기 귀찮거나 젖이 넘쳐도 분유를 준다. 그렇지 않으면 유두 혼동이 와서 아이가 분유를 거부한다.
- 하루에 두 번은 주지 않는다. 두 번 이상 주면 아기와 엄마 모두 편한 분유를 찾게 된다.

혼합 수유를 하면 젖을 그만큼 덜 물리니 내 몸은 그만큼 젖을 덜 만들어냅니다. 혼합 수유를 준비한다면 반드시 기억해야 할 점입니다.

혼합 수유를 하면 엄마 젖이 모자라 아이가 칭얼댄다는 이야기를 들었습니다. 완전 모유 수유를 했던 저는 젖이 찼든 없든 간에 아이가 칭얼대는 일은 별로 없었습니다. 젖이 안 차 있으면 아이가 스스로 힘껏 빨아서 만들어낸다는 말을 믿게 된 이유이기도 합니다.

아이가 젖을 빨 때 드는 힘이 50m 길이의 빨대로 우물물을 마시는 것과 비슷하다는 이야기를 읽은 적이 있습니다. 인공 젖꼭지로 먹을 때와는 비교할 수 없을 만큼 힘이 든다는 것이지요. 그런 이유로 혼합 수유를 하면 아이가 덜 힘든 젖병을 선호한다는 속설이 떠돕니다. 그런데 모유의 경우에도 젖이 차고 젖꼭지를 건들면 사출 반사 때문에 아이가 빨지 않아도 샤워기처럼 뿜어 나옵니다. 그래서 오히려 인공 젖꼭지 때보다 사레가 더 잘 들리기도 합니다. 결국 모유도 분유도 모두 각각의 장점과 단점을 가지고 있습니다.

혼합 수유도 단점과 장점이 있습니다. 어느 쪽을 선택하든 본인의 몫입니다. 혼합 수유를 하기로 했다면 분유를 많이 먹이게 될 수도 있다는 생각을 해야 후회가 덜합니다. 그렇게 편안한 마음을 가져야 산후 우울증도 예방할 수 있습니다.

밤중 수유를 끊는 노하우

일반적으로 모유를 먹이면 아기가 밤중에 자주 깬다고 합니다. 분유를 먹이면 훨씬 잠을 오래 자는데 모유를 먹이면 자주 깨서 결국 분유 수유를 선택하는 일도 적지 않습니다.

제 아이들은 모유만 먹였는데도 생후 한 달 이전에 밤잠이 길어져 여섯 시간 이상 잠을 잤습니다. 아이마다 다르겠거니 했는데, 세 아이 모두 그런 것을 보면 아이의 선천적 성향에만 좌우되는 문제는 아닌 듯합니다.

제가 특별한 방법을 썼던 것은 아닙니다.

저는 일단 잠들었다 하면 누가 업어 가도 모를 정도여서 아이가 밤중에 보채거나 울어도 놓칠 때가 가끔 있었습니다. 그렇다고 아이를 끝까지 방치했던 것은 아니고 아이의 울음소리가 커지면 당연히 일어나 기저귀를 갈고 젖을 먹였습니다.

다시 말해 아이가 얕은 울음으로 몇 번 보챌 때는 그냥 두었습니다. 일부러 그렇게 했든, 자느라 어쩔 수 없이 그랬든 결과는 같았습니다.

아기였던 아이들에게 직접 물어보고 확인할 수는 없지만, 아마도 제 아이들은 엄마의 그런 태도에 적응하고 어느 정도 포기한 게 아닐까 싶습니다.

‘우리 엄마는 정말 다급하게 울지 않으면 일어나지 않는구나. 에잇, 귀찮다. 나도 그냥 계속 자야겠다.’

아마도 이런 생각으로 밤잠이 길어졌겠지요.

물론 기저귀가 불쾌하거나 배가 많이 고플 때는 아이의 의사소통도 강력해집니다. 그럴 때는 빨리 요구에 부응했습니다. 그래서 아이가 특별히 스트레스를 받거나 결핍감을 느끼지 않았을 것으로 봅니다. 육아책을 봐도 밤중 수유 떼는 법이라며, 아이가 조금 운다고 무조건 젖을 먹이지 말라고 조언합니다. 토닥이거나 하는 방법으로 진정시키고 하루 이틀 정도는 과감히 울려서 끊으라고 합니다.

저는 밤에 냉정하게 수유를 끊는 대신 낮에는 아이와 붙어 지내다시피 했습니다. 젖 먹이고 나서도 계속 안거나 업고 있고, 뽀뽀하고 쓰다듬고…….

일단 모유 수유를 한다고 무조건 밤에 안 잘거라고, 자더라도 얕은 잠을 잘 것이라고 미리 단정 짓지 말아야 합니다. 세상에는 그렇지 않은 아기들도 있습니다. 인터넷 커뮤니티에 올라오는 엄마들의 고충 때문에 자칫 대부분의 엄마와 아기가 그렇다고 생각하기 쉽지만, 모유 수유를 하면서도 일찍이 밤중 수유를 뗀 엄마들도 많습니다.

한 가지 더, 밤중 수유가 좋지 않은 이유는 엄마가 힘들어서이기도 하지만 젖을 물고 자면 아기에게 충치가 생길 수 있기 때문입니다. 그래서 전문의들은 처음 앞니가 나는 6개월 무렵까지는 반드시 밤중 수유를 끊으라고 권합니다.

사실 이 부분도 아이마다 치아 체질이 다르기는 합니다. 이를 잘 닦아주었는데도 충치가 생기는 아이가 있고, 열심히 닦아주지 않아도 이가 말짱한 아이도 있습니다. 저는 밤중 수유를 일찍 졸업했을 뿐 깊이 재울 때는 젖을 물리곤 했습니다.

다행히 제 아이들은 충치로 고생하진 않았습니다만 젖을 물려 재우다가 이가 상하는 경우도 있습니다. 아이가 좀 더 크면서 업어 재우는 방법 등으로 바꾸어 젖을 물고 자는 습관을 서서히 고쳤습니다.

밤중 수유에 대한 전문의의 조언

1. 2개월이 지나면 밤중 수유 횟수를 의식적으로 줄이는 게 좋습니다. 4개월 이후로는 밤중 수유를 하지 않는 아이들이 많습니다. 최소한 6시간 이상 연속으로 잘 수 있습니다. 7개월이 넘도록 밤중 수유 횟수가 줄지 않는다면 정상적이지 않습니다. 9개월이 넘도록 밤중 수유를 하면 이유식을 잘 먹지 않고, 빈혈이 생기고, 중이염이 발생하는 등 문제가 생기기도 합니다. 수시로 젖을 물려도 된다는 이야기는 적

어도 4개월 이후의 밤중 수유에는 해당하지 않습니다.

2. 밤중 수유의 해로움은 다음과 같습니다(4개월 이후 아이에게 해당합니다).

첫째, '수면 연관'이 생깁니다. 잠자기 전에 반드시 '이것'이 없으면 자기 어려운 상태가 되는데, 그중 젖을 물고 자는 습관은 엄마와 아이에게 모두 괴롭고 고치기도 어렵습니다. 모두에게 불편하지 않은 수면 연관을 만들어주는 것이 바로 '수면 루틴'입니다.

둘째, 이유식 진행이 잘 되지 않는 이유이자 결과입니다.

셋째, 치아가 나기 시작하면서부터 충치의 원인이 됩니다.

넷째, 8~9개월이 넘은 아이가 보챌 때마다 젖을 물리면 투정이 더 늘어납니다.

다섯째, 일정한 시간에 깨는 버릇이 생기므로 깊이, 오래 잠드는 습관을 들이기 어렵습니다.

여섯째, 무엇보다 엄마가 힘듭니다.

엠블병원 정재호 원장

언제 어떻게 단유할 것인가

양육자 스스로 언제 단유할 것인지 시기에 대해 대략적으로 계획을 세워두는 것이 좋습니다. 그렇다고 너무 강박적으로 정해둘 필요는 없습니다.

요즘은 2년 이상 장기간 수유해도 의학적, 정서적으로 좋다는 주장이 유니세프와 대한모유수유의사회 등 몇몇 전문가 집단에서 나오고 있으니 엄마 젖을 오래 먹이는 것에 대해 부정적으로 생각하지는 마세요. 모유 수유를 오래한 제 경험으로도 아이들 정서에 도움이 되었던 것 같습니다.

저는 모유 수유를 18개월 이상 계획했는데, 첫째가 18개월 때 둘째를 임신해서 임신 초기까지는 조금씩 먹이면서 서서히 단유를 했습니다. 모유 수유를 지지하는 전문의들은 임신 중 수유도 가능하다고 말합니다. 어차피 임신을 하니 자연스레 젖도 말랐고, 아이와 대화를 나누니 끊을 만했습니다. 셋째도 둘째가 14개월일 때 임신했는데, 임신 초기까지는 둘째에게 빠는 즐거움을 만끽하도록 했고 이후 몇 개월 쉬다가 셋째를 낳은 22개월에 다시 먹게 했습니다. 그리고 36개월 정도까지는 억지로 끊지 않았습니다.

동생과 젖을 나눠 먹으면 동생을 질투하거나 미워하지 않게 되는 순기능도 있습니다. 물론 "너는 이제 많이 커서 맛있는 것도 많이 먹으니까 젖은 조금만 먹자" 하며 수유 횟수와 양을 천천히 줄여갔습니다. 돌 전이라면 분유로 서서히 갈아타며 단유를 할 수 있습니다.

말이 어느 정도 통하는 16개월 정도의 아이는 제안을 해가며 천천히 뗄 수 있습니다. 가슴에 밴드를 붙여서 엄마가 아프다고 말하는 방법도 있습니다. 돌만 지나면 "엄마 아야 해"라는 의미를 알아듣지요. 또 젖꼭지에 식초를 발라서 아이 스스로 포기하도록 하는 방법도 있습니다.

민간요법적인 단유 방법도 인터넷에서 어렵지 않게 찾아볼 수 있습니다. 각자에게 맞는 방법을 택하면 되지만 중요한 것은 아이에게 맞는 방법이어야 한다는 점입니다. 즉 단번에 충격요법을 줘도 괜찮은 아이가 있고, 서서히 좋은 말로 해야 상처를 받지 않는 아이도 있습니다. 아이의 성향을 잘 아는 엄마가 대화를 통해 문제를 풀어나가세요.

물론 아이 입장과는 별개로 엄마의 몸 상태에 따른 단유 준비도 중요합니다. 저는 수유 기간이 평균보다 길고 임신 때문에 젖이 자연스레 줄어들어서 젖몸살 같은 문제는 없었습니다.

하지만 아이를 잃었던 첫 분만 때 젖 먹을 아기가 없어서 단번에 말렸던 경험이 있습니다. 그때는 젖 말리는 약을 처방받아서 먹었는데, 부작용도 없었고 이후 출산해서 모유 수유를 하는 데도 지장이 없었습니다. 하지만 약이 독하기 때문에 대부분의 약사나 전문의는 권하지 않습니다. 예전에 많이 처방되었던 '팔로델'이 심각한 부작용으로 최근에는 추천되지 않는다고 합니다.

잘 나오는 젖을 단번에 끊어야한다면 차가운 팩을 올려놓거나 마사지를 받아서 젖을 말려보세요. 엿기름 내린 물도 화학약품을 싫어하는 사람들에게는 추천할 만한 방법입니다.

외출 시 모유 수유

일단 모유 수유를 결심했다면 장시간 외출은 포기하거나 밖에서 모유 수유할 결심을 하고 아이를 데리고 나가거나, 둘 중 하나를 선택해야 합니다. 전자를 선택하고 '아이 키우느라 외출도 못해서 스트레스가 쌓였다' 며 아이를 원망하는 듯한 글을 보면, 단지 모유 수유 때문에 칩거하는 것이 좋아 보이지는 않습니다.

사실 처음에만 어렵지 요령만 갖추면 외출 시 수유도 그리 불편하지 않습니다. 밖에서 모유를 먹이는 것이 남에게 피해를 주는 일도 아니고요.

일단 요령 있게 옷을 갖춰 입으면 반은 해결됩니다. 수유복 전문 브랜드의 옷은 일반 외출복처럼 세련된 디자인을 자랑합니다. 그리고 꼭 수유복이 아니더라도 적절한 속옷_{어깨끈이 고무줄로 처리된 민소매} 등을 입으면 상의를 들춰서 먹이더라도 속옷을 위에서 아래로 내리면 배가 가려져 타인에게 노출되지 않습니다.

수유 가리개의 도움을 받을 수도 있습니다. 저는 수유 가리개보다는 옷으로 덮거나 속싸개를 활용하는 편입니다. 그리고 아이가 크면 뭔가로 가렸을 때 먹는 데 집중하지 않는 경향이 있어서 속싸개도 쓰지 않습니다. 아이가 크면 아이 머리로 다 가려지기 때문에 옆사람도 젖을 먹이는지 눈치채지 못할 정도가 됩니다.

요즘은 백화점이나 마트 등에 수유실이 제법 잘 갖춰져 있지만 수유실이 없다고 수유를 못한다는 것도 편견입니다. 수유실에 대한 집착이 오히려 편안한 수유를 포기하게 만들기도 합니다. '수유실이 없으니 거긴 못 가겠네' 하고 지레 외출을 포기하게 되니까요. 노르웨이, 독일 등 모유 수유 비율이 높은 국가에서는 실외에서도 편안히 젖을 먹이는 분위기이고 오히려 수유실이 없다고 합니다.

수유할 때 사람들이 자신을 본다고 느끼는 것은 착각입니다. 대부분은 '애를 안고 있구나' 할 뿐 그냥 지나칩니다. 그중 한두 명이 눈길을 준다면? 그럴 땐 그냥 그러려니 하면 됩니다. 사실 눈길을 주는 쪽이 더 민망하지 않을까요? 아무렇지 않게 대하면 그만입니다.

바깥에서 또는 가족이나 손님 앞에서 수유하는 것이 예의에 어긋난다고 독설을 퍼붓는 사람도 있습니다. 같은 여성이지만 밖에서 수유를 해보지 않은 사람이거나 미혼일 때 오히려 외출 시 수유에 대해 관대하지 못합니다.

하지만 젖 먹이는 사람이 죄를 진 것도 아닌데 주눅들어야 할 이유는 없습니다. 젖가슴을 완전히 노출한 채 먹이는 것도 아니고, 제삼자가 시작부터 뚫어져라 쳐다보지만 않는다면 조용히 먹일 수 있는데 왜 눈치를 봐야 합니까?

외출 시 수유를 꺼리고 눈치를 보는 것은 타인 앞에서의 수유 자세에 익숙하지 않기 때문입니다. 집 안이나, 가족 친지 앞에서 편안히 젖을 먹여본 사람일수록 외출을 두려워하지 않습니다.

그렇긴 해도 외출 시 수유가 걱정되는 것은 당연합니다. 수유 공간이 부족하고 당당히 앉아서 수유하기 힘든 사회 분위기 때문입니다. 결국 이 문제를 극복하기 위해서는 사회의 따뜻한 시선이 절실합니다. 그것은 앞서 이야기했던 대중교통의 임신부 우선석처럼 우리가 만들어가는 것이라고 생각합니다.

내 몸과 내 아기는 내가 가장 잘 안다

공부가 필요하다는 이유로 모유 수유에 대해 다소 길게 언급했지만, 사실 모든 일이 그렇듯이 방법을 안다고 100% 그대로 할 수 있지는 않습니다.

다만 내 몸, 내 아기는 내가 가장 잘 알고 있다는 것! 남의 말에 휘둘려서 포기하지 말라는 것, 내 아이를 먹이는 문제는 육아의 근본이고 바로 내 문제라는 것을 말하고 싶습니다. 본인의 의지와 원칙만 확고하다면 제삼자가 개입할 여지는 없습니다.

많은 육아책과 인터넷에서 미리 너무 많은 이야기를 접하고 먼저 겁먹을 필요는 없습니다. 사실 모유를 쉽게 먹이는 사람들은 대부분 이론에 얽매이지 않고 일찌감치 자기만의 방식을 스스로 습득한 사람들입니다. 마음 편히 자신의 길을 가는 것이지요.

임신과 출산, 육아에 대한 책이나 자료, 인터넷 정보는 헤아릴 수 없이 많습니다. 특히 육아 용품 관련 정보는 더 많습니다. 하지만 저는 항상 가능한 한 적게 준비하자고 말합니다. 육아 용품과 관련해 이제까지 책이나 인터넷 등에서 소홀하게 넘어가는 부분에 대해 이야기해보 겠습니다.

꼭 필요한 육아 용품 5

천 기저귀 한번 써보실래요?

기존의 육아책에서 자세히 다루지 않지만 제가 가장 자부심과 애정을 느끼는 육아 용품은 바로 천 기저귀입니다.

첫째를 낳은 2006년만 해도 천 기저귀를 쓰면 사서 고생하는 바보 취급을 받았습니다. 그런 분위기에 반항하고 싶어 천 기저귀 후기를 꾸준히 올렸는데, 시간이 지나면서 점점 반응이 달라졌습니다. 웰빙 바람을 타고 천 기저귀가 다시 인정받은 것이 내심 뿌듯합니다.

하지만 아직까지 천 기저귀에 대해 일목요연하게 정리된 정보를 찾기는 어렵습니다. 기껏해야 '천 기저귀 대 종이 기저귀' 비교 정도입니다. 저는 천 기저귀를 사용하면서 육아에 도움을 많이 받았습니다. 그런 점을 독자 여러분에게 알리고 싶습니다. 제 경험이 모든 산모에게 적용될 수 없겠지만 적어도 천 기저귀를 사용하려는 사람들에게는 도움이 되리라 생각합니다.

천 기저귀의 장점

"도대체 뭐가 좋기에 번거롭게 천 기저귀를 써요?"

이것이 천 기저귀를 써본 적 없는 사람들이 가장 궁금해하는 점입니다.

인터넷 육아 게시판을 둘러보면 '돈도 많이 들고, 발진 생기고, 빨래를 하면 수질오염도 되고, 엄마가 힘들어서 좋지 않다'는 말이 많습니다. 하지만 방법만 알면 돈도 거의 들지 않고, 발진도 없으며, 수질오염을 최소화하고, 엄마도 별로 힘들지 않게 사용할 수 있습니다.

저는 절약 효과도 컸습니다. 관리비를 비교해봐도 수도나 전기 사용량의 차이가 없었고, 크게 힘들지도 않았습니다.

어느 소아청소년과 의사가 쓴 책을 보면 '천 기저귀를 자주 세탁하지 않는 것보다는 차라리 종이 기저귀가 더 위생적'이라는 내용이 나옵니다. 당연한 얘기지요. 하지만 이런 내용 때문에 많은 사람들이 천 기저귀를 좋지 않게 인식합니다.

천 기저귀를 '자주' 세탁하는 기준이 참 애매합니다. 저는 대변 기저귀는 즉시 애벌빨래했지만 소변 기저귀는 모았다가 3일에 한 번 세탁했는데도 위생적으로 문제없었습니다. 천 기저귀를 쓴 아이 셋 모두 질병 없이 건강했고 피부나 위생상의 문제도 없었습니다. 감기나 인후성 질환처럼 아이들이 흔히 걸리는 병을 제외하면 셋째를 낳기 전 첫째, 둘째가 로타바이러스성 장염에 걸린 것이 전부입니다. 그 시기는 막 이사해서 살림이 정리되지 않아 천 기저귀를 사용하지 않은 때입니다. 그러니 천 기저귀 때문에 생긴 질병은 아니지요.

화학 젤을 1년 내내 엉덩이에 대고 있는 것보다는 분명 천 기저귀가 좋습니다. 일회용 생리대를 사용하면서 불편을 겪어본 엄마라면 공감할 것입니다. 아기도 똑같습니다. 아기 기저귀의 젤 성분은 생리대에 사용하는 것과 비슷합니다. 제 아이들만 해도 외출 시 종이 기저귀를 채웠을 때와 집에서 천 기저귀를 채웠을 때의 피부 상태는 차이가 컸습니다.

좀 더 구체적으로 천 기저귀의 장점에 대해 알아보겠습니다.

경제적이다

첫째만 키우던 시절 몇 달간의 관리비를 출산 전과 비교해본 적이 있습니다. 여름 관리비를 비교해보니 출산 전에는 없던 에어컨까지 사용했는데도 전년과 차이가 없거나 4천 원 정도 덜 나온 달도 있었습니다.

아이가 8개월쯤 됐을 때 밤이나 외출, 여행 때 쓴 종이 기저귀 값을 계산해보니 외출을 많이 한 편이라 한 달에 1만 8천 원꼴이었습니다. 만약 종이 기저귀만 썼다면 한 달에 8~10만 원은 들었겠구나 생각했습니다. 총 기간으로 대략 환산해보면 150만 원 정도 절약했다는 계산이 나옵니다. 물론 사람에 따라, 기저귀의 종류에 따라 차이가 있겠지요. 아울러 천 기저귀는 그 자체로 물휴지 역할을 해서 물휴지 사용량도 현저히 줄일 수 있습니다.

또한 관리비에 계산되지 않은 쓰레기봉투 값도 무시할 수 없습니다. 둘째를 키울 때까지는 10ℓ 짜리를 일주일에 하나 썼고 셋째를 낳으니 쓰레기봉투 사용량이 좀 더 늘었고요.

간혹 세탁하는 데 가스, 전기료가 많이 들어서 천 기저귀를 포기했다는 사람도 있습니다. 천 기저귀라도 그렇게 예민하게 자주 세탁할 필요는 없습니다.

아기와 스킨십의 빈도를 높여준다

천 기저귀를 쓰면 싸자마자 갈아줘야 하므로 종이 기저귀와는 비교도 안 될 만큼 손이 많이 갑니다. 그 번거로움이 단점일 수도 있지만 아이와 교감을 나누고 싶은 엄마에게는 천 기저귀가 아주 좋은 매개체가 됩니다.

기저귀를 갈아주며 배와 다리 마사지를 해주고 말도 한 번 더 걸 수 있습니다. 그런 교감이 쌓이고 쌓여 무시하지 못할 영향력을 지니게 될 것입니다.

모유 수유를 하는 엄마의 젖 양 불신을 해소시킨다

제 첫아이는 3.8kg으로 세상에 나와서 날씬하게 자란 편입니다. 특히 돌까지는 키에 비해 꽤 마른 편이었습니다. 독하게 마음먹고 모유만 먹였지만 4~5개월 무렵 아이의 체중이 성장곡선의 평균을 밑돌자 솔직히 마음이 불편했습니다.

그때 제 마음을 편하게 해준 것이 바로 천 기저귀였습니다. 아이가 보는 소변을 실시간으로 감지할 수 있으니 횟수를 정확히 알 수 있었습니다. 그리고 배변한 기저귀를 들어보면 무게 차이도 확실히 나서 한 번에 얼마나 쌌는지도 가늠되었습니다. 소변 색깔도 왜곡 없이 그대로 보이기 때문에 오렌지빛인지, 뿌얀지 확실히 살펴볼 수 있었습니다.

첫째는 9개월 무렵에도 하루 12번 이상 소변을 보았습니다. 정상 기준이 기저귀 6개인데 두 배 이상 써대니 젖 양에 대한 불신이 없어지고 마음 편히 모유만 먹일 수 있었습니다.

기저귀를 아무리 자주 갈아줘도 귀찮지 않았습니다. 예비 엄마들은 아직 실감하지 못하겠지만 아기가 대소변을 잘 싸주면 얼마나 고마운지 모릅니다. 그만큼 잘 먹고 잘 소화하고 있다는 증거니까요. 젖 양도 천 기저귀를 통해 알 수 있으니 그 또한 고마운 일입니다. 배변 횟수가 현저히 적다면 즉시 영양을 보충하는 등 대책을 세울 수 있습니다.

환경 친화적이다

오물을 빨아서 하수구에 흘려보내니 수질오염이 된다고 생각할 수도 있지만, 어차피 어른들도 생리 현상으로 수질을 오염시키는 것은 마찬가지입니다. 외출할 때 종이 기저귀를 써보면 쓰레기의 부피가 너무 큽니다. 완전히 연소되기도 힘들고요.

물론 저도 종이 기저귀의 편리함을 누리고 있으니 무조건 나쁘다고 할 수 없지만, 천 기저귀가 수질을 오염시켜서 종이 기저귀를 쓴다는 말에는 고개를 갸웃하게 됩니다. 각각의 장단점은 있지만 환경 면에서 종이 기저귀가 천 기저귀보다 우수할 수는 없습니다. 화학 성분보다는 면섬유가 분명 환경 친화적일 테니까요.

벌레가 나올 걱정이 없다

일 년에 서너 번은 종이 기저귀에서 벌레가 나왔다는 글이 육아 커뮤니티 게시판에 올라오고 '무슨 기저귀를 써야 할지 고민'이라는 댓글이 많이 달립니다.

솔직히 저는 천 기저귀를 쓰면 어떻겠느냐고 말하고 싶지만 괜히 상처받은 엄마들 속을 긁는 것 같아 참습니다. 하지만 진심입니다. 벌레가 걱정된다면 천 기저귀를 쓰는 것이 정답입니다.

보관상의 문제로 종이 기저귀에 벌레가 생길 수 있다는 것은 기저귀 제조 회사에서도 인정한 일입니다. 하지만 엄마가 직접 빨아서 개는 천 기저귀는 어디서 왔는지 모르는 벌레가 알을 까고 기어 다닐 위험이 없습니다. 어쩌다 벌레가 나온다 해도 삶아서 빨면 됩니다.

산후 다이어트에 아주 좋은 운동이다

그만큼 힘들어서 살이 빠진다고 볼 수도 있습니다. 저는 출산 후 5주 무렵부터 운동 삼아 아기 업고 기저귀를 탈탈 털어 널었습니다. 살 빼는 운동이라 생각하니 힘이 났습니다. 빨래가 마르면 식탁 위처럼 높은 곳에 올려놓고 서서 정리했습니다.

집에만 있으니 운동량이 적어서 고민이라면 말 그대로 운동 삼아 천 기저귀를 사용해보세요. 아기에게도 좋으니 일석이조입니다. 물론 누구나 살이 빠지는 것은 아니지만 몸을 움직이는 만큼 차이가 나타납니다.

시댁에 당당해질 수 있다

대부분의 부모님들은 아이를 키울 때 이래야 한다, 저래야 한다

옆에서 많은 말씀을 하십니다. 아이를 처음 키우는 딸, 며느리가 모든 면에서 서툴러 보이시겠지요.

하지만 부모님도 요즘은 종이 기저귀가 대세임을 잘 알고 있습니다. 그런데 며느리가 천 기저귀를 사용한다면 이런저런 참견을 하기가 쉽지 않을 것입니다. 아기를 키우면서 어른들에게 트집 아닌 트집을 잡히는 것도 스트레스 중 하나입니다. 그런 면에서 칭찬받을 일 중 하나가 천 기저귀의 사용이지요.

아빠의 육아 참여를 독려한다

젖병을 쓰지 않는 집에서 아빠가 아이에게 해줄 일은 거의 없습니다. 그래서 저는 기저귀라도 갈고 천 기저귀를 빨아 널어달라고 했습니다. 아이를 위해 뭔가를 하면 할수록 아빠와 아이의 결속력은 더욱 돈독해집니다.

제 남편도 출산 전에는 천 기저귀 사용에 대해 번거롭게 생각했지만 나중에는 외출했다가 들어오면 직접 천 기저귀를 갈아줄 정도가 되었습니다. 셋째 때는 종이 기저귀보다 잘 새지 않는다며 천 기저귀 예찬론자가 되었습니다.

엄마의 자존감을 높여준다

천 기저귀를 써서 힘들지 않았느냐는 질문을 자주 받습니다. 그런데 돌이켜 생각해보니 아이를 낳은 직후부터 직접 기저귀를 빨며 오히려 산후 우울증을 피해 갈 수 있었던 것 같습니다.

잘못하다가는 손목 망가진다는 말도 많이 들었지만 첫아이 때는 아무 일도 하지 않고 있으면 너무 무료하고 따분했습니다. 시간도 때우고 몸도 움직일 겸 고무장갑을 끼고 손목에는 거의 힘을 주지 않고 기저귀에 비누를 치대서 거품만 내는 정도의 일을 시작했습니다. 그랬더니 출퇴근 산후 도우미가 기겁하시더라고요.

성격이나 몸 상태에 따라 다르겠지만 어쨌든 초보 엄마였던 저는 '나는 잘하고 있어!'라는 자신감이 생겼습니다. 그런 마음이 산후 정신 건강에 중요한 역할을 했습니다. 그런 의미에서도 천 기저귀에 대한 도전이 매우 큰 의미였습니다.

'아, 이런 걸 내가 하다니 대견한걸?' 하는 생각이 들면서 자신감이 커지고 뿌듯함 덕분에 산후 우울증은 모르고 지냈습니다. 처음부터 종이 기저귀를 썼다면 그 정도로 확고한 자신감으로 육아의 첫 단추를 꿰지 못했으리라 생각합니다.

천 기저귀를 사용하는 것은 의외로 어렵지 않습니다. 의심을 버리고 자신의 취향대로 쓰다보면 저마다 요령이 생깁니다. 정석대로 한다고 손빨래만 고집하고 매번 삶지 않아도 됩니다. 고지식한 모범생이 되지 말고 자기 나름대로 길을 찾아가세요.

천 기저귀의 사용 시기와 시기별 요령

일반적으로 천 기저귀는 100일이 넘어서 사용하는 게 좋다고 합니다. 엄마 입장에서도 육아가 좀 익숙해지고 여유가 생겼을 때 시작하면 스트레스가 줄어듭니다.

이것도 개인차가 있으니 자신의 상황과 성격에 따라 결정하세요.

다음은 천 기저귀의 사용 시기를 판단하는 몇 가지 기준입니다.

- 한번 편한 것에 길들면 그것만 하는 스타일이다.

    → 각오를 단단히 하고 신생아 시절부터 훈련을 해본다.

- 산후조리 때는 힘들 것 같지만 육아 비용을 진심으로 아끼고 싶다.

    → 조리 기간 3주 정도 지나고 시작한다.

- 아이가 좀 클 때까지는 귀찮은 일 없이 쉬고 싶다.

    → 보편적인 기준대로 100일이 지나서 시작한다.

- 비위가 약해서 대변 처리에 고생할 것 같다.

    → 대변이 하루 한 번 정도로 줄어드는 5~6개월 이후에 시작한다.

- 직장에 복귀할 예정이어서 도저히 엄두가 나지 않는다.

    → 돌 지나고 퇴근 후에만 시작해본다.

이 밖에도 저마다의 판단 기준을 세워보세요. 육아는 정답이 없습니다. 자신의 성향을 고려해서 판단하면 됩니다.

참고로 신생아에게 쓰는 병원용 저가 기저귀는 천 기저귀처럼 싼 직후에 바로 갈아주는 것이 좋습니다. 아기의 여린 피부에 좋지 않더라는 후기가 압도적으로 많습니다. 그래서 저는 신생아 때부터 천 기저귀를 쓰기로 결심했고, 결과적으로 만족합니다.

이번에는 시기별 천 기저귀 사용 요령을 소개합니다. 거듭 강조하지만 정답은 없습니다. 참고해서 자신에게 맞는 방법을 찾으세요.

신생아 시기

저는 출산 후 산후조리원에 들어가지 않은 것을 평생 가장 잘한 일 베스트 10중 하나로 꼽습니다. 여러 가지 이유가 있지만 퇴원 직후부터 천 기저귀를 사용할 수 있었던 것도 큰 이유입니다.

신생아 시절에는 하루에 20번도 넘게 대변을 지립니다. 시원하게 싸는 것도 아니고 아주 살짝만 묻히지요. 특히 모유를 먹으면 대변을 자주 지립니다. 많은 예비 엄마들이 이 사실을 모르고 저 또한 그랬습니다. 말로만 듣다가 직접 겪어보니 상상했던 것 이상이었습니다.

이런 부분이 천 기저귀의 사용을 어렵게 만들지만 반면 더 기꺼이 천 기저귀를 사용하게 만들기도 합니다. 아깝다는 생각 없이 기저귀를 즉시 갈아줄 수 있으니까요. 갓 태어나 여리디여린 아기 피부에 화학 성분이 아닌 순면 섬유를 갖다 댄다는 보람도 큽니다.

집에서 산후조리를 하면서 처음부터 천 기저귀를 쓸 생각이라면 업체에 미리 '천 기저귀 사용을 도와줄 도우미'를 요청해놓는 것이 좋습니다. 부모님이 조리해주신다면 미리 말씀드리는 것이 당연합니다.

저는 음식도 까다롭지 않고 젖병을 사용하지 않았으므로 도우미가 신경 쓸 것이 없었습니다. 그래서 오직 천 기저귀 사용을 도와줘야 한다는 것을 최우선으로 했습니다. 업체에 미리 말해두어서 저와 조건이 맞는 도우미를 만날 수 있었습니다.

생후 한 달~50일

아이가 모유만 먹으면 50일까지는 시도 때도 없이 대변을 지립니다. 그냥 마음 편히 먹고 수시로 갈아주세요. 경험상 이 시기만 잘 넘기면 이후 천 기저귀 사용이 훨씬 편해집니다.

저에게 많이 하는 질문 중에는 '소변을 싸서 기저귀가 젖을 때마다 아기가 자꾸 깨서 천 기저귀를 못 쓰겠다'는 내용이 많습니다. 뒤에서 다시 설명하겠지만 다 적응하는 과정입니다.

저는 오히려 아이가 낮에 오래 자지 않아서 모유량을 늘리기가 편했고, 밤에는 종이 기저귀를 채워주니 상대적으로 더 잘 자기도 했습니다. 세 아이 모두 밤중 수유를 한 달 만에 중단하게 된 데는 천 기저귀의 공이 컸다고 믿습니다.

50일경까지는 아기에게나 엄마에게나 적응기입니다. 정 힘들다면 이 시기에는 종이 기저귀만 쓰세요. 어디까지나 엄마의 선택이 최우선이니까요. 사실 두 달쯤 지나서 대변을 덜 지리는 시기가 되면 정말 편해집니다. 애벌빨래해야 하는 기저귀 양이 확 줄어듭니다.

50일~6개월

앞서 말했듯이 일단 2개월 정도까지 천 기저귀에 익숙해지면 그 후에는 정말 수월합니다. 대변을 지리는 일이 현저히 줄어서 하루 두세 번만 애벌빨래하면 되고, 모유만 먹는다면 이유식도 늦어서 애벌빨래가 편합니다. 아무래도 모유 이외의 음식을 먹으면 대변의 성질이 바뀌어서 애벌빨래하는 데 손이 더 갑니다.

뽀얀 소변 기저귀를 보면 '그래, 천 기저귀 쓰길 잘했어!' 하는 생각이 절로 듭니다. 지금 생각해도 이 시기는 정말 황금기였습니다.

100일이나 6개월이 지나서 천 기저귀를 써보려고 한다는 글을 가끔 보는데, 저는 대변을 지리는 게 줄어드는 2개월 무렵이 가장 적절하다고 권합니다. 어차피 천 기저귀를 쓸 생각이라면 굳이 늦게 쓸 이유가 없습니다.

6개월~돌

소변 기저귀야 그대로 빨래 통에 던져놓으면 그만이지만 이유식을 먹기 시작하면 대변이 제법 덩어리가 생기고 냄새도 예술입니다. 그래서 대변 기저귀의 애벌빨래 난이도가 높아집니다.

아이가 어느 정도 자라면 대변을 싸는 유형이 정해집니다. 저는 아이가 대변 볼 시간이 대충 파악되는 날에는 종이 기저귀로 살짝 바꿔주는 꼼수를 쓰기도 했습니다. 천 기저귀가 좋다고 해서 100% 천 기저귀만 쓸 필요는 없습니다. 상황에 맞춰 적절히 요령을 피우는 것도 육아의 또 다른 재미입니다.

아이가 크면 많은 양의 소변을 나누어서 보기도 합니다. 즉 한 번 싸고 5분 만에 또 싸고, 3분 만에 또 싸고, 연달아 쌉니다. 그때마다 즉시 갈아주면 엉덩이 살갗이 금방 보송보송하니 이 또한 천 기저귀를 사용하는 보람입니다. 이렇게 연달아 싸고 나면 꽤 오랜 시간 동안 싸지 않기도 합니다. 그러다가 한 번에 많은 양을 싸고 결국 점차적으로 소변 횟수가 줄어듭니다.

관건은 역시 대변 처리인데, 샤워기로 대변을 변기에 떨어낸

다음 애벌빨래하는 것이 가장 낫습니다. 그러면 오히려 종이 기저귀보다 냄새도 남지 않습니다. 세탁에 대해서는 뒤에서 다시 이야기하겠습니다.

돌 이후

돌 이후에는 대부분의 아이들이 자기만의 대변 패턴을 보입니다. 누구는 아침에 주로 싸고, 누구는 저녁에 주로 싸고 하는 식으로요. 정 대변 애벌빨래가 번거롭고 부담스러우면 그 시간에는 종이 기저귀를 채워보세요.

이 시기에는 먹는 음식이 어른과 비슷해져 대변도 어른처럼 딱딱해서 샐 염려도 거의 없습니다. 그래서 예전보다 애벌빨래가 더 쉬워집니다. 변 상태에 따라 다르지만 기저귀에 묻지 않을 때도 많습니다.

이쯤이면 이 시기까지 종이 기저귀를 썼더라도 한번 용기를 내서 천 기저귀를 쓰면 좋습니다. 어차피 배변 훈련 할 때의 과도기도 거쳐야 하고, 돌이 지나면 배변 간격이 꽤 벌어지므로 계속 하루에 한두 번이라도 천 기저귀를 채워주면 아이에게도 좋습니다. 대변을 싼 직후에 갈아주면 천 기저귀를 채운 채 세 시간을 내리 보송보송할 때도 있습니다. 기왕이면 바람이 솔솔 통하는 게 좋으니까요.

게다가 아이가 말을 하기 시작하면, 천 기저귀는 아무래도 축축해서 즉시 쌌다고 표현하니까 배변 훈련을 하기도 훨씬 좋습니다.

또한 세탁 부담도 줄어듭니다. 이 시기 정도 되면 아기 옷과 같이 빨아도 좋고 따로 삶지 않아도 됩니다. 저는 둘째가 100일이 지나고부터는 큰아이 옷, 작은아이 옷, 기저귀를 섞어서 같이 빨았습니다. 겉옷이라도 오염된 것이 없으면 개의치 않았습니다. 민감하게 생각할 필요 없습니다. 실제로 옷을 섞어 빨아서 문제가 생긴 적이 없어 자신 있게 권합니다.

천 기저귀 세탁 방법

천 기저귀를 사용해보지 않은 사람들이 가장 어렵게 생각하는 부분이 바로 세탁입니다. 천 기저귀를 시도했다가 실패한 사람들이 이구동성으로 호소하는 어려움도 대부분 세탁입니다.

결론부터 말하자면 세탁은 어렵지 않습니다. 어렵게 하려면 한도 끝도 없지만 세탁기를 잘 활용하면 수월합니다.

성격상 조금이라도 더러운 것을 참지 못하고 살림을 야무지게 하는 사람들이 천 기저귀 사용을 힘들어합니다. "손빨래하다가 손목 망가졌어요. 너무 힘들어요" 하는 고민이 많지요.

저는 셋째까지 천 기저귀를 썼지만 사실 손빨래를 한 번도 한 적이 없습니다. 대변 기저귀는 물론 손으로 애벌빨래했지만, 빨래라고 하기에는 민망한 수준이었습니다. 그냥 비누를 기저귀에 가볍게 치대고는 헹구지 않은 상태로 두었으니까요.

살림에 게으른 제가 천 기저귀를 이렇게 잘 쓸 줄은 저도 미처 몰랐습니다. 그런데 주위를 보니 의외로 완벽주의 기질이 아닌 사람들이 오히려 천 기저귀를 잘 쓰고 있었습니다. '완벽히 깨끗해야 한다'는 강박관념보다는 조금 느슨한 생각을 가진 사람이 천 기저귀를 편히 이용할 수 있는 것 같습니다.

제가 첫째를 키우면서 블로그에 올린 천 기저귀 후기에 달린 댓글을 보니 천 기저귀를 깔끔하게 쓰는 사람들이 많았습니다. 매일 삶아서 쓴다는 사람들도 많았지요. 게으른 제가 보기에는 대단한 일이었습니다.

그래도 주눅 들지 않았습니다. 종이 기저귀만 쓰는 것보다는 낫다고 생각했기 때문입니다. 세탁 방법 때문에 아기에게 문제가 생겼다면 방법을 바꿨겠지만 세 아이 모두 사용하는 동안 별 문제 없었습니다.

빨래는 세탁기가

저는 아이들 속옷과 겉옷, 기저귀를 세탁기에 같이 돌렸습니다. 비위생적이라고 할 수 있겠지만, 어차피 다 깨끗이 빠는 게 목적인데 따로 빤다고 얼마나 다르겠나 싶어 세탁조의 청결에만 신경 썼습니다.

거듭 말하지만 세 아이를 키우면서 천 기저귀나 옷 때문에 아이들의 피부에 문제가 생긴 적은 전혀 없습니다. 오히려 여행 때 종이 기저귀만 계속 썼더니 벨트 부분의 비닐 재질 때문에 피부가 거칠어졌던 적은 있습니다.

애벌빨래는 살살

대변 기저귀는 애벌빨래해야 삶지 않아도 됩니다. 애벌빨래는 싼 직후에 하는 게 편합니다.

저는 고가의 유아용 세제도 필요없고 빨랫비누로 30초 정도 대충 치대고 거품을 내서 그대로 두었습니다. 그래도 기저귀에 얼룩이 생기지 않고 제 손목도 건강합니다. 기저귀를 빨 때도 손목에 힘을 주지 않았으니까요.

비누로 거품이 나게 치대놓고 한두 시간 지나면 기저귀가 하얗게 돼 있습니다. 그러면 소변 기저귀와 같이 모아서 세탁기에 넣고 돌립니다.

삶는 건 최소화

아이가 50일쯤 되었을 때부터 천 기저귀를 비롯한 아이 옷을 자주 삶지 않았습니다. 세 아이 모두 산후 도우미가 도와주는 4주 정도까지는 열심히 삶았지만, 저 혼자 아이를 보면서 기저귀와 옷까지 삶기는 힘에 부쳤습니다. 셋째 때는 한 달 지나고부터 삶기는커녕 아예 누나들의 내복과 같이 세탁기로 빨았습니다.

가끔 애벌빨래하는 걸 깜빡한 채 시간이 지나면 변이 굳어 얼룩이 빠지지 않는데, 이럴 때는 허드레 냄비에 서너 개 정도만 넣어서 잠깐 삶기도 합니다. 이렇게 대변 기저귀만 빨면 간편합니다. 어쨌든 대변 기저귀가 나오면 그 즉시 빨려고 노력합니다. 그래야 힘과 시간이 덜 드니까요.

가끔은 드럼 세탁기의 삶기 기능을 사용합니다. 아이가 6개월 무렵부터 한 달에 두 번 정도 활용하면 전기 요금도 큰 차이가 없고 편리합니다.

세제에 많은 비용을 들일 필요는 없다

저는 주로 빨랫비누를 사용합니다. 유아 전용 빨랫비누를 쓰다가 가격이 비싸서 생후 한 달부터는 일반 빨랫비누를 썼습니다. 아이 피부가 특별히 약하지 않다면 굳이 비싼 세제를 고집할 필요는 없습니다.

세제가 비싸서 천 기저귀 사용이 비용 면에서 싸지 않다는 불만을 인터넷 등에서 볼 수 있는데, 세제 가격 때문에 천 기저귀의 장점이 묻혀서는 안 될 것입니다. 제 경험으로는 저렴한 빨랫비누로도 충분했습니다.

세탁기 세제 또한 유아 전용을 고집할 것 없이 너무 독하지 않은 일반 세제를 사용합니다. 그 대신 미리 애벌빨래한 상태이니 권장량의 반 이하로 세제를 썼습니다.

표백제는 필요 없다

저는 빨래를 자주 삶지 않습니다. 그래도 별 상관이 없습니다. 같은 맥락에서 기저귀 빨래에 표백제를 사용한 적이 없습니다. 그래도 기저귀는 대변 자국 없이 깨끗하고 아기 피부도 문제없었습니다.

솔직히 살균에는 별로 신경 쓰지 않았습니다. 애초에 우리가 무균 상태에서 사는 것도 아니니까요. 또한 세탁 세제에도 표백·살균 성분이 포함돼 있으므로 표백제 사용에 집착할 필요도 없습니다. 어차피 기저귀 색이 조금 바랜다고 큰일이 나는 것도 아닙니다.

세제는 조금, 헹굼은 추가

즉시 애벌빨래를 하므로 세탁기에 넣는 세제는 정량의 반 정도만 쓰고, 아이들 옷과 섞어 빨 때도 정량의 70% 정도만 넣었습니다.

헹굼은 표준 세탁 기준이 3회인데, 돌 전까지는 4회 정도로 늘려서 했습니다.

비단 기저귀뿐만 아니라 아기를 비롯한 성인의 옷을 세탁할 때도 세제 성분이 피부에 문제를 일으키는 일이 왕왕 있으니 세제는 적게 써서 환경을 아끼고 물자를 절약하세요.

애벌빨래와 삶기, 둘 중 하나는 꼭

예전에 시험 삼아 대변 기저귀 하나를 애벌빨래 후 비누 거품에 담가두지 않고 바로 세탁기에 돌렸더니 얼룩이 덜 빠졌습니다.

얼룩 스트레스는 천 기저귀의 사용을 망설이게 하는 한 요인이며, 그런 의미에서 애벌빨래는 꼭 필요합니다. 하지만 애벌빨래할 때 단번에 얼룩을 없애려고 손목 아프게 한참 비빌 필요는 없습니다. 비빈다고 얼룩이 금방 빠지지 않으니 잠깐 공만 들이고 방치하는 편이 오히려 뽀얗게 만드는 방법입니다. 거품과 시간이 약이지요. 저는 애벌빨래 후 최소 한 시간은 그대로 두었습니다.

공들여 애벌빨래를 하지 않고 삶는 방법도 종종 있습니다. 끓는 물의 살균·표백 기능은 대단해서 이렇게 해도 얼룩은 없어집니다.

저는 들통에 물을 채워 들어 올리는 게 힘들어 삶더라도 세탁기의 삶기 기능을 이용했습니다.

아기용 세탁기가 필수는 아니다

요즘은 삶기 기능이 있는 드럼 세탁기를 많이 사용합니다. 저도 드럼 세탁기를 쓰는데, 아기용 세탁기를 따로 장만할 필요가 없습니다. 물론 아기용 세탁기도 좋지만 천 기저귀를 쓸 때 아기용 세탁기가 필수는 아닙니다. 자리도 많이 차지하고 가격도 저렴하지 않은 아기용 세탁기가 꼭 필요하다면 천 기저귀를 사용하라고 자신 있게 권하기 어렵겠지요.

소변 기저귀는 물에 담가둘 필요 없다

물에 담가두면 오히려 세균이 번식된다고 하고 번거롭기도 해서 소변 기저귀는 물에 담그지 않습니다. 셋째까지 키우다보니 몇 걸음 걸어서 다용도실에 가는 것도 귀찮아서 소변 기저귀가 나오면 그냥 바닥에 둘 때도 많았습니다. 축축한 기저귀가 바닥에 굴러다니는 것이 내심 찔려서 작은 바구니를 하나 장만해 담아두었다가 한꺼번에 옮겼습니다.

아이가 돌 이상 자라면 자기가 직접 기저귀를 빨래 통에 넣기도 합니다. 아이가 자랄수록 천 기저귀는 편해집니다. 돌 지난 엄마들도 도전해보기를 권합니다.

세탁 주기는 일정하게

첫아이가 15개월 될 무렵까지는 항상 잠들기 직전 세탁기를 돌리고 아침에 널었습니다. 준비한 기저귀 숫자가 많았기 때문입니다. 쓰려고 개어놓은 기저귀, 빨고 있는 기저귀, 널려 있는 기저귀가 제각각이어도 개수가 넉넉해서 괜찮았습니다.

장마철에는 건조 시간이 오래 걸리니 밤사이에 마르라고 세탁기를 일찍 돌린 뒤 널고 잤습니다.

세탁 주기는 기저귀를 몇 개 준비하느냐에 따라 달라지므로 자신에게 맞게 하면 됩니다. 어차피 쓰다보면 주기가 일정해집니다.

어른 옷과 함께 빨아도 괜찮다

16개월부터는 기저귀 수가 적어져 어른 옷과 함께 빠는 비율도 높아졌습니다. 오염이 심한 겉옷만 아니라면 어른 속옷, 면 소재 겉옷과 함께 빨아도 문제가 없습니다. 대신 세탁 온도를 40°C로 하는데, 전기 요금은 별로 많이 나오지 않습니다. 세탁기를 사흘에 한 번 정도 돌렸습니다.

대변 기저귀와 다른 옷을 같이 빠는 게 아무래도 찜찜하다면 하루에 한두 장 나오는 대변 기저귀만 단독으로 가스 불에 삶고, 다른 빨래를 할 때 세탁기에서 헹굼과 탈수를 같이 하는 방법도 있습니다. 전기 요금도 절약하고 손빨래도 최소화할 수 있지요.

천 기저귀의 유형별 특성

첫째를 임신했을 때만 해도 시중에서 파는 천 기저귀의 종류가 많지 않았습니다.

저는 전통적으로 쓰는 소창 기저귀, 고리로 채우는 컨투어형 기저귀, 커버로 채우는 패드형 기저귀, 이렇게 세 가지를 준비했습니다. 당시 시중에 나와 있는 종류를 거의 다 준비한 셈이었지요.

통풍을 중시한 피티드 기저귀나 커버 일체형 기저귀는 가격이 높아 고려하지 않았습니다.

일반적인 천 기저귀를 미리 박아놓은 구조로 두 번 정도 간결하게 접는 폴드형 기저귀는 그 당시에 구하기가 어려웠습니다. 그래서 천 기저귀를 직접 박아 그렇게 만드는 사람들도 많았습니다. 저도 두 번 정도 접어박기 한 기저귀를 물려받았습니다.

제가 워낙 살림에 게으른 편이라 솔직히 처음에는 소창 기저귀를 쓸 자신이 없었습니다. 그런데 직접 써보니 빨리 마르는 소창 기저귀에 자연히 손이 갔고, 다 마른 기저귀를 차곡차곡 접는 데서 희열을 느끼게 되었습니다. 신선한 경험이었지요. 상당히 귀찮은 일인데도 희한하게 기저귀를 접으면 기분이 좋아졌습니다. 무엇보다 소창은 가격이 가장 저렴하다는 장점도 있습니다. 참고로 저는 형광증백제에 민감한 편이 아니었습니다.

패드형이나 컨투어형은 두께가 있어 늦게 말라서 선호하지 않았지만 급할 때 간편하게 쓰기에는 좋았습니다. 건조대에 널 때도 수월하고, 늦게 마르는 대신 간편하다는 것이 큰 장점입니다.

이렇게 여러 종류의 기저귀를 섞어 쓰면서 천 기저귀의 세계에 발을 들여보세요. 처음에 자신의 성향도 모르는 채 어느 한 제품을 많이 구비하면 애물단지가 생기기도 합니다. 저렴한 소창 기저귀를 중심으로 다양한 제품을 조금씩 준비해서 나중에 본인 성향에 맞는 제품을 추가 구입하는 것이 좋습니다. 어차피 아이가 크면 천 기저귀 사이즈도 교체해야 합니다.

소창 기저귀를 몇 cm로 자르느냐도 빼놓을 수 없는 고민인데, 이것 또한 답이 없습니다. 두껍게 채우는 걸 좋아하는 사람, 폭을 넓게 접는 것을 좋아하는 사람 등 개인차가 있습니다.

저는 신생아용으로 120cm를 썼는데, 아이가 2주만 커도 금방 얇아졌습니다. 그 이후에 쓸 것으로는 240cm를 잘랐는데, 이 정도가 적당한 것 같습니다. 둘 다 폭은 약 45cm로 일반적인 너비였습니다.

신생아용으로 썼던 기저귀는 나중에 다른 기저귀에 두껍게 덧대는 패드 용도로도 활용할 수 있습니다. 또 베개 위에 깔아서 젖을 토할 때에 대비할 수도 있습니다.

소창 기저귀를 접는 방법은 무궁무진하며, 쓰다보면 자신만의 요령이 생기니 기존의 방법을 참고하세요. 저는 삼각접기에만 매달리지 않고 일자접기 요령도 개발했는데, 접을 때 훨씬 즐거워서 소창 기저귀를 쓰는 재미가 늘었습니다.

아이가 좀 커서 걸어 다니고 배변 간격이 벌어지면 종이 기저귀와 흡사하게 스냅 단추나 벨크로를 이용해 채우는 피티드 기저귀, 커버 일체형 기저귀 등도 좋습니다. 물론 신생아 때부터 쓰면 편리하지만 경제성을 고려한다면 아무래도 일체형 천 기저귀는 부담스럽습니다.

커버 일체형은 직접 써보지 않았지만 늦게 마르고 가격이 비싼 걸 빼면 정말 간편하다고 합니다. 저는 통풍을 중요시하기 때문에 피티드 기저귀만 사용해봤는데, 돌 이후 사용하니 꽤 편리했습니다. 굳이 커버가 없더라도 아이가 대부분 서서 지내니 샐 염려가 적고 통풍이 잘됩니다. 또 여름에는 기저귀만 채워서, 따뜻한 아파트라면 가을까지도 벗겨 키울 수 있으니 훨씬 쓰기 수월했습니다. 배변 횟수도 줄어들어 많이 준비하지 않아도 되고, 좀 늦게 말라도 부담이 덜했습니다.

한 가지 덧붙이자면, 저는 물려받은 기저귀도 만족스럽게 잘 썼습니다. 주변에서 물려받을 수 있다면 적극적으로 물려받으세요. 어차피 새 기저귀보다 많이 빨았던 것이 질감이 부들부들해져서 피부에 더 좋습니다. 또한 한 번 이상 삶아서 사용하면 찜찜해할 이유도 없습니다.

전문의에게 확인하니 기저귀에 묻어서 잘 빠지지 않는 얼룩의 성분은 오물이 아니라 담즙이라고 합니다. 즉 소화액입니다. 인체에 해롭지 않은 성분이니 기저귀를 물려받거나 세탁할 때 스트레스를 받지 마세요.

천 기저귀 커버

천 기저귀의 대표적 단점은 '샌다'는 것입니다.

저는 다들 힘들다고 하는 세탁보다 대변이 샐 때 가장 힘들었습니다. 소변은 당연히 새는 거라고 생각했기에 별로 스트레스를 받지 않았습니다. 기저귀는 얼마든지 빨겠지만 대변이 새서 이불에 묻었을 때는 정말 당황스러웠습니다.

그런데 제가 이런 경험을 한 것은 첫째 때 기저귀 커버를 아주 늦게 사용했기 때문입니다. 12월에 출산해서 4~5개월까지는 우주복이나 보디슈트로 고정시켜 커버가 없어도 무리가 없었습니다. 아이가 배를 밀고 기는 시기인 7~8개월 때는 여름이라서 윗도리도 시원한 민소매를 입히고 기저귀는 띠로만 고정시켰습니다. 아이가 계속 움직여서 풀어질 때도 많았지만 천 기저귀를 쓰면서 통기성이 가장 중요했으므로 기꺼이 감수했습니다.

그러다보니 어쩔 수 없이 대변이 몇 번 새어 나왔습니다. 커버가 아닌 띠를 오래 사용했기 때문에 생긴 일이었습니다. 둘째를 낳고 나서는 커버를 무작정 피하지 않았습니다.

커버를 쓴다고 해서 통기성이 아주 없지는 않았습니다. 그리고 통기성만큼은 커버를 함께 쓴 천 기저귀가 종이 기저귀보다 확실히 더 좋았습니다.

우레탄 막으로 처리된 완전 방수 커버도 있지만, 요즘은 소변은 새지만 대변이 새는 것을 막아주는 커버들이 많습니다. 완전 방수는 아니지만 어차피 천 기저귀를 장기간 쓴 엄마라면 소변 때문에 약간 축축한 것은 개의치 않을 것입니다. 통풍이 잘되고 대변 새는 것을 막아주는 데다가 가격도 비싸지 않아 좋습니다. 결국 셋째도 이 기저귀 커버를 계속 쓰고 있습니다. 거의 새지 않고 발진도 없어 아주 좋습니다.

울 소재의 커버도 잘 활용했습니다. 엄마 입장에서 직접 연구, 개발한 '울러버울팬티', 울롱이울바지' 라는 변형 제품도 나왔습니다. 울 소재의 커버는 가격이 좀 비싸지만 통풍과 방수 모두 만족스럽습니다.

아이가 태어나는 계절도 천 기저귀의 사용에서 중요한 변수가 되므로 출산 시기에 맞춰 커버를 장만하고 아이와 엄마 모두에게 편한 쪽으로 선택하면 됩니다. 커버 사용에 대한 경험을 소개합니다. 각자의 상황에 맞게 참고하기 바랍니다.

- 천 기저귀를 쓴다면 옷이나 이불에 샐 수 있다는 것은 미리 기억하세요. 종이 기저귀도 종종 샙니다. 아이를 키우면서 이불 한 번 적셔보지 않은 엄마는 없다고 생각하면 마음이 편해집니다.
- 특히 소변은 당연히 샌다고 생각하세요. 이유식을 먹기 전의 아기 소변은 물과 같고 냄새도 나지 않습니다. 조금 새더라도 금방 마르고 위생적으로도 문제 없습니다. 어차피 아기 용품은 오물이 묻지 않더라도 자주 빨게 마련이므로 소변이 샌다고 천 기저귀 사용을 포기할 정도는 아닙니다.
- 거의 움직이지 않는 뒤집기 전의 신생아는 기저귀 띠로만 채워도 큰 무리가 없습니다. 단 기저귀를 조금은 두껍게 접어주세요. 추운 계절이라면 우주복이나 보디슈트, 내복 바지를 권합니다.
- 뒤집기 시작하면 커버를 채우는 것도 좋습니다. 특히 모유 수유만 하는 아기는 이유식을 먹더라도 오랫동안 변이 묽기 때문에 새는 일이 많습니다.
- 계절도 중요한 변수입니다. 만약 뒤집고 배를 미는 시기가 여름이라면 커버만 채우고 하의를 입히지 않는 것이 간편하고, 동절기라면 커버를 사용하고 내복 바지를 입히면 좋습니다.

• 아이가 서서 걷기 시작하면 대소변이 샐 염려는 줄어듭니다. 일단 대변도 굳어지고, 대부분의 아기들이 앉아서 싸기보다는 일어서서 싸니까 샐 염려가 없습니다. 따라서 종이 기저귀를 썼더라도 돌이 지나면 용기 내서 천 기저귀를 시작해볼 만합니다. 이 시기에는 우레탄 방수막이 없는 통풍 잘 되는 커버를 권합니다.

천 기저귀에 대한 수많은 오해

블로그에 천 기저귀에 대한 글을 올리기 시작하면서 심심찮게 상담 요청을 받습니다. 대부분 제가 보기에는 아무 문제가 없는 것들이었습니다. 물론 문의해주신 분들 덕분에 다른 관점에서 생각해보는 계기가 되었습니다.

하지만 그런 질문에 답하면서 '너무 복잡하게 생각하니까 쉬운 것도 어려워지는 게 아닌가' 하는 안타까운 마음이 들었습니다. 의심하지 않고 긍정적인 마음으로 자연스럽게 쓰면 머리도 아프지 않고 편하게 사용할 수 있기 때문입니다.

그런 고민들이 유별나다고 생각하지는 않습니다. 사실 누구나 겪을 수 있는 문제들이니까요. 그동안 제가 가장 많이 들었던 천 기저귀에 대한 이야기는 다음과 같습니다.

"신생아한테 천 기저귀를 쓰니까 잠을 깊이 못 자서 안 좋아요"

신생아가 잠을 깊이 못 자는 것이 나쁜 것일까요? '신생아는 잠만 자는 존재가 아니'라는 점을 강조하고 싶습니다. 어차피 예민한 아기는 종이 기저귀를 차도 자주 깹니다. 또 모유를 먹인다면 아이가 2시간 간격으로 깨서 젖을 먹는 것이 산모와 아이의 건강에도 훨씬 좋습니다.

제 아이들은 50일이 넘으면서 대변이나 소변을 쌌는데도 깨지 않고 잘 잤습니다. 그래서 오히려 난감할 때가 있었습니다. 대변을 쌌는데도 모르고 있다가 한참 뒤에 갈아줄 때도 있었으니까요. 아이마다 차이가 있겠지만, 주변에서도 천 기저귀를 써서 잠을 못 잔다거나 그로 인한 문제는 전혀 없었습니다.

"너무 자주 갈아주니까 힘들고 아이도 짜증을 내요."

월령이 어릴수록 배변 횟수는 상상을 초월합니다. 신생아일수록 그리고 모유를 먹을수록 대변 횟수가 많습니다. 제 아이들은 50일 전에는 하루에 기저귀 25장은 보통이었습니다. 소변에 대변까지 지리는 것이 보통이지요. 어차피 종이 기저귀를 쓰더라도 대변을 살짝 지린 기저귀는 당연히 매번 갈아줘야 합니다. 그래서 천 기저귀의 경제적 장점은 신생아 때 더 빛을 발합니다. 사실 좀 크면 종이 기저귀에 여러 번 싸도 문제없고 살이 튼튼해져서 발진 걱정도 없지만 신생아 때는 무조건 쌀 때마다 갈아줘야 합니다. 그 돈이 아깝다고 저가형 기저귀를 쓰느니 천 기저귀를 쓰는 것이 피부에도 좋고 세탁비도 저렴합니다.

어차피 아기들은 종이 기저귀든 천 기저귀든 기저귀가 젖거나 대변을 싸면 당연히 짜증을 냅니다. 아기가 생애 초반에 느끼는 불쾌감을 엄마가 즉시 알아차릴 수 있게 표현해주는 것을 오히려 좋게 생각하세요. 아기의 몸과 마음이 건강하다는 증거입니다.

아이가 말도 안 되는 이유로 짜증을 부릴 일은 앞으로도 많습니다. 기저귀가 젖었다고 짜증내는 것은 그에 비하면 양반입니다.

물론 엄마가 너무 힘들다면 굳이 천 기저귀를 고집할 필요가 없습니다. 육아는 기본적으로 엄마가 원하고 행복해야 하니까요. 다만 아이의 짜증 때문에 천 기저귀를 포기하는 것은 안타깝습니다.

"제때 갈아주지 못하니까 발진이 심해지는 것 같아요"
당연한 일입니다. 사실 천 기저귀를 쓰면 제때에 갈아줘야 하니 번거롭습니다. 하지만 그것도 6~9개월까지의 일이고 아이가 크면 바로 갈아주지 않는다고 발진이 생기지는 않습니다. 조금만 크면 알아서 배변했다는 의사표시를 하고, 말을 할 줄 알게 되면 당연히 말로 이야기합니다.

아이가 이릴 때는 기저귀를 자주 만져보아야 합니다. 5분, 10분에 한 번씩 기저귀를 살짝 만져서 확인해야 합니다. 습관이 되면 그리 귀찮은 일도 아닙니다. 그러다보면 의외로 자주 싸는 아기에게 놀라기도 하고 배변 간격이 늘어가는 것을 느끼며 뿌듯함도 맛볼 수 있습니다.

따로 시간을 내서 아기에게 마사지를 해주라고도 하는데, 천 기저귀를 쓰다보면 아기 마사지는 생활이 됩니다.

발진은 물휴지 때문에 생기는 일이 많습니다. 물휴지를 쓰더라도 너무 세게, 많이 닦아서는 안 됩니다. 아무리 부드러운 물휴지라도 아기 피부보다는 거칩니다.

또한 천 기저귀를 쓰면 소변 기저귀를 갈아줄 때 물휴지를 쓰지 않아도 됩니다. 직접 써보면 알겠지만 소변은 천에 다 흡수되고 엉덩이는 보송보송합니다. 아기가 발진이 심한 편이라면 대변을 쌌을 때는 무조건 깨끗한 물로 닦아주세요. 아기가 아직 목을 가누지 못해 물로 닦기가 어렵다면 부드러운 아기용 수건을 따뜻한 물에 적셔혹은 차가운 물에 적셔 전자레인지에 10초 정도 데웁니다 닦아주는 방법도 있습니다.

"두꺼운 천 기저귀가 허리에 배겨서 불편해 보여요"

신생아는 워낙 작고 여려 모든 면에서 걱정이 됩니다. 100일 이후에 천 기저귀를 써도 이런 고민을 하는 엄마들이 많습니다. 아직

앉지 못하고 누워만 있는 아기를 보면 당연한 일이기도 합니다.

저는 옷과 이불에 덜 새도록 기저귀를 제법 두껍게 채운 편인데 특별히 그 때문에 아이가 불편해하지는 않았습니다. 성장에 지장이 있거나 잠을 못 자거나 몸에 이상이 온 적도 없습니다.

옛날에는 동서양에서 모두 천 기저귀만 사용했습니다. 하지만 기저귀가 두꺼워서 문제가 되었다는 기록은 전혀 없으니 그에 대한 걱정은 접어도 됩니다.

"천 기저귀 때문에 다리가 벌어지고 걸음마도 늦는 것 같아요"

제 첫째와 둘째도 걸음이 늦은 편으로 둘 다 14개월 반에 완전히 걸었습니다. 하지만 아이의 발달에 따른 것일 뿐 천 기저귀 때문에 늦었다고 생각하지 않습니다. 첫아이는 13개월 때 오랫동안 외부에 나가 있느라 3주 동안 종이 기저귀만 채웠는데 그때도 걸을 생각을 하지 않았습니다. 그러니 천 기저귀 때문에 늦게 걸었다고 할 수 없지요.

그리고 소창이나 광목처럼 접어 쓰는 기저귀는 접는 방법을 달리하면 가랑이 사이를 좁힐 수 있습니다. 또 요즘에 새로 나온 기능성 천 기저귀는 두께도 얇고 폭도 넓지 않습니다.

또 하나, 천 기저귀를 쓰면 정말 다리가 벌어질까요? 제 두 아이는 모두 24개월 무렵 다리 쭉쭉 펴기 운동을 해주면 종아리가 붙을 정도였습니다. 이 시기에는 발육상 O형 다리가 정상이라고 하는데 오히려 너무 곧은 게 아닌가 걱정될 정도였습니다. 참고로 5세경에는 오히려 X형 다리가 되었다가 자라면서 차츰 곧아지는 것이 정상적인 발육의 양상입니다.

소창 기저귀를 가장 많이 썼는데도 아이들의 다리가 벌어지기는커녕 매우 곧은 걸 보면, 천 기저귀를 의심할 필요는 없을 것 같습니다. 전문의들도 기저귀를 찬 모습이 고관절 탈구 증세가 있을 때의 치료 자세와 같기 때문에 오히려 좋은 자세라고 말합니다. 다리가 벌어지는 것은 이유식 문제, 육류 섭취 부족, 비타민 D 부족 등과 연관이 있습니다.

형광증백제의 진실

천 기저귀를 쓸 때 중요한 걱정거리가 하나 더 있습니다. 바로 형광증백제입니다.

몇 년 전, 천 기저귀에 형광증백제가 사용되었고 세탁해도 없어지기는커녕 다른 섬유에까지 그 성분이 옮겨진다는 내용이 방송돼 아기 키우는 사람들을 심란하게 한 적이 있습니다. 물론 가능하면 이 성분이 없는 제품을 선택하고 세제도 주의해서 사용해야 합니다.

하지만 많은 사람들이 오해하는 부분이 있습니다. 섬유고분자를 전공한 지인의 말에 따르면 면섬유는 형광증백제를 쓰지 않으면 상품 가치가 현저히 떨어진다고 합니다. 형광증백제를 쓰지 않아도 가공할 수 있는 면 원료는 매우 드물고요. 그래서 무형광증백제 면 원단의 가격이 비싼 것입니다. 또한 염색을 하려 해도 일단 형광증백제를 써야 색깔이 제대로 나온다고 합니다.

형광증백제 관련 방송이 나간 뒤 특수 램프로 집에서 형광증백제 유무를 확인하는 사람들도 있었습니다. 그런데 특수 램프가 염색한 섬유까지 잡아주지는 못하지요. 따지고보면 염색할 때 들어가는 화학 성분도 형광증백제보다 나을 게 없습니다. 만약 무형광증백제 제품만 쓰기로 마음먹었다면 염색한 섬유도 무조건 제외해야 합니다. 세탁할 때도 무형광증백제 제품을 따로 모아 무형광증백제 친환경 세제로만 세탁해야 하고요.

병원에서 수술할 때 지혈하는 거즈도 형광증백제를 사용하고, 우리가 입는 대부분의 면섬유가 형광증백제를 포함하고 있지만 인류의 건강을 직접적으로 위협한다는 근거는 없습니다.

형광증백제를 사용해 하얗고 선명한 섬유를 선호하는 세태와 그 대안에 대한 논의는 별개로 하고, 어쨌든 현실이 이러하니 그 안에서 어떤 선택을 할지는 개인에게 달려 있습니다.

저는 형광증백제가 사용된 소창 기저귀를 썼습니다. 다행히 아이들의 피부에는 아무 문제가 없었고, 제 주변에서 아기들 피부에 문제가 생겼다는 말도 들어본 적이 없습니다. 저는 어른 옷과 기저귀를 함께 빨아도 마음이 편하고, 그렇게 편한 마음으로 천 기저귀를 쓰는 것에 만족합니다.

나쁜 것을 피하고 거부하는 것은 당연하지만 어차피 100% 스스로 해결할 수 없는 일이라면 어느 정도의 타협도 필요합니다. 요즘은 시중에 무형광 기저귀와 세제가 많이 나와 있으니 이를 선택해서 마음이 편해진다면 그 또한 좋습니다.

가장 중요한 것은 편한 마음입니다. 천 기저귀뿐만 아니라 육아 전반에 통하는 진리입니다.

천 기저귀의 진짜 순기능

천 기저귀를 쓰다가 스트레스를 받고 우울해졌다는 사람들도 있는데, 이는 강박관념 때문이었을 가능성이 큽니다. '아이를 위해서 꼭 해야 한다'는 감정은 육아 전반에서 큰 적이 됩니다.

솔직히 밝히자면, 저는 둘째와 셋째를 임신했을 때 입덧이 심하고 몸이 무거워지자 천 기저귀의 사용 빈도가 많이 줄었습니다. 하지만 이 또한 융통성의 결과였습니다. 냉장고 문도 못 열 만큼 입덧이 심한데 어떻게 기저귀 빨래를 하겠습니까? 저도 살고 봐야지요.

둘째, 셋째 역시 태어나자마자 천 기저귀를 썼지만 아무래도 첫째 때처럼 천 기저귀만 사용하게 되지는 않았습니다. 외출도 잦고 육아 노동의 부담이 커서 종이 기저귀를 꽤 썼지요.

천 기저귀를 쓰자고 블로그도 운영하고 책까지 쓰는 제가 종이 기저귀를 썼다고 하면 실망할 수도 있겠지만, 지금까지 누누이 말했듯이 엄마의 선택, 엄마의 행복이 아이에게 전해진다고 굳게 믿습니다.

천 기저귀를 쓰면서 육아에 대한 자신감이 더욱 강해졌습니다. 선택하고, 실천하기 위해 노력하고, 나와 우리 아기에게 맞는 방법을 고민하고, 고민의 결과로 요령을 키우는 과정들……. 이런 과정과 경험이 쌓이면서 비단 기저귀 문제뿐만 아니라 육아 전반에 걸쳐 융통성을 발휘하는 능력을 키울 수 있었습니다.

최근에는 육아 관련 게시판에 천 기저귀 후기를 올리는 사람들이 많아졌습니다. 제가 처음 인터넷 육아 카페에 글을 올리던 2007년과는 분위기가 완전히 다릅니다. 그때는 뭐 하러 힘들게 그런 걸 쓰느냐는 비난조의 글이 많았지요.

요즘 후기를 읽어보면 유기농 제품을 써본 사람도 있고, 저렴한 소창만 쓴다는 사람도 있습니다. 세탁기를 따로 구입하거나 매번 삶고 손빨래까지 하는 사람도 있고, 저처럼 그냥 적당히 세탁하는 사람도 많습니다. 저는 이런 다양성이 모두 엄마들의 융통성에서 나온 결과라고 생각합니다.

그런 가운데서도 천 기저귀를 쓰는 엄마들 사이에는 공통점이 있습니다. 바로 자존감입니다. 천 기저귀를 쓰는 엄마들의 글과 실제 모습을 보면 자존감이 고스란히 느껴집니다.

수많은 육아학자들이 말하는 대로 엄마의 자존감은 육아에서 매우 훌륭한 거름입니다. 천 기저귀는 자존감 향상을 위한 훌륭한 수단이지요.

유아용 카시트는 생명줄

승용차를 이용하는 가정이 많이 늘어났지만 아직까지 우리나라 유아용 카시트 장착률은 30%를 밑돕니다. 2011년 기준으로 37.42% 대에 그치고 있습니다.

저는 첫아이를 키우던 2007년부터 온라인상에서 카시트에 대해 잘못된 정보가 공유되는 것을 보며 답답함을 느꼈습니다. 그래서 카시트에 대해 중요하게 다뤄보려고 합니다.

소아청소년과 전문의들이 영유아 검진 때 카시트 사용을 교육한다고 하지만, 부모들의 의식이 아직 자리 잡지 않아 이용률은 제자리를 맴돌고 있습니다.

영유아 사망 원인 1위는 바로 '안전사고'입니다. 여기에는 자동차사고도 포함됩니다. 법적으로는 물론 언론 매체에서도 카시트의 사용을 중요시하지 않는 현실에서 카시트에 대한 경각심을 일깨울 수 있기를 바랍니다.

잘못된 카시트 관련 정보

온라인상에서 자주 보이는 카시트 관련 내용을 모아보았습니다. 이 내용들은 다른 사람에게 절대 권유해서는 안 되는 잘못된 정보입니다. 이 책을 읽는 여러분들은 참고하여 절대 이런 실수를 하지 않기를 바랍니다.

"신생아 때는 안고 타는 게 더 좋아요."

"카시트 사는 거, 돈 아까워요. 미리 장만하지 마세요. 한두 번 태웠는데 애가 울어서 결국 안고 다니게 됐어요."

이런 위험천만한 조언이 공공연히 받아들여지는 것이 우리의 현실입니다. 우리나라에서는 신생아를 안고 차에 타는 게 보편화돼 있고, 그렇다고 해서 매번 사고가 나는 것도 아닙니다. 하지만 만에 하나 경미한 접촉 사고가 나도 신생아가 굴러떨어지거나 의자와 엄마 사이에 끼어 즉사할 수 있습니다.

카시트는 선택이 아니라 필수이고, 북미나 유럽, 호주 등에서는 카시트를 사용하지 않으면 높은 범칙금을 물게 돼 있습니다. 아이를 안고 차에 타는 것이 개인의 자유이며 권리라고 생각할 수도 있지만, 그것이 옳다고 공개적으로 주장하는 일은 이제 더 이상 없어야 합니다.

"카시트를 앞좌석에 설치하면 아이 보기도 편하고 덜 울어요."

이렇게 어이없는 말을 하는 사람도 있습니다. 앞좌석에 에어백이 있다면 사고가 났을 때 카시트를 타고 있던 아이가 질식사할 수 있습니다. 에어백이 없더라도 앞좌석에 카시트를 설치하는 것은 말도 안 됩니다. 선진국에서는 돌이 훨씬 지나도 뒷좌석 후방 장착을 권합니다.

이 또한 각자의 판단에 따라 결정하겠지만 다른 사람에게 권할 만한 일은 결코 아닙니다.

안고 타는 게 더 안전하다는 어른들 말씀

저는 집안 어른들이 잘 도와주셔서 카시트를 사용하는 데 큰 어려움이 없었습니다. 하지만 온라인에서의 반응을 보면 카시트 문제로 집안 어른들과 충돌을 빚는 일이 잦은 듯합니다. 우리나라에서는 안전벨트 착용이 의무화된 지도 30년이 채 안 됐으니 그럴 법도 합니다.

대부분 그런 충돌이 있을 때 어른들, 특히 시댁 어른들이 아기를 안고 가겠다고 우기면 어쩔 수 없이 포기하고 맙니다.

“아기가 불쌍해 보이잖니. 우는 아이를 굳이 묶어서 차에 태우
다니, 너도 참 모질구나.”

이렇게 말씀하시면 대꾸하기도 난감하니 그냥 넘어가고 말지요.

물론 ‘어쩌다 한 번이니 괜찮겠지’ 하고 생각할 수도 있습니다.
그런데 일단 안아주는 맛을 안 아기는 당연히 카시트에 다시 앉으
려고 하지 않습니다. 그래서 아이가 카시트에 탈 때마다 우는 악
순환이 벌어지지요.

어른들과 부딪치더라도 절대 아이의 안전 문제를 타협하거나
외면해서는 안 됩니다. ‘우리 때는 그런 거 안 해도 괜찮았다’는
어른들의 육아법에 동의하지만, 구체적으로 통계가 나오고 과학
적으로 안전성이 입증된 부분은 양보하지 말아야 합니다.

카시트 사용에 대해서도 먼저 어른들에게 논리적으로 차분히
설명해봅시다.

“안고 타다가 사고가 나면 아이가 많이 다칠 수 있어요.”

“카시트가 훨씬 안전해요. 다치는 것보다는 차라리 우는 게 나
아요.”

“괜히 꺼내줬다가 다시 안 탄다고 하면 더 힘들어요.”

웃으면서 이렇게 이야기하고 해결하는 것이 가장 바람직합니다.

막상 카시트에 태우고 난 뒤에도 아이가 울면 안쓰러우니 내
려주자고 계속 말할지도 모릅니다. 그럴 때는 아무 말 없이 계속

태우는 것이 정답입니다. 만일 엄마가 운전하고 있는데 뒷자리에서 어른들이 마음대로 아이를 내려 안는다면 차를 멈추고라도 분명히 의사를 전달하는 것이 악순환을 막는 길입니다. 우리나라 정서상 쉽지 않지만 남편을 통해서라도 꼭 의사를 전달하세요.

이렇게 이성적으로 말했는데도 어른들이 막무가내시라면 어쩔 수 없습니다. 그럴 때는 정색하고 말하세요.

"만약에 그렇게 안고 계시다가 사고가 나면 아기가 에어백 역할을 해서 어머님은 무사하고 아기는 죽어요."

물론 이렇게 말하기가 쉽지 않겠지만 제가 아는 분은 실제로 이렇게 해서 해결했습니다. 다른 게 아니라 아이의 안전이 달린 문제니까요. 혹시 그래도 설득할 수 없다면 모의 사고 동영상을 함께 보는 것도 하나의 방법입니다.

부모의 체념으로 아기의 안전도는 곤두박질칩니다. 극히 드물게 일어나는 사고라도, 만에 하나 사고가 났을 때 그 책임은 부모에게 있습니다.

카시트가 없을 때 일어난 사고는 보험 처리도 불리!

실제 우리나라 법원에서 소송으로 다툼이 있는 사건입니다.

생후 2개월 된 아기를 안고 뒷좌석에서 수유하던 중 자동차가 좌회전할 때 직진해오던 차와 부딪치는 사고가 일어났습니다. 아빠와 엄마는 타박상만 약간 입을 정도로 경미한 사고였지만 젖을 먹다가 바닥에 떨어진 아기는 그 자리에서 즉사했습니다.

보험사에서는 성인이 안전벨트 착용 법규를 위반했을 때 전액 보상을 거부합니다. 법률상으로 영유아는 안전 장구에 탑승해야 하므로 이때도 사고 보상에 매우 불리합니다.

영유아를 카시트에 태우지 않는 것은 아기의 안전을 위협하는 무책임한 행동이며, 나아가 법적으로 보험사에서도 외면당합니다.

아이를 카시트에 적응시키는 방법

무조건 신생아 때부터

이렇게 해서 문제없이 잘 타는 아기들이 아주 많습니다. 신생아 때는 잠이 많아서 잘 누워 있기 때문에 더 커서 태우는 것보다 훨씬 쉽습니다.

바구니 카시트는 집에서 요람으로 활용할 수도 있고, 그만큼 아기와 친숙해지기도 수월합니다. 저는 바운서 없이 바구니 카시트만으로도 만족스러운 육아를 할 수 있었습니다.

일단 바구니 카시트를 9개월 이상 잘 탄 아기라면 토들러용으로 갈아타기도 매우 수월하며, 36개월 이후 주니어용으로 갈아타는 것은 일도 아닙니다. 이때쯤 되면 아이들이 "어? 새 카시트다!" 하며 신나게 올라타서 스스로 벨트도 맵니다.

울어도 무시한다

엄마 입장에서 아기가 울 때 무시하기가 쉽지 않습니다. 저도 아이가 우는 것이 싫어서 돌까지 하루에 20번 이상 젖을 물렸고 하루 종일 안고 업고 지내기도 했으니까요.

하지만 자동차 탈 때만은 예외입니다. 아이가 운다고 마음 약해져서 한두 번 내려주면 습관이 될 게 분명하니 카시트 문제만은 타협할 수 없었습니다. 아이들은 영악합니다. 아니, 단순하다는 말이 더 맞겠지요. '어라? 좀 울었더니 엄마가 꺼내주네? 다음에도 울어야지' 하는 생각은 신생아도 할 줄 압니다.

물론 아이가 아프거나 다른 문제가 있어 자지러지게 운다면 차를 적당한 곳에 주차하고 당연히 상태를 살펴야 합니다. 다행히 제 아이 셋은 아직까지 그런 일이 없었습니다. 솔직히 카시트에서 울었던 일도 몇 번 안 됩니다. 태어난 직후부터 익숙하게 만든 덕분이라고 생각합니다.

아이가 징징거리는 것이 두려워 주방용 칼을 들고 장난치는 것을 내버려둘 부모는 없습니다. 카시트도 마찬가지입니다.

대화한다

아이가 울어도 무시한다고 했지만 대화를 끊임없이 했습니다. 운전을 하면서도 얼마든지 이야기하고 노래하며 아이와 소통할 수 있습니다.

"혼자 뒤 보고 있어서 심심하지? 미안해. 엄마가 ○○이랑 같이 놀러 가고 싶어서 그래. 좀만 참아줘."

"우리 아기가 차가 막히니까 싫어서 그러는구나. 엄마도 그래."

"이제 조금만 더 참으면 엄마가 내려서 안아줄게."

상황에 따라 이야깃거리는 무궁무진합니다.

태어난 지 50일밖에 안 된 아기도 의외로 엄마의 얘기를 잘 들어줍니다. 신생아와도 대화를 할 수 있습니다. 처음에 아기는 방치된 듯한 기분이겠지만 엄마의 따뜻한 말투와 기분이 고스란히 전해집니다.

카시트에서 내려줄 때도 말을 건넵니다.

"우리 딸이 잘 참았네. 대견해라."

"카시트에 잘 앉아 있는 우리 아기 최고예요."

"이제 다 왔다. 기분 풀렸어? 아까는 엄마도 어쩔 수가 없었어. 이제 많이 안아줄게."

이렇게 말하는 것은 어려운 일이 아닙니다. 아기가 자지러지게 울더라도 그 순간을 잘 넘기고, 차에서 내릴 때 따뜻하게 이야기하면 아기도 엄마 마음을 읽습니다.

제 아이들도 두 돌 지나서까지 가끔 카시트에서 칭얼댔습니다. 그래도 이때는 말이 통해서 대화를 하며 해결할 때가 많습니다.

"엄마, 내리고 싶어요."

"조금만 참으면 안 될까? 아직 다 안 왔어. 엄마가 어떻게 해 줄 수 없는 거 알잖아?"

그리고 지하 주차장에 들어서면 아이가 다시 말합니다.

"이제 다 왔어요?"

"응. 우리 딸이 잘도 아네. 이제 조금만 참으면 내릴 거예요."

카시트에 잘 타는 아이라고 늘 수월한 것은 아닙니다. 상황이나 몸 상태에 따라 아이의 반응도 달라집니다. 그래도 변함없는 원칙은 같습니다.

'주행 중에는 카시트에서 내리지 않는다!'

아이가 좀 큰 다음, 처음으로 태우게 될 경우

이 경우는 제가 경험이 없기 때문에 자신 있게 비법을 말하기 어렵습니다. 한번은 돌 지난 조카가 처음으로 카시트를 타는 현장을 보게 되었는데, 세상이 떠나가라 울고불고, 벨트를 자기가 직접 풀어서 바닥에 내려오고, 정말 난리도 아니었습니다.

아이가 울어서 카시트에 태우기 힘들다고 말하는 심정을 조금 이해할 수 있었습니다. 당시 아이 엄마가 차를 장만하고 운전을 시작한 터라 어쨌든 카시트에 태워야 했고 결국 조카도 3일 만에 체념하고 잘 타게 되었다고 들었습니다.

결국 왕도는 '태우는 데' 있습니다. 엄마가 직접 운전할 때는 이런 고민이 덜합니다. 엄마가 직접 운전하면서도 아이를 카시트에 태우지 않는 사례도 우리나라에서는 제법 흔합니다. 하물며 엄마가 운전하지 않고 옆에 같이 타면 아이는 더욱 강하게 카시트를 거부합니다. 그러니 엄마가 운전을 하지 않는다면 차라리 조수석에 앉는 것도 방법입니다.

저는 아이와 차를 탈 때 장난감이나 먹을 것을 꼭 챙기지 않습니다. 신생아 때부터 카시트에 앉는 게 습관이 된 아이들은 밖을 보며 드라이빙의 즐거움을 누립니다. 태어날 때부터 카시트를 절대 진리로 각인시켰더니 장거리 여행도 잘 적응한 것 같습니다.

카시트에 못 태우는 핑계들

"카시트가 너무 비싸요"

아이의 안전은 돈으로 환산할 수 없을 만큼 중요합니다. 저렴하고 질 좋은 카시트도 많으니 꼭 비싼 수입 제품을 고집하지 말고 국내 브랜드로 믿고 장만하세요. 시중에 판매되는 카시트는 국산이든 수입품이든 모두 안전 검사를 통과한 제품입니다. 참고로 좋은 카시트를 고르는 기준은 뒤에서 소개하겠습니다.

"아이가 너무 울어서 그러다 숨넘어갈 것 같고, 성격을 버릴까봐 겁나요"
카시트 때문에 너무 울어서 숨이 넘어가거나 성격이 나빠졌다는 연구 결과는 어디에도 없습니다. 하지만 카시트에 타지 않고 가다가 사고가 나서 아이가 잘못된 경우는 많습니다. 제 세 아이도 50일쯤에 숨넘어가게 운 적이 있지만 건강하게 잘 크고 있으니 너무 걱정하지 마세요.

"부모님과 부딪치기 싫어서 그냥 가만히 있어요"
아이의 안전 문제를 제삼자 때문에 체념하면 결국 책임은 부모의 몫입니다. 카시트 범칙금을 10만 원 이상으로 하고 단속도 음주운전처럼 자주 했으면 좋겠다는 것이 저의 바람입니다. 이런 장치가 있으면 어른들도 카시트의 중요성을 수긍할 수밖에 없을 테니까요.

"사고가 항상 나는 것도 아닌데……"

맞습니다. 사고는 흔히 일어나지 않습니다. 자주 일어나서도 안 되고요. 그래서 아이를 안고 다녀도 괜찮다는 이야기가 나옵니다. 하지만 사고는 예고하지 않고 일어납니다. 그러니까 사고이지요. 절대 사고를 당하지 않을 자신이 있어서 아이를 카시트에 태우지 않는다면 그것은 부모 마음이지요. 하지만 적어도 다른 사람들에게 카시트에 태우지 않아도 된다는 조언만은 하지 말아 주세요.

좋은 카시트를 고르는 기준

벨트 5점식 이상

36개월 이전에는 가슴과 배에만 채우는 3점식 벨트가 아니라 양쪽 어깨를 감싸는 5점식 이상으로 합니다. 안전 검사를 통과한 카시트는 대부분 5점식 입니다.

뒤보기가 되는 것

신생아용은 당연히 뒤보기 전용으로 나옵니다. 토들러용은 뒤보기가 되는 게 있고 안 되는 게 있습니다. 소아청소년과 전문의들은 아이가 두 돌이 될 때까지 뒤보기를 하라고 조언합니다.

참고로 뒤보기를 했을 때 차량의 푹 꺼진 의자 경사 때문에 카시트가 과도하게 세워진다면, 아랫부분에 타월을 말아서 대고 경사를 조절할 수 있습니다.

벨트 어깨 부분을 조절할 수 있는 것

아이가 클수록 어깨 위치를 바꿔줄 수 있어야 합니다. 등받이 부분에 구멍이 나 있는지 확인하면 됩니다.

벨트의 길이를 쉽게 조절할 수 있는 것

가랑이 사이로 어깨 벨트를 조절하는 끈이 나와 있는 구조입니다. 이런 것이 없으면 끈 길이를 조절할 때 카시트를 아예 떼어내 뒤쪽에서 해야 하지만, 이런 모델은 벨트를 편하게 채우고 나서 어깨끈이 팽팽하도록 앞에서 당겨주면 되니 훨씬 편합니다. 카시트 벨트를 느슨하게 채우면 사고가 났을 때 부상당할 확률이 더 높습니다.

벨트 커버가 있는 것

벨트 커버가 없으면 사고 시 충격으로 벨트 측면에 상처를 입기도 합니다. 벨트 커버는 따로 구입해도 됩니다. 저는 마트에서 저렴하게 파는 냉장고 손잡이 커버를 이용했습니다.

유아용 카시트 사용에 대한 바람

대형 병원 응급실에서 근무하는 사람들은 교통사고 사상자를 많이 접합니다. 성인은 사망하지 않을 정도의 사고인데 어린이들이 사망한 경우, 십중팔구 카시트에 탑승하지 않았다고 합니다.

하지만 보호자의 잘못으로 아이를 잃은 경우 직접 그 일을 인터넷에서 이야기하는 사람은 없습니다. 그래서 카시트를 사용하지 않아서 발생한 끔찍한 사건은 잘 알려지지 않습니다. 저처럼 카시트를 권하는 사람들은 "당신 애들은 안 우니까 그렇게 한가한 소리를 하지" 하는 핀잔이나 듣지요.

한국생활안전연합이 2006년 8월부터 2010년 12월까지 응급실 내 9세 이하 어린이 교통사고 사망 및 부상 실태를 조사한 결과에 따르면 유아동 카시트 미탑승률은 무려 98.8%였습니다.

우리나라에서도 2006년에 6세 이하 어린이에 대한 카시트 착용 의무화법이 도입되었지만 실제 단속이 이뤄지지 않아 실효성이 거의 없습니다.

유아 카시트 사용에 대해 다른 국가들처럼 높은 벌금을 매길 수는 없더라도 단속만은 제대로 이루어지기를 바랍니다. 카시트를 태우는 소수의 보호자들이 '불법'을 행하는 다수에게 오히려 핀잔을 듣는 상황만은 막아주었으면 좋겠습니다. 정부 차원의 대국민 홍보와 엄격한 단속이 시급합니다.

카시트 사용에 대한 지침

1. 만 2세까지는 모두 뒤보기 카시트rear-facing car seat를 사용해야 한다.

   (즉 만 2세까지의 유아는 모두 뒤보기를 해야 합니다. 예전에는 이 기준이 1세 이하나 9~10kg 이하였고 '가능하면 오래도록 뒤를 본다'는 권고 정도였는데 기간이 길어졌습니다.)

2. 만 2세 이상 또는 그 이하이지만 뒤보기 카시트의 키·몸무게 기준을 초과한 아이들은 '벨트 달린 앞보기 카시트forward-facing car seat with a harness'를 사용한다. 통상 만 4세까지 이 카시트를 사용한다.

   (즉 벨트 없는 부스터 카시트에 차체 내 성인 벨트를 쓰는 게 아니라 4점식 이상의 '벨트 달린 카시트'를 사용하라는 뜻입니다.)

3. 벨트 달린 앞보기 카시트의 키·몸무게 기준을 초과한 경우에는 부스터 카시트 belt-positioning booster seat를 사용한다. 차체 내 성인 벨트가 몸에 맞을 때까지 사용하며 통상 키 145cm, 8~12세까지 사용할 수 있다.

4. 성인 벨트를 혼자 몸에 맞게 사용할 수 있는 경우에도 13세까지의 모든 아이들은 뒷좌석에 앉아 3점식 벨트를 사용해야 한다.

미국 소아청소년과학회

살까 말까 고민되는 육아 용품

오해가 없기를 바라는 마음으로 사전에 두 가지를 밝힙니다.

먼저, 저는 외제 물건을 안 쓰는 사람이 아닙니다. 이것저것 따져보고 아이들에게 맞다 싶으면 국산이나 외산을 특별히 가리지 않습니다. 또한 알뜰하게 살림하고 열심히 저축하는 스타일도 아니니 그런 점에서 내세울 만한 것도 없습니다. 다만 집 안 살림을 늘리기 싫어하고, 물건을 구입할 때 가격대 성능비는 꼼꼼히 따집니다.

다음으로, 제가 쓰지 않았다고 해당 물건을 잘 쓰는 다른 사람들이 잘못이라고 생각하지 않습니다. 각자 스스로 판단한 소비를 폄하할 생각도 없습니다. 꼭 갖추어야 한다며 '국민 육아 용품'이 되어버린 제품에 대해서는 제 경험을 말씀드리려고 합니다. 없어도 잘 지냈다면 없어도 괜찮다고 권유할 것입니다. 살까 말까 고민 중일 때 참고하세요.

아기 체육관

'국민 아기 체육관'이라고 불리는 제품은 5년이 넘도록 꾸준히 사랑받는 것을 보면 진정한 스테디셀러라 할 만합니다. 저도 임신 중에 혹하지 않았다면 거짓말이지요. 저는 아기 체육관 없이 잘 지낸 조카들 셋이 있어 일단 없이 살아보기로 했습니다. 어차피 아이를 키우면 일 년 정도는 바람처럼 지나간다는 것을 간접 경험으로나마 알고 있어서 아기 체육관 대신 엄마 체육관, 아빠 체육관을 가동하기로 했습니다.

결론적으로 세 아이 모두 아기 체육관 없이 키웠지만 딱히 아쉽지는 않습니다. 누워 있던 시절에는 모빌을 만졌고, 앉아 있을 때는 오뚝이, 딸랑이랑 놀았고, 짚고 설 때는 가구 붙들고 신나게 놀았습니다.

걸음마 보조기

아이 셋 모두 8개월 무렵부터 짚고 서기를 즐기더니 10개월 무렵부터는 뭔가 잡고 걷기를 좋아했습니다. 첫아이 때는 걸음마 보조기를 하나 살까 싶기도 했습니다. 빨리 걸었으면 좋겠다는 생각보다는 워낙 아이가 걷는 걸 좋아하니 걸음마 보조기가 있으면 더 편하지 않을까 싶었지요.

그런데 아이는 식탁 의자를 끌고 잘 돌아다녔습니다. 의자 발에 소음 방지용 스펀지를 붙여놓으면 끌어도 소리가 잘 나지 않습니다. 바퀴가 달린 걸음마 보조기보다 오히려 더 안전하다는 생각도 듭니다. 물론 집에서 어떤 의자를 쓰느냐에 따라 달라지겠지요.

바운서·흔들 침대

바운서는 신생아가 있는 집에서는 필수로 생각하는 물품입니다. 이구동성으로 '이게 없었으면 아이 못 키웠을 것'이라고 합니다.

그런데 저는 출산 준비물로 바구니 카시트를 장만한 터라 그것이 대용품 노릇을 하리라 기대하고 과감히 바운서를 포기했습니다. 결과적으로 세 아이 모두 아쉬움이 없었습니다. 그러니 신생아용 카시트를 적극적으로 사용할 예비 부모라면 굳이 이중으로 지출할 필요가 없습니다.

어차피 저는 아이나 어른이나 맨바닥에서 자는 게 허리에 좋다고 생각하므로 카시트를 아기 재우는 용도로 쓰지는 않았습니다.

다만 혼자 아기를 보며 밥 먹거나 화장실 갈 때는 유용했습니다. 셋째 때는 누나들이 워낙 잘 놀아줘서 카시트도 필요 없었습니다.

바운서를 극찬하는 의견에는 공감합니다. 초보 엄마 입장에서는 혼자 아이를 보는 일이 막막하게 마련인데, 엄마를 대신해 바운서가 아이를 안아주는 것만으로도 도움이 됩니다.

영아용 전집류

요즘은 교육에 워낙 관심이 많아서 아기가 태어나기 전부터 전집을 사는 사람들을 자주 봅니다. 한때 개인 교습을 하느라 아이들 집에 가볼 기회가 많았는데, 아기 때 본 전집의 권수와 아이의 학습 능력은 절대 비례하지 않습니다. 오히려 반비례하는 일도 이 많지요.

그러니 아이가 어릴 때 비싼 전집 사주지 못한 것을 아쉬워하지 마세요. 그 책을 볼 시간에 한 번 더 안아주고 놀아줄 수 있는 것에 자부심을 가지세요.

EBS의 한 프로그램에서 김수연 아기발달연구소장이 이런 말을 했습니다.

"자꾸 책이라고 하시는데, 그림책이라고 말씀하셔야 해요. 아기는 그림을 보지 책을 보는 게 아니에요."

물론 그림을 보는 것도 훌륭한 경험이지만 수백만 원짜리 전집을 통해서만 할 수 있는 경험은 아닙니다. 도서관에서 빌려보는 책, 물려받은 책을 통해서도 충분합니다.

책은 한글을 깨치고 난 뒤에 사주면 충분합니다.

유행은 따르더라도 속지는 말자

육아 용품도 유행을 탑니다. 인터넷의 대형 육아 커뮤니티를 오래 지켜보니 한때 '국민 제품'이라고 칭송받던 것들이 얼마 후 전혀 언급되지 않는 일이 상당히 많습니다.

2005년만 해도 출산 준비 용품으로 전자 모빌을 꼭 사야 하는 분위기였습니다. 쇼핑몰마다 품절이었지요. 저도 첫아이를 낳기 전에는 혹해서 검색했다가 가격이 너무 비싸 포기했습니다. 그런데 셋째를 임신했을 때는 이미 그 모빌의 이름을 찾아보기 힘들었습니다.

물론 스테디셀러도 있지만 대부분의 육아 용품은 유행을 많이 탑니다. 유행도 나쁘지는 않습니다. 하지만 유행을 좇지 않는다고 도태되거나 뒤처지는 것은 절대 아닙니다. 그러니 사람들이 많이 산다는 물품을 구입하고 싶은데 경제적으로 여유가 없다면 미련을 거두기를 바랍니다.

무리하면서까지 사야 하는 육아 용품은 거의 없습니다. 아기한테는 엄마 젖, 이유기 이후에는 적절한 먹을거리, 사랑이 가득한 엄마·아빠의 품, 몸을 씻을 깨끗한 물, 몸을 보호해줄 옷과 이불, 대소변을 받아줄 기저귀만 있으면 충분합니다.

그 밖의 물품은 아기보다는 어른들의 편의를 위한 것입니다. 그러니 행여 '못 사줘서 우리 아기한테 미안하다'가 아니라 '내가 직접 사랑해주면 돼' 하고 생각하면 됩니다. 불필요한 지출을 하지 않은 데 대한 자부심은 덤입니다.

요컨대 인터넷 육아 용품 후기 게시판에 올라오는 글을 잘 가려 읽는 게 좋습니다. 사람마다 성향이 다르니 후기도 잘 가려 읽고 판단하는 지혜가 필요합니다. 아무리 유행이라도 본인에게 좋은 물건이 있고 그렇지 않은 물건이 있습니다. 본인이 필요해서 산 물건을 잘 쓰면 되지요. 저도 국민 아기 띠와 유모차 등을 잘 쓰고 있습니다.

나중에 아이가 크면 예방접종비, 병원비 등 돈 들어갈 일이 많습니다. 그때를 위해 지혜롭게 아껴보면 어떨까요.

신생아나 돌 전 아기를 대하는 마음가짐과 자세는 이후 아이가 유치원을 갈 때까지도 영향력을 미칩니다. 아기는 어느 날 갑자기 태어나고, 부모는 전날과는 전혀 다른 삶을 살아야 합니다. 첫날부터 모든 것을 잘하는 부모는 없습니다. 완벽한 부모가 되겠다는 생각보다 아이와의 관계를 잘 만들어간다는 마음이라면 어느덧 흔들림 없는 부모의 자세를 갖추게 됩니다.

첫돌까지 육아의 실전   6

신생아나 돌 전 아기를 대하는 마음가짐과 자세는 이후 아이가 유치원을 갈 때까지도 영향력을 미칩니다. 아기는 어느 날 갑자기 태어나고, 부모는 전날과는 전혀 다른 삶을 살아야 합니다. 첫날부터 모든 것을 잘하는 부모는 없습니다. 완벽한 부모가 되겠다는 생각보다 아이와의 관계를 잘 만들어간다는 마음이라면 어느덧 흔들림 없는 부모의 자세를 갖추게 됩니다.

100일까지
이제는 실전이다

아기가 우는 이유

단도직입적으로 말해 아기가 우는 이유에 너무 집착할 필요는 없습니다. 이유를 찾아보려고 시도는 해야 하지만, 말 못하는 아기가 왜 우는지 초보 부모가 알아내기는 여간 어려운 일이 아닙니다. 이유를 찾지 못했다고 아기가 부모를 원망할 리 없으니 우는 아이를 포근하게 안아주면 됩니다.

처음에는 아기 울음소리가 당황스럽습니다. 조카들의 울음소리에 익숙한 사람도 내가 낳은 아기가 울면 더 애처롭고 안타깝게 마련입니다. 얼른 문제를 해결해주어야 한다는 책임감에 조바심도 날 것입니다.

아기는 이 세상에 나온 것 자체가 너무 힘들어서 울 수도 있습니다. 엄마 배 속에서는 숨을 쉬지 않아도 되고, 똥 쌀 필요도 없고, 입으로 먹지 않아도 양수 속에 둥둥 떠서 편하게 지냈습니다. 그런데 하루아침에 꽁꽁 싸매져서 마음껏 움직이지도 못하고, 숨도 스스로 쉬어야 하고, 아랫도리는 허구한 날 축축하고, 밥도 힘들게 빨아 먹어야 하니 그런 상황에서 울지 않는 게 오히려 이상한 일이겠지요.

게다가 갓 태어난 아기는 일주일에 몸무게 100g이상, 키 3mm이상 급속도로 성장합니다. 이것을 '급성장기'라고 하는데, 개인차가 있지만 일반적으로 생후 3주, 6주, 3개월, 6개월 정도입니다. 갓 태어났을 때는 매우 빠른 속도로 쑥쑥 자라지요. 어린 시절 성장통을 겪어본 사람들은 알겠지만 관절 마디마디가 아프고 괴롭습니다. 그러니 아직 참을성을 배우지 못한 갓난아기는 여러모로 우는 게 낙일지도 모릅니다.

아기가 울 때는 따뜻하게 안아주고, 눈을 마주치면서 나지막이 위로의 말을 해주면 잠이 듭니다. 잠들기까지 5분이 걸릴 수도, 2시간 이상이 걸릴 수도 있지만 그런 교감의 과정이 쌓이면 아기는 엄마, 아빠에게 익숙하고 편안해집니다.

아이를 둘 이상 키우는 엄마들은 이구동성으로 신생아 때 우는 모습이 정말 귀엽다고 합니다. 일부러 울리고 싶을 만큼이요.

저도 첫째 때는 그런 생각을 못했는데, 둘째와 셋째는 돌이 지나서까지도 우는 모습이 너무 귀여워 거실을 뒹굴 정도였습니다. 그야말로 슬랩스틱 코미디의 한 장면이지요. 아이 입장에서는 엄마가 자기를 약 올리는 것 같아서 기분이 나쁠 수도 있습니다. 그래서 두 돌쯤 되면 예의상 표정 관리를 해줍니다.

우는 아기를 안고 "아유, 귀여워. 귀여운데~ 귀여우면 됐지, 뭐~" 하며 웃는 얼굴로 달래주면 아이는 금세 울음을 멈추고 방글방글 웃곤 했습니다. 사실 저는 생후 3일만 지나면 볼에 뽀뽀도 했습니다. 다른 사람들에게 자신 있게 권할 수는 없지만 제 위생만 조심하면 괜찮았습니다.

가끔 아기가 오래 울 때도 있는데, 아파서 우는 것만 아니면 괜찮습니다. 부모가 못 쉬고 못 자는 게 문제라면 문제겠지요. 초보 부모들은 아파서 우는지 아닌지를 알아채지 못해 무조건 걱정부터 앞서는데, 아기가 10시간을 울어도 그 때문에 잘못되었다는 이야기는 없으니 불안해하지 않아도 됩니다. 오히려 건강에 문제가 생기면 울지 않고 처지는 증상을 더욱 많이 보입니다.

아기는 태어나면서부터 수없이 웁니다. 아기 입장에서도 세상에 태어나서 원 없이 울어보고 '이렇게 울면 어떻게 달래주나?' 하고 부모를 시험해볼 권리가 있습니다. 부모가 달래주는 방법을 알면 우는 시간은 점차 줄어듭니다. 하지만 부모가 걱정만 하고 짜증을 부리고 방치한다면 아기는 억울해서 더 울겠지요.

첫째 때 아기의 울음을 힘들어했던 엄마들도 둘째 때는 편해집니다. 저 역시 셋째 때는 우는 소리가 예뻐서 그치지 말기를 은근히 바라기도 했습니다. 물론 얼른 멈추도록 달래주지만요.

둘째가 100일쯤 됐을 때, 제가 첫째를 키울 때부터 아이가 운다고 안절부절못하거나 짜증을 내는 등 부정적인 생각을 해본 적이 없다는 사실을 깨달았습니다. 그래서 첫째 때부터 여유롭게 육아를 할 수 있었던 것 같습니다. 남편도 마찬가지였고요. 사실 두 돌 넘은 아기들이 떼를 쓰며 징징 울 때는 난감하지만 신생아 시절의 연습 덕분에 이성을 잃지 않고 부드럽게 해결하는 편입니다.

행복하고 수월한 육아의 기본은 '아이의 울음소리를 사랑하자'는 단순한 사실입니다.

제 아이들이 별로 울지 않아서 이렇게 여유로운 말을 한다고 쓴소리를 할지도 모르겠습니다. 그런데 제 아이들도 신생아 때부터 오랜 시간 운 적도 많고, 지금도 울 일이 생기면 다른 아이들처럼 울어댑니다. 다만 저는 돌 전 아기들이 우는 모습이 예쁩니다. 다른 집 아기들이 우는 것을 보아도 마찬가지입니다. 우는 모습이 아기들의 가장 솔직한 자기표현이라고 생각하니까요.

아기의 울음을 사랑하세요!

초보 부모들에게 꼭 도움이 되기를 바랍니다. 아기 울음소리에 대범해지면 아기와 더 행복할 수 있다는 사실을 기억하세요.

주변의 도움을 받자

막상 실제로 아기 울음소리가 끊이지 않고 계속되면 머릿속이 하얗게 되는 경우가 많습니다. 당연한 일이니 절대 자책하지 마세요.

너무 당혹스러워서 마음이 안정되지 않을 때는 가까운 사람에게 심경을 토로해보세요. 남편이 가장 좋지만 여의치 않다면 혼자 삭이지 말고 다른 사람이라도 찾아보기를 권합니다.

위로받기 원한다면 그 마음을 꼭 먼저 이야기합니다. 위로가 필요해서 도움을 요청했는데 도리어 속을 긁는 경우도 있기 때문입니다. 본인은 괴로워 죽겠는데 주위에서 '뭘 그렇게 힘들어하냐'고 반응하는 일이 의외로 흔합니다.

'신생아 때 굳이 그렇게까지 힘들어하며 마음고생할 필요가 없었다'고 하는 육아 선배의 글도 쉽게 찾아볼 수 있습니다. 어차피 시간이 지난 뒤 생각하면 별일 아닐 거라고 선배들이 조언하는 데는 이유가 있겠지요.

'우리 애만 많이 우는 것 같아!(사실은 모든 신생아가 많이 웁니다), 나만 힘들어!(사실은 누구나 다 힘듭니다)' 라는 생각에 예쁘디예쁜 신생아 시기를 한껏 누리지 못할까봐 안타깝습니다.

우는 아기 달래기

그래도 우는 것을 보고 있을 수만은 없으니 어떻게 달래야 할까요?

아파서 우는 게 확실해 보인다면 고민할 필요도 없습니다. 열만 나지 않으면 걱정을 접어도 괜찮습니다. 그래도 어디가 아픈지, 어떻게 해야 할지 확신이 서지 않으면 병원으로 가는 것이 정답입니다.

여담이지만 의료 민영화에 대해 비판 의식이 별로 없던 사람들도 아이를 낳고 키워보면 민영화가 되었을 때의 문제점을 인식합니다. 현재 우리나라 건강보험 제도의 혜택을 피부로 느끼게 되지요. 제가 미국인이었으면 아이의 증상이 의심될 때 병원에 가보라고 자신 있게 말하지 못했을 것입니다. 실제로 의료 민영화가 실시된 미국에서는 '병인지 아닌지 확인하기 위해' 진료를 받아보라고 권하기 어렵습니다. 하지만 우리나라에서는 가벼운 진료를 받을 수 있으므로 마음고생을 할 바에는 차라리 병원에 가보라고 권할 수 있습니다. 아무튼 열만 나지 않는다면 굳이 병원에 갈 필요는 없습니다.

아프지 않다면 대부분의 울음은 잠투정입니다. 그렇기 때문에 안아주거나 업어주거나 젖을 주는 등의 가벼운 처방으로도 금방 해결됩니다. 그래도 해결되지 않는다면 '다 울 때까지 두는 것'이 가장 훌륭한 해결책입니다. 안아주고 있으면 더 좋지만 힘들다면 눕혀놓고 토닥토닥 해주세요.

다시 한 번 강조하지만 아기가 울 때는 안아주거나 업어주는 밀착 자세를 취하고 따뜻한 말투로 웃어주세요. 가장 단순 명쾌한 해결 방법입니다. 물론 기저귀 때문이거나 배가 고파서 운다면 해결해주시고요.

그렇다고 아기의 울음 자체를 가볍게 여기거나 우습게 생각하라는 것은 아닙니다. 정말 심각한 울음은 초보 엄마도 느낌으로 알아차릴 수 있습니다. 이럴 때는 병원에 가서 해결해야 합니다.

대부분은 크게 심각하지 않습니다. 아이의 울음에 대해 적절한 관심과 애정을 표현하되 스트레스를 받을 필요는 없습니다. 달래줘도 그치지 않을 때 '네가 울고 싶을 때까지 계속 울어. 엄마 아빠는 괜찮단다' 하는 마음으로 기다려주는 것은 방치가 아닙니다.

입장을 바꿔 생각해보면 답이 나옵니다. 엄마, 아빠도 속상한 일이 있어 울어본 적이 있습니다. 그럴 때 누가 곁에서 "울지 마. 울 필요 없어. 얼른 그쳐. 너 왜 우니?" 하고 다그치면 당연히 기분이 안 좋겠지요. 신생아도 마찬가지입니다. 안아주자마자 금방 울음을 그치면 다행이지만 그러지 않을 수도 있습니다. 그럴 땐 역지사지의 마음으로 기다려주세요.

그런데 엄마, 아빠가 아무리 편안한 마음으로 아이의 울음을 받아들여도 걸림돌이 있습니다. 육아법에 참견하는 집안 어른이나 그냥 두면 절대 안 된다는 논조로 쓰인 육아 책입니다.

집안 어른이 "애가 우는데 왜 모르는 척하니?" 하고 비난조로 말하는 경우가 왕왕 있습니다. 반대로 아이가 울 때 즉각 반응해서 젖을 먹이거나 안고 있으면 '손 탄다'고 말리는 어른들도 있지요. 아이 부모의 뜻에 이러쿵저러쿵 반대의 말을 하는 어른들 때문에 육아가 더 힘들어지기도 합니다.

또한 신생아에게 신속하게 반응하지 않는 것을 죄악시하는 육아 책이 꽤 많습니다. 또는 육아 책의 저자는 그 정도까지 얽매여야 한다고 한 말이 아닌데 번역이나 편집 과정에서 강조하다 그렇게 바뀌는 사례도 있습니다. 핵가족 사회에서 아기를 키우는 초보 부모는 시행착오를 겪게 마련인데, 어떤 육아 책은 그 시행착오마저 용인하지 않는 듯합니다.

저는 아기가 울 때 진심을 다해 애정을 주는 것이 최선이라 여깁니다. 이것은 실제 행동으로 보일 수도 있고, 말로 할 수도 있고, 마음으로 전할 수도 있습니다. 만약 아이를 안아주기 힘든 상황일 때는 "금방 못 안아서 미안해"라는 따뜻한 말 한마디만 해도 충분히 전달됩니다. 외부의 평가에 흔들리거나 자책하지 마세요. 아기가 울 때 일관되게 진심 어린 애정을 보여주세요.

아기는 말을 할 수 없습니다. 자기 의사를 표현할 수단이 '울음'밖에 없어서 우는 것입니다. 자라면서 여러 가지 표현법을 배우면 울음도 분명히 줄어듭니다.

신생아의 울음을 편안하게 대하는 법을 익히면 아이가 두세 살쯤 생떼를 쓰거나 초등학교에 들어가 속을 썩일 때도 적절히 대응하는 성숙한 부모가 될 것입니다. 100일 전 아기의 울음을 육아의 첫 연습이라 생각하고 편히 받아들이세요.

신생아 돌보기 실전 3종 세트

지금부터는 갓 태어난 아기를 실제로 돌보는 방법에 대해 구체적으로 이야기해보겠습니다.

기저귀 갈기, 젖 먹이기, 트림시키기는 생후 한 달 미만의 아기가 잠에서 깨어 운다면 무조건 해줘야 하는 3종 세트입니다. 아기가 울면 일단 기저귀를 먼저 살펴보고 곧바로 젖을 주고 트림을 시키세요.

기저귀 갈기

신생아가 울거나 신호를 보내면 열에 아홉은 기저귀 때문입니다. 한 달 미만 신생아의 요구는 단순해서 해줘야 할 일도 적습니다.

기저귀에 일을 봤으니 당연히 배가 비고, 배가 고프니 젖을 달라고 우는 연쇄 작용입니다. 기저귀 가는 일은 미리 배우지 않아도 닥치면 다 하게 되고 익숙해집니다. 또 기저귀의 종류에 따라 방법도 다르기 때문에 글로 일일이 설명하기도 어렵습니다.

기저귀를 잘 가는 요령 중 하나는 대소변이 새지 않게 잘 막아서 채우는 것입니다. 이 또한 시행착오를 몇 번 겪으면 확실히 익히게 되지만 몇 마디만 덧붙이겠습니다.

앞서 언급했듯이 신생아는 다리가 벌어지는 게 더 좋은 자세입니다, 기저귀를 넓게 펼쳐서 신생아의 오금까지 오게 한 뒤 채웁니다. 누워 있는 상태에서 대변을 보면 분출되는 힘 때문에 변이 등 쪽으로 쏠려서 새는 일도 제법 잦습니다. 그러니 너무 밀착되게 당겨 올리지 말고 가랑이 쪽에 약간의 공간을 두어 등 쪽을 앞보다 높게 채워주는 것이 좋습니다.

노동으로 치면 솔직히 기저귀 갈기가 가장 귀찮은 일입니다. 신생아는 시도 때도 없이 쌉니다. 대변도 자주 보기 때문에 종이 기저귀든 천 기저귀든 수도 없이 갈아줘야 합니다.

언제 어디서나 따뜻하게 이야기하며 갈아주는 것이 가장 중요합니다. 그러면 노동이 아니라 소통이자 생활이 됩니다. 무슨 말을 할지 막막하면 뻔한 말부터 시작합니다.

"우리 아기, 울었어? 기저귀 갈자."

"축축하지? 조금만 참아봐."

처음에는 쑥스럽지만 아무도 없는 집에서 먼저 습관이 되면 수유실 같은 공공장소에서도 스스럼없이 아기에게 말을 겁니다.

이것이 생활화되면 더 다양한 표현도 할 수 있고요.

저는 기저귀를 갈 때 이런 말을 합니다.

"갈아주는 동안에 또 쌀 거지? 그러셔야 재밌지?"

"이렇게 잘 싸니까 엄마가 정말 좋다. 무럭무럭 자라겠네."

"엄마 귀찮게 하려고 또 쌌어?"

이렇게 갈아주고 나서 배가 비어 있는 아기를 위해 먹이면 됩니다.

젖 먹이기

앞에서도 설명했지만, 모유 수유만 할 때 1주 미만의 신생아가 2시간 반 이상 자면 깨워서라도 젖을 먹여야 합니다. 탈수와 황달을 막고 정상적인 성장을 위해서입니다. 의사들은 신생아가 2시간 이상 자면 깨워서 먹이라고 하는데, 제 경험으로 3시간까지는 괜찮았습니다. 그래서 2시간 반이라고 썼습니다.

생후 2주 이상에는 밤에 3시간 이상 수유 간격이 벌어져도 무리가 없었습니다. 저는 생후 3주 조금 안 됐을 때도 밤에는 4시간 이상 재우기도 했습니다. 대신 낮에 깨어 있는 동안은 젖을 자주 주었습니다. 이 수유 간격은 아이마다 다를 수 있으므로 모유 수유 부분에서 언급한 내용을 기준으로 아이 상태를 판단해 적용하세요.

트림시키는 방법은 간단합니다. 아기를 세워 안고 등을 살살 문지르거나 토닥여주면 됩니다. 이때 아기가 젖을 토할 수도 있고 아기를 안은 어른의 옷이 아기 뺨에 거칠게 닿을 수도 있으니 그 부분에 부드러운 수건을 덧대는 것이 좋습니다.

분유나 유축한 모유를 젖병으로 먹일 때는 젖꼭지를 통해 공기가 유입될 수 있으므로 다 먹이면 반드시 트림을 시켜야 합니다. 모유 또한 먹는 방법에 따라 공기가 유입될 수 있으므로 다 먹으면혹은 한쪽 젖을 다 먹고 반대쪽 젖을 물기 전에 트림을 시켜주어야 합니다.

간혹 모유는 트림을 시키지 않아도 된다는 글을 볼 수 있는데 이는 분명 잘못된 내용입니다. 첫째 때 그 말을 믿고 트림을 시키지 않았다가 곤욕을 치른 적이 많았습니다.

일단은 모유도 무조건 트림을 시키는 것이 좋습니다. 내 아기가 트림을 시켜야 하는 체질인지, 안 시켜도 되는 체질인지는 직접 키워봐야 알 수 있습니다. 트림을 시키지 않아도 무리가 없는 아기는 분유 수유를 해도 게워내지 않고 잘 소화시킨다는 경험담을 들은 적이 있습니다. 반대로 이야기하면 트림을 시켜야 하는 아기는 수유 방법에 상관없이 반드시 필요하다는 말입니다.

독자들이 저와 같은 시행착오를 겪지 않도록 경험담을 이야기하겠습니다. 저는 초보 엄마 시절 육아 책만 믿고 젖을 빨다가 잠든 첫째를 그냥 눕히곤 했습니다. 그러면 아기가 방금 전 먹은 모유를 분수처럼 뿜는 광경을 수차례 목격했습니다. 그래서 얼마 후부터는 트림을 시킨다고 시켰는데, 고작 1분 안고 '트림 안 하네? 역시 모유는 트림을 안 시켜도 되나봐' 하면서 다시 눕히곤 했습니다. 하지만 그럴 때마다 바로 젖을 넘겼습니다.

둘째 때도 혹시나 하면서 트림을 시키지 않고 눕혔다가 젖 분수를 몇 번이나 보았습니다. 셋째는 작정하고 트림을 제대로 시켰더니 젖을 넘기는 일이 거의 없었습니다. 몇 번 젖 분수를 보여주었는데, 제가 누워서 자면서 젖을 먹일 때만 그랬습니다. 제가 자느라 트림을 시켜주지 못해서였지요.

젖을 먹다 아이가 잠들어도 세로로 세워 안고 10분은 기다리세요. 트림을 하지 않더라도 10분 정도 세워 안고 있으면 소화에 도움이 됩니다.

아울러 신생아를 세워 안고 텔레비전을 보거나, 책을 읽거나, 음악 감상을 하는 등 여가 활동도 해보세요. 트림시킨다고 아기만 안고 있는 것은 면벽 수련과 다름없이 지루합니다.

몸이 허락하는 한 신생아는 자주, 많이, 오래 안아주는 것이 좋습니다.

여러 육아 책과 경험자들은 아기를 달래려면 안아주라고 조언합니다. 사실 100일 전 아기 돌보기는 정말 별것 없습니다. 3종 세트를 시행하고 안아주는 것이 전부입니다.

신생아 때를 비롯해 돌 전에 많이 안아주고 업어주면 정서적으로 안정감을 느껴서인지 아이가 엄마에게 집착하지 않습니다. 많이 안아준 아기는 자랄수록 자립심이 강해진다는 사실을 저를 비롯한 여러 엄마들의 육아 일기를 통해서 알 수 있습니다.

흔히 아기를 많이 안아주면 '손 탄다'고 하는데, 그 말은 아이나 엄마를 타박하는 목적인 것 같습니다. 오히려 입에 담을 필요 없는 부정적 표현이라는 생각마저 듭니다. 그래서 그 말을 이렇게 바꿔봅니다.

"안아주지 않으면 아기가 섭섭하다."

아기 입장에서는 엄마 품이 그리워서 조금 운 것뿐인데, 안아주지 않는 것도 서러운 마당에 '손 탄다'는 매정한 말까지 들으면 너무 슬프지 않을까요?

많이 안아줘도 계속 엄마를 원하고 보채는 아기도 분명 있습니다. 아기가 엄마 품을 많이 원하는 성격일 수도 있습니다. 하지만 그렇게 보채던 아기도 5세, 10세가 되어서까지 그러지는 않습니다.

몸과 상황이 허락한다면 신생아를 되도록 많이 안아주는 것이 좋습니다. 그렇게 하기 힘들 때는 "지금 못 안아줘서 미안해" 하고 따뜻한 말이라도 건네주세요. 신생아가 말을 알아듣는지 못 알아듣는지는 중요하지 않습니다. 이런 말과 행동이 습관으로 자리 잡으면 아이가 자란 뒤에도 잘 활용할 수 있습니다.

어릴 때 안아주지 않으면 아이가 자란 뒤에는 안아주기가 쉽지 않습니다. 그러니 기왕이면 어릴 때 습관을 들여 평생 이어가세요.

산후 우울증이 있으면 아기를 안기가 쉽지 않다고 합니다. 그럴 때는 산모 외에 다른 사람이라도 꼭 아기를 안아주고 산모가 우울증을 극복할 수 있도록 도와야 합니다. 아기는 안아주지 않아서 계속 울고, 그치지 않는 아기의 울음소리 때문에 산모의 우울증이 더 심해지는 악순환이 계속됩니다. 무엇보다 주위의 도움이 필요합니다.

또한 스킨십을 싫어하는 사람도 있습니다. 부모가 그런 성격이라면 다른 사랑 표현법을 만들 수도 있습니다.

마찬가지로 안아주는 것을 싫어하는 아기도 있습니다. 신생아 때는 모르지만 돌만 지나도 안아주면 귀찮아하며 밀치는 아이들이 있지요. 굳이 싫어하는데 안아줄 필요는 없습니다. 어디까지나 안아주는 것도 서로가 원해야 가능한 일입니다.

출산 전, 아기 무게에 익숙해지기!

아기를 갓 낳은 산모가 몸이 힘든데 어떻게 아기를 안아주느냐는 분도 있습니다. 우리나라에서는 산후조리를 할 때 아기도 안지 말라고 하는 편이지요. 정 엄마가 안기 힘든 상황이라면 아빠나 다른 어른들이 안아주세요.

팁을 하나 알려드리겠습니다.

출산 전에 집에서 순산 체조나 요가를 하면서 2ℓ 페트병에 무릎 담요를 둘러서 수시로 들고 움직여보세요. 2ℓ 페트병에 담요를 말아놓으면 신생아 무게보다 조금 가볍습니다. 임신 말기에는 배가 무거우니 앉은 자세에서 페트병을 놓았다 들었다 할 수도 있습니다. 이렇게 팔 근력을 미리 키워놓으면 나중에 아기를 안을 때 힘들지 않습니다.

미국에서는 청소년들에게 '에그 베이비egg baby'로 성교육을 시킵니다. 달걀을 깨뜨리지 않고 24시간 보호하면서 아이 키우기가 쉽지 않다는 것을 가르치는 취지입니다. 이와 비슷한 개념으로 예비 엄마들도 '페트병 베이비'로 아기 무게에 미리 익숙해지기를 권합니다.

온도는 약간 서늘하게

한국의 전통 산후조리는 더운 방에서 땀을 빼는 것입니다. 이는 여름을 제외하면 해가 졌을 때 기온이 급격히 떨어지고 외풍이 심한 옛날식 가옥 구조에서 비롯된 문화입니다. 하지만 지금 우리의 대표적인 주거 구조는 아파트나 다세대주택입니다. 콘크리트가 주자재인 아파트는 건물 자체가 수분을 많이 흡수하고 구석구석 난방이 잘되는 보일러와 외풍을 막는 창호 덕분에 집 안이 따뜻한 대신 매우 건조합니다.

아파트에서는 난방까지 뜨겁게 하면 입술이 바짝바짝 마르고 피부가 당길 정도로 건조해집니다. 그래서 아기가 생기면 가습기가 필요하다는 사람들이 많았습니다. 그런데 2011년 임산부와 영유아의 간질성 폐질환 사망 사건의 원인이 가습기 살균제로 밝혀지면서 가습기에 대한 회의론이 불거졌습니다. 가습기 살균제는 가습기 내부의 곰팡이나 세균 등을 박멸한다고 인기가 많았는데, 아이러니하게도 독한 화학 성분이 수분 입자를 통해 호흡기로 들어오면서 인체에 더 치명적인 결과를 불러온 것입니다. 의료인들은 가습기를 하루에 한 번씩 깨끗이 세척하면 괜찮다고 하지만, 아이를 키우면서 가습기 세척 관리까지 잘하기란 말처럼 쉽지 않습니다.

앞에서도 말했듯이 아이를 건강하게 키우기에 좋은 온도는 18~21°C입니다. 난방을 과하게 하지 않는다면 가습기 대신 젖은 수건을 몇 개 걸어놓는 것만으로도 적정 습도를 유지할 수 있습니다. 빨래를 집 안에 널어놓는 것도 좋습니다.

아파트에서 보일러를 21°C로 맞추면 옷을 한 겹 더 입어도 서늘하다고 느낄 정도입니다. 하지만 아기에게는 더 좋은 온도입니다. 혹시 집 안이 너무 춥다고 느껴지면 내복을 입으세요. 산모도 더워봤자 좋을 게 없습니다. 찬바람이나 찬물을 맨살에 닿게 하면 좋지 않다는 말이 집 안을 사우나처럼 후끈하게 만들라는 얘기는 아닙니다.

아기 입장에서도 배냇저고리나 내복을 두 겹 정도 껴입고 양말을 신고 속싸개로 잘 싸서 두꺼운 겉싸개나 이불을 덮어주면 몸이 따뜻하게 유지됩니다. 혹시 아기 머리가 추울 것 같으면 순면 재질의 신생아용 모자를 이용하는 것도 좋습니다.

경험상 아파트나 다세대주택은 보일러 온도를 22°C로 맞추면 아기가 춥지 않습니다.

집 안이 너무 더우면 아기가 젖을 잘 먹지 않고 소변 횟수도 줄어들어 신진대사에 방해가 될 수 있습니다. 가장 큰 문제는 콧속이 말라 코딱지가 생겨 호흡을 방해하는 현상입니다. 그러면 숨을 쉬는 소리가 마치 감기에 걸린 것처럼 어른이 듣기에도 불안합니다. 코가 막힌 아기는 입으로 숨을 쉬는데, 그러다보면 목구멍이 말라서 염증이 생기거나 기침을 할 수도 있습니다. 결국 이런 문제를 사전에 방지하는 가장 좋은 방법은 '덥지도, 건조하지도 않게' 집 안 공기를 유지하는 것입니다.

여름 출산도 마찬가지입니다. 여름에는 습하기에 건조함은 걱정하지 않아도 됩니다. '너무 덥지 않게'를 뒤집어서 생각하면 됩니다. 여름은 원래 더우니 덥지 않게 하려면 냉방 기기의 도움을 받아야 합니다.

산모와 아기에게는 찬바람이 좋지 않으니 여름에도 에어컨이나 선풍기를 켜면 안 된다는 생각이 일반적인데, 요즘에는 산부인과 의사들이 먼저 "집에 에어컨이 있으면 켜세요"라고 이야기해줍니다. 에어컨 온도를 너무 차갑게 하지 않고 가동 시간을 짧게 하면 됩니다. 또 바람을 바로 맞지만 않으면 선풍기도 적절히 사용할 수 있습니다.

결론적으로 아기 키우는 집의 온도와 습도는 산모와 아기가 편하게 느끼는 정도로 적절히 유지하면 됩니다. 갓 태어난 아기뿐만 아니라 만 3세 이하의 어린아이들은 건조하면 감기에 걸리기 쉽습니다. 특히 아파트에 거주한다면 집 안 온도를 너무 높이지 않아야 합니다.

아기는 속싸개로 보호

병원이나 산후조리원에서 간호사들이 신생아를 속싸개로 꽁꽁 싸놓은 것을 볼 수 있습니다. 아기가 답답해 보이기도 하지만 소아청소년과 전문의들은 최소한 1개월 이상은 속싸개로 싸는 것을 권장합니다. 엄마 배 속에 있을 때처럼 꼭 감싸주면 아기가 더 편안하기 때문입니다. 이 시기의 아기들은 자기 의도와 상관없이 손과 팔이 움직여 얼굴에 상처가 나고 놀라서 잠을 깨기도 합니다. 속싸개로 단단히 잘 싸두면 이런 일을 예방하는 동시에 보온도 겸할 수 있습니다.

그런데 다리 쪽을 너무 압박해서 싸면 '발달성 고관절 이형성증'을 유발할 수 있으니 주의하세요. 상반신은 단단히 싸더라도 하반신은 헐렁하게 하여 다리를 벌릴 수 있게 하는 것이 좋습니다.

발달성 고관절 이형성증 예방

흔히 아기 키를 크게 한다고 신생아 때부터 두 무릎을 모아 '쭉쭉이'를 시킵니다. 산후 도우미들도 위험성을 몰라서 쭉쭉이를 시킬 때가 있습니다. 물론 몇 번 한다고 잘못되는 일은 흔치 않지만 자칫하면 나중에 걸을 때 절룩거릴 수 있습니다.

쭉쭉이를 하지 말자는 근거는 발달성 고관절 이형성증Deve-
lopmental Dysplasia of Hip Joint, DDH이라는 질환 때문입니다. 예
전에는 선천성 고관절 이형성증, 선천성 고관절 탈구라는 용어를
주로 사용했지만, 연구가 거듭될수록 후천적으로 발생하는 질환
이라는 사실이 밝혀져 지금은 선천성보다는 발달성이라는 용어
를 씁니다. 반드시 조심해야 할 질환입니다.

이 질환으로 조기 은퇴를 했던 축구 국가 대표 선수도 있었습
니다. 100일이 지나면 쭉쭉이를 해도 괜찮지만 신생아 때는 엄마
배 속에서 다리를 벌리고 있던 자세를 그대로 유지하는 것이 좋습
니다.

허벅지 관절이라고도 하는 고관절은 태어난 후 수개월 동안은
완전히 발달하지 않아 건드리면 약간씩 들락날락하는 느낌이 듭
니다. 아직 허벅지뼈의 머리 부분이 생기지 않았고 고관절을 둘
러싼 인대막이 부드럽기 때문입니다. 간혹 이 관절의 일부가 빠
졌다가 다시 들어가지 않은 채로 발달하면 걸을 때 통증을 느끼
는 등 문제가 생겨서 평생 절뚝거리거나 심하면 아예 걷지 못합
니다.

이 질환은 생후 6개월 이전에 발견해 적절한 조치를 취하는 것
이 중요합니다. 이 시기에는 수술 없이 보조기만으로 90% 이상
완치됩니다. 하지만 늦게 발견할수록 치료가 어려워집니다. 확률

이 높진 않지만 발생할 경우 예후가 상당히 좋지 않습니다.

현재 우리나라에는 영유아 건강검진 제도가 있습니다. 이 제도가 너무 형식적이라고 불신하는 부모들도 있지만 전문의를 만나 고관절 탈구 여부 등을 진찰받을 수 있는 것만으로도 유익하다고 생각합니다. 영유아 건강검진을 성의 있게 하는 전문의들은 부모가 요구하지 않아도 아기를 벗겨놓고 다리를 진찰합니다. 만약 병원에서 이 진찰을 하지 않는다면 당당하게 요구하면 됩니다. 어려운 진찰도 아니고 아기를 아프게 하지도 않습니다.

고관절 이형성증을 보호자가 먼저 알아차리기는 힘듭니다. 양쪽 허벅지 주름이 비대칭이거나 엉덩이 관절에서 '딸깍' 하는 소리가 나면 일단 의심해볼 수 있습니다. 하지만 검사를 해보면 대부분 정상으로 확인되니 너무 걱정하지 않아도 됩니다.

다시 한 번 강조하지만 이 질환은 6개월 전에 발견하면 쉽게 완치되고, 진단하기도 쉽습니다. 또 드물게 발생합니다. 앞에서 신생아 관련 질환에서 다루지 않은 이유는 그만큼 드물기 때문입니다. 확인 차원에서 영유아 건강검진 때 진찰을 받아보세요.

우리나라나 몽골처럼 아기를 업고 키우는 문화에서는 고관절 이형성증의 발생률이 현저히 낮습니다. 아기의 다리를 벌려서 업는 자세가 고관절 이형성증을 치료하는 교정기 자세와 같기 때문이라는 주장도 설득력을 얻고 있습니다.

아이와 엄마에게 모두 좋은 포대기

2011년 초 EBS 방송에서 〈다큐 프라임-오래된 미래, 전통 육아의 비밀〉이라는 프로그램을 방영했습니다. 우리나라 엄마들이 '촌스러워 보인다, 할머니들이나 하는 것이다'라며 기피했던 포대기가 미국 등 서양에서 보급되고 있다는 내용이었지요.

저도 포대기 예찬론자입니다. 옷을 차려입고 나가야 할 때에는 아기 띠도 사용하지만 동네 나들이를 할 때나 집 안에서는 포대기를 가장 선호합니다. 저나 아이나 가장 편하기 때문입니다. 첫아이 때부터 썼던 포대기를 셋째를 키우면서도 그대로 쓰고 있고, 세 살이 될 때까지는 계속 쓸 생각입니다. 위의 두 아이도 그렇게 오래 업어 키웠습니다.

포대기가 억울한 누명을 쓰고 있다고 5년 전부터 인터넷 커뮤니티에 글을 올려보면, 신세대 엄마들은 이를 부정하는 분위기였습니다.

흔히 포대기로 업으면 다리가 벌어지고 O형이 된다고 하는데, 정형외과나 소아청소년과 전문의들은 틀린 말이라고 지적합니다. 오히려 포대기로 다리를 벌려 업는 자세가 발달성 고관절 이형성증 예방에도 도움이 됩니다. 한마디로 포대기로 업는 자세는 장점만 있지 단점은 없습니다.

그런데 마침 이 책을 쓰는 도중에 EBS의 다큐멘터리가 방영되어 무척 반가웠습니다.

아기가 목을 가누기 전에 쓰는 슬링이나 아기 띠는 앞으로 안을 수만 있는데, 아기를 안은 자세에서는 양팔을 사용해 다른 일을 하기 어렵습니다. 하지만 포대기로 아기를 뒤로 업으면 활동하기가 훨씬 자유롭습니다. 저도 아기가 목을 가누지 못하는 생후 두 달 정도까지는 앞으로 안는 아기 띠를 활용했습니다. 이 시기에 산후조리를 위해 집안일을 많이 하지 않는 것이 좋고, 수유 시간도 길고, 아기도 잠을 많이 자기 때문에 뒤로 업을 일이 거의 없습니다.

요즘 신생아들은 대개 두 달 정도면 목을 가눕니다. 이때 포대기로 머리 위까지 싸서 잘 고정시켜 업으면 아기도 포근하고 엄마도 활동 범위가 커져 몸이 가볍습니다.

아기가 너무 작고 어려서 걱정된다면 100일 이후에 포대기를 사용하세요. 어쨌든 100일 무렵부터는 포대기로 업을 수 있습니다. 업는 방법도 간편합니다.

최근에는 포대기처럼 다리를 벌려서 안거나 업는 구조의 아기 띠가 유행인데, 다리가 벌어져서 좋지 않다는 누명을 쓰고 있습니다. 다행히 이기 띠 회사의 광고 덕분에 진실을 아는 소비자가 많이 늘어났습니다. 아기 가랑이 사이를 지지하고 어깨끈으로만 매는 기존의 아기 띠는 아기가 자랄수록 보호자의 어깨에 상당히 무리가 옵니다. 그에 비해 아기 엉덩이와 허벅지를 모두 지지하고 허리끈과 어깨끈으로 매는 신형 아기 띠는 힘이 고루 분산되어서 훨씬 편합니다. 몸에 밀착되고 보호자와 아기가 가장 편한 것은 역시 기본 포대기입니다. 제 아이들은 모두 아기 띠보다는 포대기에서 더 깊이 잘 잤습니다.

포대기가 좋은 이유는 이 밖에도 많습니다. 앞의 다큐멘터리에도 나오지만, 아기가 엄마와 밀착되면서 엄마의 체온과 심장박동을 느끼며 정서적 안정을 얻고, 엄마와 같은 곳을 보며 세상을 배운다는 장점도 있습니다. 익숙해지면 집안일이나 다른 일을 수월하게 할 수도 있습니다.

저는 아이들을 업고 설거지를 하거나 글을 썼습니다. 집안일을 할 때는 심심하지 않아서 좋고, 글을 쓰거나 공부할 때는 아이가 울거나 보채지 않아서 집중하기에 좋습니다.

그렇게 자란 아이들은 손을 타기는커녕 6개월 무렵부터 엄마와 떨어져도 크게 불안해하지 않습니다. 흔히 걱정하는 O형 다리 문제도 없습니다.

저는 말문이 트이지 않은 돌 전부터 첫아이가 "어부바?" 한마디에 웃음 짓는 모습을 보며 육아에 자신감을 가졌습니다. 둘째 때는 첫째를 돌보느라 더 많이 업어주었고, 셋째 때도 혼자 아이 셋을 데리고 외출하느라 정말 많이도 업었습니다.

목을 가눌 때까지는 젖을 먹이며, 이후에는 포대기로 소통해보세요. 배 속에 품고 있을 때와는 또 다른 기쁨을 느낄 수 있습니다.

임신과 출산 과정에서 허리를 상한 분들에게는 이런 권유가 조심스럽습니다. 하지만 이가 없으면 잇몸이라고 했습니다. 누워서 안아주는 방법도 있고 다른 보호자에게 아기를 업어달라고 할 수도 있습니다. 그러니 속상해하지 말고 상황에 맞는 방법을 찾아보세요.

돌 전에는 엎어 재우기 금지

머리 모양을 예쁘게 하거나 깊이 잠들게 하기 위해 신생아를 엎어 재우는 경우가 있습니다. 하지만 소아청소년과 전문의들은 절대 아기를 엎어 재우라고 권하지 않습니다. 20세기 초 미국에서 유행되었다는 설이 있는데, 엎어 재우는 것이 영아 돌연사 증후군의 주원인이라는 연구 결과가 나오면서 지금은 미국 소아청소년과학회에서도 금기시하고 있습니다.

우리나라에서는 지금도 엎어 재우는 것이 괜찮다는 말을 공공연히 합니다. 아무래도 보호자가 대부분 아기를 데리고 자는 우리나라에서 영아 돌연사 위험이 적지만, 상식적으로 생각해도 목을 가누지 못하는 신생아가 이불이나 베개에 엎드려 있다가 얼굴이 묻히기라도 하면 숨을 못 쉬게 될 것은 자명합니다.

푹신하지 않은 요 위에 엎어놓으면 된다고들 하는데 이런 인터넷의 '~카더라' 통신이 우리 아이를 책임지지 않습니다. 0.001%의 확률이라도 나에게 닥치면 100%가 됩니다. 위험 가능성이 조금이라도 있는 육아법에는 유혹을 느끼지 말아야 합니다.

어차피 아이는 금방 자랍니다. 뒤집을 수 있게 되면 엎드려 자지 말라고 해도 굴러다니며 엎드려 잡니다. 몸의 근육이 발달하면 혹시 숨이 막히더라도 몸부림을 치고 고개를 들어 숨을 쉽니다.

아이를 푹 자게 하고 싶다면 속싸개로 단단히 싸매주고, 머리 모양을 예쁘게 만들고 싶다면 짱구 베개를 이용하면 됩니다. 머리 모양은 워낙 선천적으로 정해지므로 심하게 좌우 불균형이 아닌 이상 교정의 의미가 크지 않다고 생각합니다. 좌우 불균형이 심하면 소아청소년과 의사의 처방으로 교정용 헬멧을 착용하는 일이 아주 드물게 있습니다.

아직도 인터넷에 엎어 재워도 되느냐는 질문이 자주 올라옵니다. 돌연사가 일어날 확률이 높지 않다고 해도 일단 일어나면 돌이킬 수 없습니다.

아기 목욕시키기

산후조리원에서 많이 하는 교육 중 하나가 신생아 목욕법입니다. 초보 부모는 목도 못 가누는 신생아를 목욕시키는 일이 여간 겁나지 않습니다.

대부분의 초보 엄마들은 산후조리원에서든 산후 도우미나 가족을 통해서든 2주 이상 도움을 받고, 어느 정도 아기가 크면 직접 목욕을 시키게 됩니다. 산모도 조리 초기에는 직접 아기를 안고 물을 적시며 목욕시키는 일은 삼가는 게 좋습니다. 특히 허리를 굽히고 목욕시키는 것은 권하고 싶지 않습니다. 엄마가 목욕을 직접 시키려고 서두르지 말고 신생아 목욕은 아빠가 주도적으로 하기를 권합니다. 모유 수유를 한다면 엄마는 젖도 줘야 하는데, 여유로운 아빠가 목욕은 충분히 시킬 수 있지요.

대부분의 조리원에서는 아기 목욕법을 가르쳐줍니다. 교육 프로그램이 없다면 간호사들에게 물어보고 배우세요. 집에서 산후 도우미가 도와준다면 직접 눈으로 보며 배울 수 있습니다.

만약 배울 기회를 놓쳤다 해도 아기 씻기는 일을 두려워할 필요는 없습니다. 내 자식을 씻기지 못할 부모는 이 세상에 없습니다. 겁내지 말고 실전에 뛰어드세요.

참고로 제가 아기를 목욕시킨 과정을 소개합니다. 사람마다 방법이 다를 테니 자신에 맞게 활용하세요.

1. 목욕시키기 전에 갈아입힐 옷과 기저귀, 속싸개를 미리 준비해 놓습니다. 아기가 주로 누워 있는 요나 침대 위에 속싸개를 깔고, 배냇저고리를 펼쳐놓고, 그 아래 기저귀를 놓습니다. 아기를 씻기자마자 바로 눕혀야 합니다.

2. 외풍이 심한 집은 방 안에서 아기 욕조를 이용하거나, 허리가 아픈 부모라면 세면대에서 씻기는 것도 방법입니다. 이때 큰 대야에 따로 헹굼물을 준비하는데, 씻는 동안 물이 식으니까 먼저 씻는 물보다 조금 더 따뜻하게 해두세요. 온도계가 있다면 권장 온도인 38~40°C에 맞추고, 없다면 어른 손으로 조금 뜨겁다 싶은 정도면 됩니다.

   샤워기로 아기에게 직접 물을 뿌리면 안 됩니다. 물 온도가 항상 일정하지 않아 화상 위험이 있기 때문입니다. 사고 사례도 드물게 있습니다. 하지만 솔직히 고백하건대 저는 한 달 이후부터는 샤워기를 사용했습니다. 혼자 씻기려면 세면대와 샤워기를 이용하는 게 가장 수월했기 때문입니다. 대신 보일러의 기본 물 온도를 높지 않게 설정하고 둘째 이후부터는 능숙해져서 물이 제 손을 먼저 스치고 나오도록 샤워기를 잡고 물 온도를 가늠했습니다. 초보 부모들에게는 어려우니 그냥 이럴 수도 있다는 정도로 이해해주세요.

3. 아기가 100일이 될 때까지는 비누를 사용하지 않고 맹물에 손수건으로만 닦아줬습니다. 유아용 스펀지도 쓰지 않았습니다. 저는 사실 만 다섯 살이 넘은 첫째도 샤워 타월 없이 비누 조금만 써서 씻길 때가 많았습니다. 태지는 일부러 떼어내지 않았습니다. 머리에서 비듬처럼 떨어지는 것만 씻어내고 목욕할 때 벗겨지는 것도 그냥 두었지요. 100일쯤 되니 태지가 있었는지 모를 정도로 깨끗해졌습니다.

   신생아를 목욕시킬 때는 살이 접혀서 땀이나 때가 차기 쉬운 곳을 깨끗이 한다는 느낌으로 닦아주면 됩니다. 특히 항상 기저귀를 차고 있는 엉덩이, 허벅지 안쪽 주름, 오금, 목 부분, 손목, 발목 주름 등을 가볍게 훑어줍니다. 목욕 시간은 5분을 넘기지 않도록 합니다. 비누를 사용하지 않으면 시간이 훨씬 단축됩니다.

4. 목욕이 끝나면 바로 천 기저귀나 아기 전용 수건으로 감싸서 따뜻한 곳으로 나옵니다. 되도록 찬 공기를 몸에 쐬지 않도록 하고 머리에 남은 물기는 최대한 빨리 닦아주세요. 신생아는 몸이 작고 머리숱이 없어서 금방 마릅니다.

   그런 다음 미리 준비해놓은 자리에 눕히고 배냇저고리를 얼른 입힌 뒤 기저귀를 채우고 속싸개로 싸주면 끝입니다. 적어놓으면 복잡하지만 직접 해보면 의외로 간단합니다.

첫아기 때는 이 과정을 혼자 하기가 쉽지 않습니다. 부부가 같이 하되 아빠가 주도하고 엄마가 보조하는 것이 가장 이상적입니다. 출산 후 산모보다 아빠의 체력이 좋을테니까요.

신생아는 언제 얼마나 자주 목욕해야 할까요? 많은 육아 책에는 하루에 한 번 목욕을 시키라고 되어 있지만, 저는 배꼽이 떨어지기 전에는 굳이 자주 물에 닿게 할 필요가 없다고 생각합니다. 여름에 태어난 아기라면 모를까, 굳이 매일 목욕시킬 필요는 없습니다. 1월에 낳은 셋째는 3일에 한 번 정도 목욕을 시켰습니다. 다만 대변을 볼 때마다 엉덩이를 물로 닦아주었습니다.

요즘은 주거 환경이 깨끗해서 병원에 갔다 오거나 외부 손님이 다녀가는 등 이유가 있을 때 목욕을 시켜도 좋습니다. 엄청난 대변을 봤을 때 핑계 김에 목욕을 시키는 것도 육아의 즐거움입니다. 대변이 옷에 묻었다면 물휴지로 닦아주느니 차라리 목욕을 시키고 겸사겸사 옷도 갈아입히면 기분이 개운해집니다.

아이가 자라고 발달하면서 목욕은 더욱 수월해집니다. 100일만 되어도 아빠나 엄마가 샤워하면서 맨몸으로 안아 씻길 수 있지요. 물 온도는 주의하고 또 주의해야 합니다. 아기의 맨살을 맞대고 씻는 즐거움은 아이가 조금만 커도 누릴 수 없으니 기회를 놓치지 마세요. 아이와의 애착 형성에 큰 도움이 됩니다.

예방접종

예방접종에 대한 언급은 깊이 고민하다가 '개인적인 의견'임을 전제로 이야기하고자 합니다. 근래 들어 예방접종 부작용이 조명되면서 깊은 논의의 장이 펼쳐지고 있습니다. 제약 회사와 의료인들의 로비가 개입되었다 여기며 예방접종을 거부하는 모임도 생겼습니다. 저는 이런 흐름에 모두 동의하지 않으므로 예방접종에 대해 말하는 것이 항상 조심스럽습니다.

저는 이 책에서 모유 수유와 천 기저귀의 좋은 점을 주장했지만 무조건 자연주의 육아를 따르는 입장은 아닙니다.

첫째와 둘째가 예방접종을 하지 않은 질환로타바이러스 장염에 걸린 경험 때문에 셋째는 필수 접종과 선택 접종을 모두 했습니다. 첫째도 폐구균과 로타바이러스첫째 때는 이 접종이 없었습니다를 빼고는 다 했고, 둘째도 로타바이러스 외에는 모두 했습니다.

저는 전문가 집단이 공식화된 연구 결과로 권하는 것이라면 따르는 편이 아이들에게 이롭다고 생각합니다. 아이들과 외출을 즐기고, 아이들도 나가서 노는 것을 더 좋아하고, 기관에 다니기 때문에 여러모로 예방접종이 필요하다고 생각합니다. 제 아이들이 전염성 질병의 피해를 입지 않을 뿐만 아니라 다른 아이들에게 전염성 질병을 옮기지 않기를 바랍니다.

예방접종의 부작용에 대해서는 인지하고 있습니다. 아이를 잃는 극단의 일을 겪은 분들이 예방접종을 반대하는 심정은 공감하므로 그에 대해 왈가왈부할 수는 없습니다. 그리고 개인적인 선택이나 사정에 따라 예방접종을 시키지 않은 이들을 비판하고 싶은 생각도 없습니다. 예방접종은 권고 사안이지 의무나 강제 사안이 아닙니다.

제 아이들은 외부 접촉이 잦아 예방접종으로 막을 수 있는 것은 최대한 막으려는 입장입니다. 예방접종을 하지 않은 질환에 덜컥 걸려본 경험이 있었기에 '예방접종을 맞은 덕분에 다른 병은 안 걸렸구나' 하는 생각도 듭니다.

둘째가 돌이 되기 전 다른 증상은 전혀 없이 하루 정도 고열이 난 적이 두 번 있는데, 주변의 의사 선생님이 '예방접종을 한 아기가 해당 질병에 감염되었을 때 살짝 앓고 지나가는 증상일 수 있다'고 알려주어 더욱 예방접종에 대한 신뢰감이 생겼습니다. 예방접종을 한다고 해당 질환에 전혀 걸리지 않으리라는 보장은 없지만 면역력을 키워놓으면 상대적으로 약하게 앓고 지나갈 수 있다고 합니다.

물론 선택과 결정은 독자의 몫입니다.

대한소아청소년과학회 추천 예방접종표(기본 접종과 선택 접종)

연령	백신
출생 시	B형간염
0~4주	BCG
1개월	B형간염
2개월	DTaP, 폴리오, Hib[+], PCV*, Rotavirus*[#]
4개월	DTaP, 폴리오, Hib, PCV, Rotavirus
6개월	B형간염, DTaP, 폴리오, Hib, 인플루엔자, PCV, Rotavirus
12~15개월	MMR, 수두, Hib, PCV
15~18개월	DTaP
12~23개월	일본뇌염[#], A형간염*[#]
4~6세	DTaP, 폴리오, MMR
6세	일본뇌염
11~12세	HPV*[#], 성인용 Td/Tdap*
12세	일본뇌염

* 폐구균 단백결합 백신PCV, 로타바이러스Rotavirus 백신, A형간염 백신, 인유두종바이러스HPV 백신 및 Tdap : 기본 접종에 포함되지 않는 선택 접종 백신이다.

로타바이러스 백신, 일본뇌염 백신은 백신 종류에 따라 접종 횟수가 다르며, A형간염 백신은 이후 1회, HPV 백신은 이후 2회 더 접종해야 한다.

+ Hib 백신은 제품에 따라 2~3회의 기초 접종과 1회의 추가 접종이 필요하다.

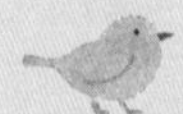

선택 접종과 필수 접종

• 필수 접종은 말 그대로 국가 필수로 지정돼 보건소에서 무료로 시행하는 접종입니다. 지자체에 따라 일반 병의원에서도 30~100%까지 지원됩니다.

선택 접종은 국가에서 지원해주지 않는 접종입니다. 보건소에서는 할 수 없고 일반 병의원을 찾아야 합니다. 주로 가격이 비싼 것이 선택 접종입니다.

선택 접종의 일반적인 가격은 대체로 다음과 같습니다.

폐구균 15만 원×4회, 뇌수막염 4만 원×4회, A형간염 5만 원×2회, 로타텍 10만 원×3회 총 116만 원입니다.

• 소아청소년과 전문의들은 A형간염도 필수 접종 목록에 포함해야 한다고 주장합니다. 하지만 예산이 부족해 필수 접종 대상에 오르지 못하는데, 최근 들어 지자체에 따라 지원해주는 곳이 늘고 있습니다.

• 영유아 기초 예방접종이 꼭 필요하다고 생각하는 입장이라면, 이에 대한 국가의 지원이 필요함을 절감합니다. 선택 접종까지 포함하면 지원이 전체의 5분의 1에 불과합니다. 나머지는 고스란히 개인 부담입니다.

대략 계산해보면 보건소에서 전액 무료로 필수 접종을 한다면 37만 원 정도입니다. 즉 보건소에 간다면 30만 원은 예전에도, 앞으로도 계속 지원받을 수 있는 금액입니다.

선택 접종만 일반 병의원에서 다 맞히면 대략 116만 원이 듭니다. 선택 접종은 백신도 선택할 수 있는데, 비싼 백신으로 맞히면 137만 원 정도가 듭니다.

그런데 맞벌이 부부는 평일에 보건소에 가지 못하는 경우가 많습니다. 그래서 울며 겨자 먹기로 필수 접종도 병원에서 하면 총 금액은 140~175만 원 정도가 됩니다.

예방접종은 개인을 위한 것이라기보다는 사회적 필요에 더 비중을 두어야 합니다. 전염병이 발생해서 드는 사회적 비용보다 예방하는 쪽이 더 합리적일 테니까요. 개인의 책임으로 전가하지 않기를 희망합니다.

모빌과 초점책

인터넷에는 신생아의 시각 발달을 위해 모빌이 꼭 필요하다는 글들이 많습니다. 저 역시 첫째 때는 모빌과 초점책을 준비했고 제법 잘 썼습니다. 신생아가 잠에서 깨었을 때 눈앞에서 뭔가 흔들리는 것을 보며 집중하느라 울음을 잊는 경우도 많으니 육아에 도움이 되는 용품입니다. 초점책도 신생아와 노는 용도로 많이 이용했습니다.

둘째를 키울 때도 흑백 대비가 뚜렷한 모빌이나 초점책이 신생아의 시신경 발달에 도움이 될 것 같아 선호했습니다. 아기가 그것을 보며 방실방실 배냇짓이라도 하면 역시 잘 장만했다고 자화자찬했지요.

그런데 셋째를 낳고 나서는 워낙 바빠서 모빌을 설치할 여유도 없었습니다. 둘째까지는 낳자마자 달았던 모빌을 생후 2개월이 다 되어서야 달아주고 초점책도 누나들 때 쓰던 것을 펼쳐주긴 했지만 누나들에 비하면 그 시간이 절반의 절반도 안 되었습니다. 하지만 누나들이 모빌보다 더 생생하고 즐겁게 놀아주었기에 모빌이나 초점책이 아쉽지 않았습니다. 물론 셋째가 시신경이 발달되지 않은 것도 아닙니다.

결론직으로 저는 모빈이나 초점책이 '시신경 발달을 위한 필수 용품'은 아니지만 혼자 신생아를 키울 때 도움이 되는 용품이라고 생각합니다. 물려받기도 쉽고 만들기도 쉽고 사치품도 아니고요. 참고로 저는 초점책을 아이가 만 세 살이 될 때까지도 잘 활용했습니다. 동그라미, 네모, 세모 등과 색깔을 알려주기에 좋은 도구니까요. 사용 기간이 긴 만큼 장만해도 좋은 용품이라고 생각합니다.

가슴이 헐렁해졌다고 놀라지 말아요

모유 수유만 하는 산모들은 아기가 조금만 빨지 않아도 가슴이 딱딱하게 굳을 정도로 젖이 차는 경험을 자주 합니다. 그렇게 젖이 차는 느낌이 들면 '내 젖 양은 많은 편이야' 하고 안도합니다. 하지만 아기가 3~4개월쯤 되면 젖이 차는 느낌이 들지 않고, 잘 자던 아기가 자주 깨면서 보챕니다. 그 무렵에 '혹시 젖이 부족해진 것은 아닌가?' 하고 고민합니다.

하지만 가슴이 물렁물렁한 상황이 유지되는 것은 지극히 정상입니다. 셋 다 모유 수유만 한 선배의 입장에서 자신 있게 말합니다. 젖 양이 아기에게 맞춰진 것일 뿐 정상적으로 모유 수유만 하는 산모라면 젖 양이 줄어든 게 아닙니다. 참고로 혼합 수유를 할 때에는 100일 전후로 젖 양이 줄어들 가능성이 큽니다.

가슴이 헐렁해진 느낌 때문에 젖 양이 고민된다면 작은 실험을 한번 해보세요. 수유를 한 직후 가슴이 더욱 물렁해졌을 때 샤워하면서 손으로 직접 젖을 짜보세요. 샤워 물줄기처럼 여러 가닥으로 젖이 쭉 나오면 실시간으로 젖이 만들어지고 있다는 증거입니다. 방울방울 뚝뚝 떨어지더라도 젖이 나오기만 하면 아기가 직접 빨 때는 훨씬 더 잘 나오고 아기 뇌에 자극이 되니 걱정하지 않아도 됩니다. 헐렁한 젖가슴에서도 젖은 만들어집니다.

만약 이때 젖이 전혀 나오지 않는다면 아기 몸무게의 변화를 면밀히 관찰해봐야 합니다. 하지만 대부분 4~6개월 사이에 이유식으로 영양을 보충하므로 젖 양을 크게 걱정하지 않아도 됩니다. 젖 양이 줄었다고 분유로 바꿀 필요도 없습니다. 이유식과 모유 수유를 슬기롭게 병행하면 됩니다.

수유 간격이 벌어지는 시기

'젖 양이 맞춰져서 가슴이 헐렁해졌다'는 것은 곧 '아기가 자주 빨지 않아도 될 시기에 이르렀다'는 뜻이기도 합니다. 다시 말해 수유 간격이 3시간 이상으로 벌어지는 시기가 되었다는 뜻이지요.

그런데 이 시기는 아기마다 다릅니다. 제 경우 첫째는 돌이 지나고 한참 후까지도 2시간이 멀다 하고 젖을 빨고 싶어 했고, 수유 간격도 들쭉날쭉했습니다. 당시 저는 수유 간격을 조절하지 않고 온전히 아기에게 맡겨 신호가 있을 때마다 젖을 주었습니다. 둘째는 100일 전에 3시간 이상의 간격이 벌어졌습니다. 아기가 원하지 않으니 자연스럽게 수유 간격이 벌어졌지요. 셋째 때는 아기와 떨어져 있는 시간이 길었는데, 다행히 아기가 잘 적응해주어 큰 무리 없이 수유 간격이 벌어졌습니다.

수유 간격은 일반화할 수 없습니다. 다만 수유 간격을 벌려서 엄마와 아기에게 나쁠 것은 없다고 생각합니다. 수유 간격을 3시간 이상 벌려 키운 둘째, 셋째 때 더 수월했던 것은 사실입니다. 엄마가 불편하다면 수유 간격을 조절하세요. 의외로 100일 무렵은 엄마의 의도대로 아기를 이끌기가 쉽습니다. 둘째 이상을 키운 부모들은 동감할 것입니다. 아이가 자랄수록 오히려 부모의 뜻대로 이끌기가 어렵습니다.

모유 수유의 왕도는 '아기가 먹고 싶어 할 때 준다'는 것이지만 100일 이후에는 엄마의 뜻과 사정에 따라 어느 정도 융통성을 발휘하세요.

밤중 수유 끊기와 수면 교육

대다수 소아청소년과 전문의들은 아기가 갓 태어났을 때는 성장을 위해 밤중 수유는 필수이지만 생후 3개월 전후에 밤중 수유를 줄여가라고 합니다. 편안한 육아와 아기의 올바른 수면 습관을 위해서입니다. 바꾸어 말하면 3개월이 지났는데 밤중 수유 횟수가 더 늘어난다면 일반적이지 않습니다.

사실 저는 이 부분에 대해 자신 있게 말할 처지가 못 됩니다. 밤중 수유는 모두 알아서 생후 한 달 무렵에 중단했지만 수면 교육은 늦게 퇴근하는 아빠와 노는 시간을 주고 싶어서 엄격하게 하지 않았습니다. 아이들이 늦게 자서 힘들 때도 있지만 그렇게 된 데는 제 탓이 가장 큽니다.

그래도 크게 걱정하지 않는 이유는 그렇게 늦게 자던 첫째와 둘째가 다섯 살부터 유치원에 다니며 낮잠을 자지 않더니 결국은 일찍 자고 일찍 일어나는 규칙적인 생활을 하게 되었기 때문입니다. 현재 만 세 살인 셋째는 어린이집에서 낮잠을 자다보니 늦게 잠드는 편이지만 언젠가는 일찍 자고 일찍 일어날 것입니다. 저는 되도록 아이와 제가 모두 편안하게, 작은 일은 즐겁게 넘기자는 입장이므로 수면 교육도 굳이 힘들게 시키지 않았습니다.

하지만 어디까지나 저의 개인적 상황이고 이 책에서는 수면 교육의 모범 답안을 알려드립니다. 물론 강박관념을 가질 필요는 없습니다. 하지만 모범 답안을 알고 최선을 다하는 것과 모범 답안을 모른 채 막막해하는 것은 차이가 있습니다. 저는 스스로 모범 답안을 알고 있었기에 상황에 순응하고 마음을 다스릴 수 있었습니다. 아이들 탓을 덜했다는 뜻입니다. 육아는 '어려워서'보다는 '어떻게 해야 할지 막막해서' 힘든 일이 많습니다. 저는 지키지 못했지만 수면 교육의 목표는 생후 4개월경부터 아기가 혼자 잠들 수 있게 하는 것입니다.

- 저녁이 되면 어둡고 조용한 환경을 만듭니다.
- 낮에도 수유 중에 잠들거나 수유 직후에 잠들지 않도록 연습합니다. 젖을 먹일 때 아기가 졸려 하면 그만 물리고 놀아주는 것이 좋습니다.
- 낮잠이나 밤잠 모두 안거나 업어서 재우는 것을 점점 줄입니다.
- 잠자리 의식을 행합니다. 자장가를 틀어주거나 수면 인형을 활용해 이제 잘 시간임을 인식하게 합니다.
- 아기가 깨어났을 때 곧바로 다가가서 안아주거나 불을 켜지 않습니다. 그 대신 나지막한 목소리로 속삭이며 토닥여주어 다시 잠들도록 유도합니다. 이때 10분 이상 아기가 울거나 잠들지 않는다면 다른 대응을 해야 하지만 불을 켜서 완전히 잠을 깨우는 것만은 지양합니다.
- 모든 일이 하루아침에 되는 것이 아님을 기억하고 여유를 가지고 노력합니다. 아기에 따라 수개월이 걸릴 수 있습니다.

아기가 너무 어릴 때는 가볍게 건드리는 것도 조심스럽습니다. 그리고 치과 의사를 비롯한 의료인들은 아기에게 뽀뽀하는 것도 위생적으로 좋지 않다고 말합니다. 하지만 제 둘째와 셋째 모두 언니, 누나가 매일 물고 빨았지만 건강하게 자라고 있습니다. 그래서 특별히 면역 계통에 문제가 있는 아이가 아니라면 뽀뽀를 아끼지 말라고 감히 권유해봅니다.

모유 수유를 하는 엄마의 뽀뽀를 위생상의 이유로 반대하는 것은 맞지 않다고 의학적으로 인정받은 가설도 있습니다. 모유 수유 때 아기에게 엄마의 항체와 세균이 같이 옮겨오면서 아기의 면역 체계가 그에 대한 방어를 하게 된다는 이유입니다.

50일만 지나도 아기는 스킨십의 즐거움을 느끼고 웃음으로 표현합니다. 엄마, 아빠도 아기에게 살을 맞대면서 사랑스러운 존재를 확인하고 기쁨을 느낍니다. 이렇게 기쁨을 느끼며 보내는 시간이 많아지면 육아가 힘들다는 생각이 줄어드는 것이 당연합니다.

첫아이 때 막막하고 육아가 힘들었다는 사람들도 둘째 때는 물고 빨면서 첫째한테 그렇게 해주지 못해 미안하다고 고백합니다. 이 책을 읽는 여러분은 첫째에게도 스킨십을 아끼지 않기를 바랍니다.

앞서 울음에 대한 내용에서 이미 언급했지만, 아기가 앙앙 우는 순간에도 "우리 아기는 정말 사랑스럽고 귀엽고 예쁘구나!" 하고 감탄하며 뽀뽀해주세요. '왜 그렇게 우는 거니? 제발 울음 좀 그쳐라!' 하는 생각을 만날 해봤자 아이는 울음을 그치지 않습니다. 그런 부정적인 생각을 조금이나마 줄이는 행동이 바로 스킨십입니다.

스킨십만 잘하면 육아의 80%가 즐겁고 쉬워집니다. 신생아 때부터 잦은 스킨십을 통해 형성된 부모와 아기의 연결 관계는 아이가 제법 자랄 때까지도 효과적입니다.

물론 부모나 아이가 특별히 스킨십에 인색한 성격일 수도 있습니다. 어디까지나 서로 좋아야 의미가 있는 만큼 억지로 행할 필요까지는 없습니다.

인터넷에서 베이비 마사지로 검색하거나 관련 도서를 찾아보면 여러 가지 마사지법을 배울 수 있습니다. 저는 굳이 정형화된 베이비 마사지가 아니어도 부드럽게 주물러주거나 로션을 발라주는 등의 가벼운 마사지를 첫째가 만 일곱 살이 넘은 지금까지 하고 있습니다. 아이들이 싫어하지 않는 한 계속 해줄 생각입니다.

스킨십과 마찬가지로 아이가 자라서도 잘 활용하는 습관입니다. 가족끼리만 통하는 구호나 주문을 정해 아이가 어릴 때부터 습관적으로 말해주면 아이도 일관된 주문에 안정감을 느끼고 서로 웃을 일이 많아집니다.

주변에서 즐겁게 육아하는 가정을 관찰해보면 다들 스킨십에 인색하지 않고 노랫말 같은 구호를 외칩니다. 사실 이런 구호를 가족이 아닌 사람들 앞에서 대놓고 하기는 쑥스럽기에 어지간히 친한 사이가 아니고는 즐거운 구호 시간을 엿보기가 쉽지 않습니다.

굳이 남을 따라 할 필요 없이 자연스럽게 하면 됩니다. 처음에는 평범한 말로 시작합니다. 예를 들면 "기저귀 가는 우리 아기! 예쁘고 또 예뻐요!"같이 애정을 듬뿍 담아 말하면 그것으로 족합니다.

중요한 것은 내용보다는 일관성 있는 억양입니다. 갓난아기가 말을 다 알아들을 리 없지만 억양은 눈치챕니다. 저의 첫째가 100일 전에 실험해보았는데, 좋은 내용의 말을 야단치는 말투로 했을 때 아기가 울먹였고, 부정적인 내용의 말을 부드러운 말투로 하니 방실방실 웃었습니다. 아기는 말의 내용보다는 분위기와 억양을 더 쉽게 받아들입니다.

부끄럽지만 저희 집에서 자주 말하는 예를 몇 가지 들어봅니다.

"우리 예쁜 아기, 아기하심으로요~!" 문법에 맞지 않지만, 그렇기 때문에 우리 가족만의 비밀 구호가 됩니다. 이런 말을 할 때의 독특한 억양을 글로 표현하지 못하는 것이 참 아쉽습니다.

"귀여우므로요! 귀여우니까 뽀뽀로써요!" 역시 문법에 맞지 않지만 아이들이 자라면 틀린 문장이라는 것을 알려줄 테니 교육적으로 나쁘다고 생각하지 않습니다.

"너무나 예뻐서 후룩후룩 흡입해야겠다!" 뽀뽀를 하면서 숨을 들이마시는 동작을 같이 취합니다. 정말 귀여워서 나오는 행동입니다.

각자의 취향에 따라 구호와 주문을 따로 만드는 것도 좋습니다. 중요한 것은 내용보다 억양이므로 입에 잘 붙고 질리지 않는 구호를 다양하게 만들어보세요.

아빠들도 일단 함께 시작해보세요. 금방 익숙해지고 행복한 육아에 도움이 됩니다. 아기의 사소한 단점에 집착해 괴로워하는 대신 편안한 마음으로 사랑을 표현해주세요.

6개월까지
놀고 먹고 사랑하자

본격적인 육아의 즐거움

대부분의 부모는 아기가 100일 정도 되면 육아에 슬슬 익숙해져 즐거움을 느낍니다. '100일 전의 육아도 얼마든지 즐거울 수 있어요!'라는 것을 알리려고 지금까지 구구절절 길게 말했습니다. 앞으로는 마음껏 즐거울 일이 줄줄이 기다리고 있습니다. 사실 많은 부모, 특히 아이를 직접 키우는 엄마들은 이런 육아 책의 도움 없이도 결국에는 육아의 재미에 빠지는 것이 당연한 이치입니다.

3~6개월이 되면 이제 아기는 살이 부쩍 올라서 더 예쁘고, 웃음도 많아지고, 뒤집고 고개를 번쩍 들다가 다시 뒤집는 등의 변화를 보이며 한껏 귀여움을 뽐냅니다. 엄마 입장에서는 수유 간격이 벌어지고, 기저귀 가는 횟수도 줄어들며, 밤중 수유가 줄어

들거나 끝나고, 아기를 업거나 안기가 수월해져 다른 일을 보기에도 편하며, 카시트나 유모차에 오래 태울 수 있으니 함께 외출하기에도 좋고, 다른 사람을 만나고 바깥 공기를 쐴 기회가 많아지니 숨통도 트여서 육아가 더욱 즐거워집니다.

만약 100일이 넘었는데도 육아가 영 즐겁지 않고 계속 우울하다면 산후 우울증이 지속되고 있지 않은지 의심해볼 수 있습니다. 아기를 막 낳은 엄마는 어느 정도의 우울감을 느끼지만 우울함이 석 달을 넘어간다면 전문가의 도움을 받아야 합니다.

스킨십 놀이

앞서 언급했듯이 뽀뽀와 스킨십은 신생아 시절부터 습관처럼 해주는 것이 중요합니다. 여기서는 구체적인 스킨십 놀이법을 제안합니다. 각자 상황에 맞춰 응용하고 얼마든지 새로운 놀이를 개발할 수 있습니다. 아이가 대여섯 살이 될 때까지 충분히 할 수 있는 놀이입니다.

뽀뽀 놀이

이제 뽀뽀를 조심하지 않아도 되는 시기입니다. 시시때때로 아기의 온몸 구석구석에 뽀뽀를 해주세요. 아기가 까르르 웃으면 성공입니다. 단, 간지러워서 너무 과도하게 웃으면 좋지 않으니 적당히 조절하세요. 짧고 굵게 한다고 생각하면 편합니다. 목이나 발바닥, 배를 추천합니다. 아기가 잘 웃는 위치이고 얼굴보다 부담이 적습니다. 옷 위에 뽀뽀해도 효과가 있습니다. 배에는 입으로 바람을 불면서 '풍선 불기'를 해줄 수도 있습니다. 대여섯 살이 되어서도 좋아하는 놀이입니다.

코 맞대기

입에 해주는 뽀뽀가 부담스럽다면 코와 코를 맞대고 가로로 살살 움직여주세요. 아기와 눈을 마주치면서 사랑한다는 말을 속삭일 수도 있습니다.

누워 있는 아기의 손발을 잡고 박수 쳐주기

아주 쉬운 놀이입니다. 기저귀를 갈고 난 직후 자연스럽게 하면 습관이 됩니다. 아직 박수 치는 개념이 없을 월령이지만 엄마나 아빠가 잡고 해주면 충분히 따라 합니다. 손바닥이 아니라 주먹끼리 살짝 부딪쳐도 충분합니다. 저는 덤으로 '발박수'라고 부르며 발바닥끼리 부딪치거나 문지르는 놀이도 했는데, 다섯 살이 되어가는 둘째도 아직까지 하자고 조를 정도로 좋아합니다.

주물주물 놀이

앞서 소개한 베이비 마사지의 개인 버전입니다. 전문가가 가르쳐주는 대로 마사지를 해줘도 좋고, 그냥 엄마, 아빠 마음대로 가볍게 주물러주어도 좋습니다. 저는 무릎관절과 팔다리를 습관적으로 가볍게 만져주는 편입니다. 그러다보면 아기가 특히 좋아한다고 느껴지는 부위가 있습니다.

이 시기에 출산휴가가 끝나고 직장에 복귀하는 엄마들은 아기와 보내는 시간이 줄어든 대신 스킨십 놀이를 적극적으로 해서 애정을 표현해주세요. 물리적인 시간의 아쉬움을 충분히 만회할 수 있습니다.

저는 셋째가 태어나고 한 달 만에 일을 시작했습니다. 그 덕분에 셋째는 엄마와 마주하는 시간이 적었지만 사랑을 덜 받고 자란다는 느낌은 없습니다. 충분한 스킨십 덕분에 정서적으로 부족함 없이 자랄 수 있었다고 믿습니다.

외출 즐기기

신기하게도 아기들은 4~5개월만 되어도 외출을 좋아합니다. 엄마도 밖에 나가서 사람도 만나고 바람도 쐬는 것이 좋습니다.

특히 집에서 혼자 아기를 책임지고 양육하는 엄마는 밥을 챙겨 먹는 일도 버거운 게 사실입니다. 나 하나 먹자고 요리하기도 난감한데, 젖먹이 아기까지 있으니 뭔가를 할 엄두가 나지 않습니다. 그러다보면 친정어머니가 해주는 밥이나 단골 식당에서 먹던 음식이 자꾸 생각나지요.

저는 세 아이 모두 일찍부터 데리고 외출했고, 외식할 때도 스스럼없이 아이를 대동했습니다. 아이의 식사 태도가 잘 잡혀 있으면 그럭저럭 외식을 즐길 만합니다. 이렇게 바깥 음식도 먹고 사람도 만나면서 육아의 고단함을 덜 수 있으니 외출을 적극 추천합니다.

업힐 수 있을 만큼 자란 아기에게 바깥세상은 매우 좋은 자극제입니다. 굳이 두뇌 발달을 이야기하지 않더라도 바람에 흔들리는 나뭇잎이나 파란 하늘에 떠 있는 구름, 상점가의 다채로운 풍경, 관심을 보이는 사람들의 눈빛과 말 등은 아기에게 나쁜 자극이 될 리 없습니다. 흔히 6개월 정도의 아기가 뭘 알겠냐고 하지만 아기를 직접 키우는 부모는 압니다. 만물을 받아들이는 아기의 그릇이 엄청나게 크다는 것을.

사실 아기를 데리고 외출하면 몸이 많이 힘듭니다. 그래서 조금 피곤해질 각오가 돼 있을 때 외출하라는 조건을 달고 싶습니다. 즐겁게 육아하는 엄마들은 외출에 인색하지 않습니다. 수많은 간접경험이 증명하는 사실입니다. 그러니 혹시 외출하는 게 두렵더라도 일단 시작해보고 외출 빈도와 장소 등을 조절해보세요. 요즘에는 바운서 등을 구비한 키즈 카페도 있고 식당에서도 아기를 위한 배려가 늘고 있으니 아기와 함께 외출하기 좋은 곳을 찾아보세요.

장난감이 필요해지는 시기

저도 아기를 낳기 전에 '월령별 필수 장난감'을 소개한 육아 잡지나 책을 보면서 어느 정도는 갖춰야겠다 싶기도 했고, 실제로 미리 장만한 품목도 있습니다.

그런데 아이를 셋 낳고 키워보니 굳이 월령별 필수라고 할 만한 장난감이 생각보다 많지 않았습니다. 물론 만족한 사람들도 있겠지만 그렇지 않은 사람들도 많습니다.

돌 전 아기의 장난감은 많이 필요하지 않습니다. 아기도 아기 전용 장난감보다는 생활 속에서 엄마, 아빠가 쓰는 물건을 더 좋아합니다. 특히 6개월 이전에는 뭐든지 무조건 입에 넣으려 하기 때문에 세척하고 소독하려면 더 번거롭습니다. 또한 이 시기의 장난감은 대부분 아이가 조금만 자라면 쓸모없어져서 굳이 많이 갖출 필요가 없습니다. 오히려 돌 이후에 장만하는 장난감이 대여섯 살까지도 유용하니 그때 투자하는 게 더 낫습니다.

많은 사람들이 '이건 있어서 좋았다'고 말하는 장난감 중에 '치발기'가 있습니다. 아기에 따라 시기의 차이는 있지만 대개 4~6개월 사이에 이가 납니다. 이때 잇몸이 간지러우니 이것저것 다 잡아서 물고 싶어 합니다. 끓는 물에 소독할 수 있는 재질, 깨물어도 괜찮은 강도의 치발기는 딸랑이 기능을 겸한 것으로 서너 개 정도 장만해주세요. 아기 손에 쥐여주면 소근육 발달에도 좋고, 구강기의 욕구와 유구치가 날 때의 가려움을 해소할 수 있습니다.

제 아이들은 천으로 만든 치발기에는 모두 시큰둥하더니 실리콘 재질의 치발기는 좋아했습니다. 플라스틱 소재도 좋아해서 주방 세제나 젖병 세제로 잘 닦아서 주었지요. 플라스틱 소재는 차라리 열탕 소독을 하지 않는 편이 나은 것 같습니다.

다시 한 번 강조하지만 아기에게 가장 좋은 장난감은 엄마, 아빠입니다. 엄마, 아빠가 잘 놀아주면 전자음이 나오는 장난감도 필요 없습니다. 장난감을 사줄 여력이 없더라도 엄마, 아빠가 눈을 맞추며 잘 놀아주면 생명 없는 장난감이 아쉽지 않을 테니까요.

책 읽는 습관은 좋지만 전집은 아직

저는 어릴 때부터 책을 많이 읽어줘야 한다는 주장에 동의하지 않습니다. 책은 '읽어줘서 수동적으로 받아들이는' 것이 아니라 '스스로 읽어서 이해해야' 하는 것입니다. 다만 책은 부모 입장에서 아이와의 소통을 도와주는 유용한 매개체이자 긍정적인 육아를 돕는 도구입니다. 저 역시 100일 전에 그림책을 읽어주며 아이가 방긋 웃는 표정을 보고 행복했으니까요.

하지만 하루에 몇 권, 하루에 몇 십 분 하는 기준을 세워 읽어주지는 않았습니다. 아이가 즐거워하면 읽어주고 싫증을 느끼면 중단했습니다. 둘째와 셋째는 돌 전에 책을 읽어준 횟수가 첫째와 비교하면 반도 안 될 정도입니다. 그 대신 첫째가 동생을 데리고 읽어주며 놉니다.

그런데 둘째가 세 돌이 되자 어느새 언니처럼 책을 읽고 싶다고 저에게 읽어달라고 졸랐습니다. 오히려 책을 많이 읽어준 첫째보다 더 많이 읽어달라고 했습니다. 둘째를 보며 아이는 원치 않는데 엄마가 읽어주는 것보다 아이가 읽고 싶다고 조를 때 읽어주는 것이 아이의 독서 욕구를 부추기는 데 더 효과적이라는 생각이 들었습니다. 그래서 셋째에게는 더욱 독서에 대한 조바심을 갖지 않게 됩니다.

제가 어릴 때는 6개월 전에 부모님이 책을 읽어준 기억은 당연히 없고, 대여섯 살 즈음부터 아버지와 같이 외출할 때마다 "읽을거리를 꼭 들고 다녀라. 그래야 먼 길 심심하지 않으니까” 하고 권하셨던 것이 아직도 생생합니다. 대여섯 살 때부터 부모님의 권유로 독서 습관이 형성된 것 같습니다. 또한 부모님 모두 책을 좋아해서 책장에 책이 많이 꽂혀 있던 집안 분위기도 있었습니다.

이제는 첫째가 한글을 자유롭게 읽고 있지만 저는 아직도 유아용 고가 전집을 들이지 않았습니다. 아이는 한글을 깨치기 시작한 뒤로 자발적으로 책을 읽어달라고 했고, 이제는 혼자서도 글이 많은 책을 읽습니다. 하지만 많이 읽으라고 강요하지는 않으려 합니다.

적어도 돌 전에는 고가의 전집을 들이지 않아도 된다고 생각합니다. 때가 되면 아이가 먼저 책을 읽어달라고 조를 것이고 한글을 깨치면 혼자 책을 읽습니다. 제 경우에만 해당하는 것이 아니라 주변을 봐도 그렇습니다.

어린 시기부터 목표를 잡고 읽어주는 습관을 들이면 오히려 장기적으로는 아이에게 좋지 않다고 충고하는 전문가들도 있습니다. 조기 과잉 독서의 부작용과 폐해에 대해서는 여러 전문가들이 경고하고 있습니다.

생후 석 달이 지나면서 점점 자는 시간이 줄어들고 주변에 관심이 많아지는 아기를 보며 부모는 '어떻게 놀아줘야 할까?' 고민합니다. 그런데 그 고민의 결과가 '어른을 위한 장난감'이 되는 일이 많습니다. 물론 장난감은 육아를 좀 더 수월하게 해주지만 장난감보다 더 좋은 것은 아기와 눈을 맞추고 나누는 대화입니다.

처음에는 아직 누워만 있는 아기와 어떻게 놀아줘야 할지 몰라 막막하고 말도 못하는 아기와 무슨 대화냐고 반문할 수도 있습니다. 하지만 사랑을 표현할 수 있는 몸의 언어는 무궁무진합니다.

어른이 '말'을 하고 아기가 '웃음'으로 화답하는 것도 대화입니다. 아기한테 이런저런 말을 걸어보세요. 그때그때 엄마의 감정을 솔직하게 털어놓으면 됩니다.

"엄마는 오늘 많이 심심해. 같이 놀아주지 않을래?"

"우리 아기가 살짝 웃기만 해도 엄마는 정말 기분이 좋을 텐데."

"기저귀 갈아줄 때 불편했어? 그래도 잘 참아줘서 고마워."

"어쩜 이렇게 귀여울까? 엄마가 낳았지만 정말 예쁘다."

"엄마는 지금 설거지를 해야 하는데 우리 아기가 안 자서 못하고 있네. 나중에 할까?"

이처럼 일상적인 말을 해주는 것입니다. 혼잣말을 하는 것 같더라도 점점 익숙해지니 염려 마세요. 만일 말을 걸어도 아기가 아무 반응을 보이지 않는다면 앞에서 소개한 스킨십 놀이도 함께 해주세요. 옆구리와 발바닥에 뽀뽀를 하는데 표정이 변하지 않는 아기는 없습니다. 또한 이런 시도는 아기의 정서를 풍부하게 해주고 아기의 발달 상황을 잘 살필 수 있는 방법이기도 합니다.

아기는 생각보다 일찍이 감정을 알고 표현합니다.

생후 4~5개월이 넘었는데도 눈 맞추고 놀아줄 때 표정의 변화가 전혀 없다면 다른 문제가 있을 수도 있으니 큰 병원에서 확인해야 합니다. 일찍 알고 바로잡으면 수월하게 치료할 수 있습니다.

한번은 동네 소아청소년과에서 대학 병원으로 가보라는 권유를 받고 의사에게 화를 내는 아버지를 본 적이 있습니다. 제가 마침 다음 차례여서 의사 선생님의 하소연을 들을 수 있었지요.

"저는 아이를 주로 키우는 엄마 말을 믿을 수밖에 없어요. 아이가 잘 웃지 않아 걱정된다고 엄마가 진료를 받으러 오셨는데, 제 입장에서는 체계적으로 검사를 해볼 수 있는 큰 병원에 가시라고 안내해드리는 게 맞지요. 괜찮은지 아닌지 제가 답을 드릴 수 없으니까요. 그런데 아버지가 저렇게 무조건 화를 내시니 난 감하네요.”

또한 아기와의 대화는 아무리 무뚝뚝한 성격이라도 결국 할 수 있습니다. 힘든 일도 아니고 부모와 아이가 자연스러운 대화에 익숙해진다면 시간이 흐를수록 육아가 더욱 수월해집니다. 아기를 키우는 부모에게는 과묵함보다 수다스러움이 더 좋은 덕목입니다.

뒤집기 · 굴러가기 · 배밀기 · 혼자 앉기

아기의 신체 발달에서 기본 전제는 ‘아기마다 발달 시기와 양상이 각각 다르다’는 것입니다.

첫째를 낳아 키울 때인 2007년 무렵만 해도 아기의 발달이 조금 늦으면 온 가족이 걱정하는 분위기였습니다. 그런데 2010년 무렵부터는 ‘아이를 기다려주자’는 육아 가치관이 대세가 되고, 영유아 무료 건강검진 제도가 시행되면서 이런 걱정이 어느 정도 해소되었습니다.

아기의 신체 발달에 대해 궁금하다면 다른 집 아이와 비교할 것 없이 영유아 건강검진을 받으면 됩니다. 건강검진이 형식적이라서 받지 않는다는 의견도 있는데, 저는 영유아 건강검진 제도가 확정된 이후 둘째, 셋째까지 빼놓지 않고 검진을 받고 있습니다. 사실 셋째까지 낳으니 '굳이 의사에게 확인받지 않아도 아이는 잘 자란다'고 생각하지만, 전문가에게 확인받는 차원에서라도 건강검진은 충분히 의미가 있습니다. 물론 우리 아이가 평균보다 낮은 발달 정도라면 속이 좀 쓰리지만 "정상 범위니까 걱정 마세요"라는 의사의 말이 위로가 되지요.

이 시기 아기들이 대표적으로 하는 뒤집기의 경우, 빠른 아기는 3개월 이전에, 늦으면 5개월이 지나서 뒤집는 아기도 많습니다. 또한 뒤집기를 하고 금방 되뒤집기를 하는 경우도 있고 한 달 이상 지나야 되뒤집기를 하는 경우도 흔합니다. 이때가 되면 아기는 더욱 능숙하게 엎드려서 생활하고 여기저기 굴러서 이동하는 재미를 알게 됩니다.

빠른 아기는 6개월 전에 배를 밀고 이동하지만 9개월이 되어서 배밀기를 시작한다고 느린 것은 아닙니다. 배를 미는 것이 서투른 초기에는 앞으로 가지 못하고 뒤로만 가서 부모에게 보는 재미를 선사합니다. 이런 소소한 즐거움을 놓치지 마세요. 그런데 이렇게 이동하면서 물건을 만지고 입으로 가져가니 아기 손에 닿을 만한 위험 물건을 단속해야 합니다.

아기가 도움 없이 혼자 앉는 시기는 대부분 6개월 이후이지만 4개월이 넘으면 아기용 의자나 식사용 부스터 시트 등에 앉힐 수 있을 만큼 허리가 발달합니다. 앉혔을 때 허리가 푹 꺼지지 않는다면 이유식을 먹는 시간에 잠깐 앉히는 정도는 괜찮습니다. 그러다 갑자기 혼자 앉아 있는 아기를 보며 놀라는 날이 올 것입니다.

또 한 가지, 이 시기부터는 앉아 있는 구도로 사진을 찍을 수 있어서 아기의 볼살이 퍼지지 않아 더 예쁜 사진을 얻을 수 있습니다.

이유식 준비

이가 나는 시기도 천차만별입니다. 하지만 초기 이유식은 미음이나 라이스 시리얼로 시작하므로 이가 나지 않아도 만 4~6개월부터 합니다. 모유 수유를 한 아기는 이유식을 일찍 시작하지 말고 만 6개월을 채운 뒤 하라는 조언이 많은데, 첫째와 둘째 때 그렇게 했다가 고기를 먹는 시기가 늦어져 빈혈을 겪은 적이 있습니다. 그래서 모유 수유만 하더라도 만 5개월 정도부터는 고기 미음을 빨리 시작하는 편이 나은 것 같습니다. 또한 최근 미국 소아청소년과학회에서 모유 수유아는 빈혈이 걱정돼 4개월부터 쇠고기를 먹이라고 권고했다는 내용을 라디오 방송에 출연한 하정훈 소아청소년과 전문의를 통해 들었습니다.

저는 '이유식 먹이는 일을 너무 거창하게 생각할 필요가 없다'는 점을 강조합니다.

육아는 행복한 일입니다. 마음을 편히 가지고 육아를 즐기면 됩니다. 식단이나 영양적인 면에 집착하지 않아도 문제없으니 걱정하지 않아도 좋다는 말이기도 합니다.

저는 첫째, 둘째, 셋째 때 각각 상황에 따라 이유식 만드는 방식을 달리했지만 세 아이 모두 별 차이 없이 성장했습니다. 당연히 첫째 때 가장 공을 많이 들였고 둘째, 셋째로 갈수록 요령이 생겨 이유식을 만드는 시간이 반 이하로 줄었습니다.

처음 이유식을 시작할 때는 마음에 드는 책을 한 권 장만하는 게 좋습니다. 인터넷에서 산발적으로 얻는 정보보다는 잘 정리된 책이 더 믿을 만합니다.

참고로 초보 엄마들의 걱정이 앞서는 첫 이유식쌀미음에 대해 이야기하겠습니다.

서양에서도 첫 이유식은 쌀미음으로 하는 것이 보편적입니다. 불과 몇 년 전에는 과일을 갈아 먹이는 것이 첫 이유식이라고 했고, 요즘도 과일 퓨레를 먼저 먹이라는 소아청소년과 전문의도 있습니다. 하지만 단맛을 일찍 접해서 좋을 일은 없습니다.

쌀미음은 물에 불린 쌀을 갈아서 끓이기도 하고, 밥을 끓여서 체에 내려 만들기도 합니다. 밥솥에 밥을 할 때 종지를 넣어두었다가 거기에 고이는 물을 먹이는 방법도 있습니다. 주로 할머니들이 권하는 방법이지요.

첫째 때는 쌀을 불려서 갈아 끓이고, 한 번 먹일 용량을 정확히 잰다고 스테인리스 계량컵에 맞춰 담는 등 복잡한 과정을 거쳤습니다. 둘째, 셋째 때는 밥 한 숟가락을 냄비에 넣고 대충 감으로 물을 부어 푹푹 끓인 다음 밥알이 풀어지면 고운체에 숟가락으로 눌러 내리는 간단한 과정을 선택했습니다. 깨 빻는 절구를 이용해 쌀을 곱게 갈아 끓이기도 했지요. 첫째 때 전동 믹서를 쓴 적이 있는데 설거지가 불편해 더 이상 쓰지 않았습니다.

어쨌든 이유식 책대로 고지식하게 만들었던 첫째 때나 간단한 과정을 거쳤던 둘째, 셋째 때나 아이가 먹은 것은 똑같이 '쌀'과 '물'로 만들어진 미음입니다. 미리 물의 양을 계량하고 맞춰서 미음을 끓여도, 밥을 끓여서 체에 거르고 끓인 물을 부어 점도를 맞춰도 결과물은 같습니다. 위생에만 철저히 신경 써서 각자의 방법대로 하면 됩니다.

이유식을 시작한 엄마들은 아이가 얼마나 먹는지에 무척 민감합니다. 저도 처음에는 그랬는데, 둘째 때부터는 아이가 먹는 양에 크게 관심이 없었습니다. 정확히 말하면 얼마나 먹이는지 재봤자 별 의미가 없음을 깨달았습니다. 어차피 아이가 먹고 싶은 만큼 먹기 때문입니다. 어른들도 먹고 싶은 만큼, 먹을 수 있는 만큼 먹고 사니까요. 이유식은 차츰 양이 늘어나고 재료도 다양해지는 것이 당연하므로 너무 정체된다 싶으면 다른 해결 방법을 찾으세요.

이유식용 조리 도구는 사람마다 조리 방법이 달라 필요한 것도 다르고, 꼭 준비해야 하는 것도 없습니다. 집에 있는 것을 활용하세요. 예쁜 이유식 식기와 전용 조리 도구를 마련하고 싶다면 그렇게 하세요. 다만 미리 사놓았다가 막상 이유식을 시작하면 몇 번 쓰고 말거나 아예 쓰지 않는 것도 있으니 신중하게 고르세요. 이유식은 길어야 몇 개월입니다.

저는 첫째 때 핑계 김에 도마를 새것으로 구입했지만 다른 요리를 할 때도 썼고, 전동 믹서도 구입했지만 둘째 이후부터는 이유식을 만드는 데 전혀 사용하지 않았습니다. 둘째 때는 친정에서 스테인리스 소스 팬을 얻어 와 이유식 냄비로 썼고, 셋째 때는 이유식용 숟가락으로 아이스크림 가게에서 주는 플라스틱 스푼을 애용했습니다. 공짜로 나눠주는 일회용 스푼은 생각보다 내구성이 좋아 오래 쓸 수 있고 외출했을 때 잃어버리더라도 부담이 없어서 좋습니다.

중요한 것은 조리 도구가 아니라 아이가 맛있게 먹을 이유식입니다. 아이가 이유식을 잘 먹게 하려면 어떻게 해야 할까요?

이유식 때부터 밥상머리 교육

이유식 초기에는 교육이라는 개념이 크게 필요하지 않습니다. 하지만 아이 셋을 키우고 주위의 육아법을 간접적으로 많이 경험한 저는 초기 이유식 때의 습관이 아이가 자란 뒤까지 이어진다고 확신합니다. 초기 이유식을 하면서 습관을 잘못 들이면 당장 중기 이유식부터 어려워집니다.

다음은 제가 권하는 '좋은 이유식 습관'입니다.

아이를 반드시 의자에 앉혀서 먹인다

어리다고 안고 먹이는 경우가 있는데, 습관이 되면 돌이 넘도록 안아줘야 합니다. 요즘은 100일 전에도 앉힐 수 있는 푹신한 소재의 의자도 있으니 그런 것을 이용해도 됩니다.

저는 세 아이를 모두 플라스틱 소재의 부스터 시트에 앉혔습니다. 부스터 시트는 사용 기간이 길고, 식판을 부착하면 아이가 안정적인 자세로 식사를 할 수 있습니다. 처음에는 갇힌 듯 답답해 보이지만 카시트와 마찬가지로 첫 습관만 잘 들이면 문제가 없습니다. 나중에는 아이도 부스터에 앉히면 당연히 밥을 먹는 것으로 알고 식사 준비를 합니다.

어릴 때는 밥을 달라고 옹알거리거나 웃고 기대하는 표정으로 숨이 가빠지기도 하며, 18개월 정도가 되면 '맘마' 등의 언어로 직접 표현하기도 합니다. 이처럼 어릴 때부터 지정된 자리에 앉아 먹는 습관을 들이면 나중에 돌아다니며 먹는 버릇을 줄일 수 있습니다.

먹이면서 많이 웃어준다

초기 이유식은 젖이나 분유라는 주식이 있는 상황에서 '돌 무렵에 음식을 씹을 수 있게 차근차근 연습'하기 위해 먹는 것입니다. 수유가 잘되고 있다면 영양 공급에 초점을 맞출 필요는 없습니다. 아기가 처음부터 씹을 수는 없으니 유동식을 숟가락으로 먹이면서 '오호, 빨아 먹는 방법만 있는 게 아니라 이렇게 먹을 수도 있구나' 하고 느끼도록 하는 것이 초기 이유식의 목적입니다.

그러니 아기가 적게 먹는다고 전전긍긍하지 마세요. 아기 입장에서는 엄마 젖이 더 좋을 수도 있고, 먹기 싫다고 말을 못하는 대신 조금 먹다가 뱉을 수도 있습니다. 물론 뚝딱 한 그릇 해치우는 남의 집 아기도 있지만 우리 집 아기가 아니라면 아닌 것이지요.

이유식 먹일 준비를 하고 자리에 앉히면서 "우리 예쁜 아기, 맛있는 밥 먹어봅시다. 우리 아기는 정말 예뻐요" 하고 말을 걸어주는 것도 좋습니다. 무슨 말이든지 아기와 엄마가 웃을 수 있는 말을 많이 해봅니다.

한 숟갈 먹을 때마다, 흘릴 때마다, 묻힌 음식을 닦아줄 때마다 웃는 표정으로 아기를 대해보세요. 아기도 식사 시간이 즐거울 것입니다. '어떤 일이 생겨도 웃는' 연습을 할 수 있고, 아기는 아기 나름대로 식사 시간이 즐거운 시간이라는 연습을 할 수 있습니다.

이유식은 아빠보다 엄마가 주로 맡아 하므로 엄마의 책임을 강조하는 듯 말했지만 아빠도 당연히 이유식 과정에 참여할 수 있습니다. 주말에라도 아빠가 직접 만들어 먹여준다면 아기와의 유대감이 더 깊어질 것입니다. 평소에 하지 않던 일이라고 피하면 아빠의 육아는 피할 것이 너무 많습니다. 이유식을 먹는 아기의 모습이 얼마나 예쁜지 직접 경험해보기 바랍니다.

9개월까지
빛의 속도로 자란다

혼자서 이동하기·짚고 서기

출산 6개월쯤에 돌이켜보았을 때 지나간 시간이 아쉽다면, 그동안 아기를 아낌없이 사랑하며 지냈다고 자평해도 좋습니다. 100일을 기다리던 그때처럼 언제 돌이 될지를 고대하고 있다면 이제부터라도 남들보다 아기 키우는 재미를 더 느껴보자고 스스로를 격려하세요.

둘째 이상을 키우는 부모들은 이구동성으로 "아기가 너무 빨리 커서 아쉽다"고 합니다.

6개월 이전에 마음껏 예뻐하지 못했더라도 후회하지 마세요. 어쩌면 지금부터가 정말로 아기가 예쁜 짓을 하는 시기니까요.

빠른 아이들은 6개월 전에도 배를 밀고 돌아다닙니다. 그전에도 굴러다니며 의외로 넓은 반경을 움직입니다. 배밀이를 처음 시작하는 시기가 8개월 이전이라면 크게 걱정하지 않아도 됩니다. 무릎과 손바닥으로 지탱해서 이른바 네 발로 기어가는 시기는 8개월 이전이 될 수도, 돌 무렵일 수도 있습니다.

중요한 것은 어쨌든 아기 스스로 돌아다니고 싶다는 생각을 하고 자발적으로 움직인다는 점입니다. 그동안 어른이 데려가는 곳만 갔던 아기 입장에서는 자신의 욕구를 '스스로' 해결하는 진보의 걸음을 내디딘 것입니다. 저는 아이가 두 발 걸음마를 시작했을 때보다 배밀이를 시작했을 때 더 감동적이었습니다.

태어난 직후에는 누워서 가벼운 배냇짓만 하던 아기가 태어난 계절과 정반대의 기후가 되면 여기저기 기어 다니다가 어느 순간 혼자 앉습니다. 등에 아무것도 받치지 않아도 꼿꼿이 허리를 세우고 앉는 아기를 보면 정말 경이롭습니다. 우리 집 첫째와 둘째가 30개월 즈음에 동생이 앉는 모습을 보고 "엄마, 동생이 앉았어요!" 하고 흥분하던 기억이 생생합니다. 아이들의 눈에도 누워만 있던 아기가 혼자 앉는 게 신기했나봅니다.

혼자 앉는다는 것은 아기가 뭔가에 집중하기가 더 편해졌다는 뜻이기도 합니다. 이맘때의 아기들은 장난감이나 집 안에 굴러다니는 잡동사니들을 손에 쥐고 한참 동안 몰두합니다. 엄마가 함께 놀아주는 것도 좋지만 6개월 이후부터는 아기 스스로 집중하는 것을 지켜보며 기다려주는 것도 의미가 있습니다. 어차피 금방 싫증을 내고 엄마를 찾을 테니 아기의 사유를 방해하지 마세요.

만 7개월부터 9개월 무렵에는 벽이나 가구를 짚고 섭니다. 일반적으로 요즘에는 신체 발달이 빠른 아이들이 많아 9개월에 걷는 옆집 아기도 간혹 눈에 띕니다. 짚고 서게 되면 아기의 눈높이가 더 높아져서, 결국 더 높은 곳에 있는 물건을 탐하게 됩니다. 아기가 낮은 곳에서도 충분히 만족하고 있다면 굳이 설 생각을 하지 않을 수도 있으니 9개월 정도까지는 기다려주세요.

자발적으로 이동하고, 앉고, 짚고 서는 시기가 이때입니다. 자신의 생각을 몸으로 직접 이룰 수 있다는 뜻으로 이해합니다. 단순히 신체 발달의 차원이 아니라 '정신적인 발달이 함께 이루어지고 있다'는 확신을 할 수 있지요. 이것은 결국 아기가 이제 저지레를 하고 사고를 칠 수 있는 능력자로 변신했다는 뜻입니다.

뜨겁고 뾰족한 물건·긴 끈은 위험!

아기에게 위험한 것은 많습니다. 안전에 대한 부모 교육을 받으면서 집 안이 영유아에게 매우 위험한 공간이라는 사실을 새삼 깨달았습니다. 뜨겁고, 뾰족하고, 긴 끈은 일단 피해를 입으면 돌

이킬 수 없는 결과를 불러오는 것들입니다.

사실 매 순간 눈을 떼지 않고 아기만 지켜볼 수는 없습니다. 오히려 이 시기까지 아기를 키운 부모들은 이제 육아에 어느 정도 익숙했다고 생각해 좀 느슨해지는 경향도 있습니다. 하지만 사고는 순식간에 일어나고, 많은 사고는 돌이킬 수 없는 피해를 초래합니다. 아기가 스스로 보고 만지며 경험하는 것도 중요하지만 위험한 것까지 허용할 수는 없습니다. 앞서 카시트와 관련해서도 말했듯이 '안전 불감증'은 위험천만한 일입니다. 육아에서는 더욱 그렇습니다.

아기가 이동하기 시작하면 조금이라도 위험한 것은 손에 닿지 않게 반드시 치워야 합니다.

손으로 집어 먹는 핑거푸드 시작

등을 기대지 않고 앉을 수 있다면 아기가 혼자 먹을 준비가 되었다는 뜻입니다. 손가락의 미세한 놀림도 향상되는 시기입니다. 기존의 미음이나 묽은 죽을 떠먹이면서 손에는 빨아먹어도 괜찮은 뭔가를 잡고 있도록 하는 방법으로 핑거푸드를 시작하면 됩니다. 그렇게 하면 엄마가 떠먹이는 음식도 잘 먹습니다. 익힌 고구마, 단호박, 구운 빵 조각 등 핑거푸드의 종류는 방대하지만 이 시기까지 키운 엄마라면 나름대로 무엇을 주는 게 좋은지 잘 알 것입니다.

아기가 핑거푸드를 좋아한다 싶으면 월령이나 치아 발달에 따라 적당한 굳기와 크기로 다양한 음식을 앞에 늘어놓으면 됩니다. 이른바 간식이 됩니다.

저는 9개월 이전까지는 간식도 베이비 체어나 부스터에 고정해서 앉혀 먹이는 것을 원칙으로 했습니다. 밥상머리 교육은 어릴 때부터 습관화하는 것이 좋습니다. 그렇게 하면 아기가 아주 어릴 때부터 외식이나 여행이 두렵지 않습니다.

아이가 싫어하는 이유식 재료

이유식 중기에는 일반적인 어린이나 어른처럼 하루 3번 아침, 점심, 저녁의 3식 체계가 잡히도록 시간 간격을 두며 먹이는 것이 좋습니다. 초기 이유식 때 먹이던 미음보다 말랑말랑한 알갱이가 다소 포함된 죽의 형태로 변형하고, 초기에 먹지 못했던 재료를 하나둘 첨가하면서 다양한 맛을 보여줍니다.

만약 아이가 특정 재료를 거부한다면 강요하거나 속이는 것은 권하고 싶지 않습니다. 아이가 싫다고 하면 상황에 따라 "그럼 먹지 않아도 괜찮아" 하거나 "그래도 한번 먹어보자. 엄마가 오늘은 더 맛있게 만들었어” 하고 조심스레 권유하세요.

저는 아이에게 ‘먹이는 것’이 아니라 ‘골고루 먹는 습관을 들이는 것’에 목적을 두었습니다. 지금까지 그 원칙을 지켜왔고 아이들 모두 잘 따라주고 있습니다. 통통한 아이를 좋아하는 사람들은 제 아이들의 마른 체형을 보고 걱정할 테니 제 방법이 무조건 옳았다고 주장하지는 않겠습니다. 하지만 남의 집에서 밥을 먹을 때 “아이들이 가리는 것 없이 다 잘 먹네요” 하는 칭찬은 한결같이 듣고 있어서 아이들의 체중은 포기했습니다.

아이가 일관되게 특정 재료를 싫어하면 어느 정도 받아들이는 것이 낫습니다. 어른도 먹기 싫은 것이 있는데 아이들도 마찬가지겠지요. 요즘은 먹을 것이 풍부해서 대체할 것도 많으니 그런 방법으로 해결할 수 있습니다. 모든 가족 구성원의 식사 시간이 즐거워지는 것이 식사 자체보다 중요합니다.

이 시기에는 철분과 비타민 D의 섭취에 신경 쓰는 것이 바람직하다고 소아청소년과 전문의들은 말합니다. 특히 최근 들어 미국과 한국의 소아청소년과학회에서는 모유 수유아의 경우 6개월경부터 철분 섭취가 줄어들기 때문에 붉은 고기를 주재료로 한 이유식이나 철분 보충제를 통한 섭취를 강조합니다. 비타민 D는 직사광선을 오래 쬐면 피부에 해롭기 때문에 영양제를 통한 섭취를 권하고 있습니다. 이에 대해서도 미리 알고 있으면 좋습니다.

밥상머리 교육은 일관성 있게

'잘 먹는다'는 기준은 주식에 적용돼야 합니다. 중기 이유식 시기에는 주식인 죽을 얼마나 잘 먹는가가 기본이 되겠지요. 즉 밥 외에 먹는 과자류나 우유 등 유제품, 주스, 과일, 영양제 등은 말 그대로 식사 외 간식입니다. 물론 아이들도 사람이니 어른처럼 밥맛이 없는 날은 간식으로 끼니를 때울 수도 있고, 한두 끼 정도 그런다고 해서 큰일도 아닙니다. 평범한 주부가 아이 셋을 직접 먹여 키워보고 하는 말입니다. 원칙은 원칙일 뿐 현실은 분명 다르지요. 하지만 일주일 동안 간식의 비율이 전체의 절반을 넘는다면 식습관에 문제가 있다고 봐야 합니다.

잘 안 먹는 성향의 아이에게 엄마가 밥 대신 이것이라도 먹어야한다는 심정으로 우유, 과일 등을 주며 위안을 삼는 일이 많습니다. 하지만 가뜩이나 밥을 잘 먹지 않는 아이가 우유를 700~800cc씩 먹는다면 오히려 성장에 방해가 됩니다. 우유 성분은 철분 섭취를 방해하는데, 아이의 철 결핍성 빈혈이 심해지면 밥을 더 거부하고, 그 결과 빈혈이 더 심해지는 악순환이 시작됩니다. 그리고 단맛이 나는 과일을 밥 대신 즐기는 상황이 길어지면 안 됩니다. 모든 음식은 과하지 않게 골고루 섭취하는 것이 중요합니다.

특히 조심해야 할 점은 아이가 밥을 먹지 않을 때 좋아하는 것을 대신 먹이는 행위입니다. 이것이 습관이 되면 아이는 당연히 밥을 더 먹지 않습니다. 밥을 안 먹으면 자기가 좋아하는 것을 내놓는다는 것을 아니까요.

밥상머리 교육의 기본은 주식을 소중히 여기며 주어진 식사를 골고루 먹게 하는 데 있습니다. 물론 그날 상황에 따라 조금 남기거나 더 먹는 것은 받아들이며 식사 시간을 즐겁게 만들어야 합니다.

간식으로 배를 채우지 않게 하는 것이 말은 쉽지만 직접 아이를 키워보면 지키기가 어려운 일입니다. 하지만 주식과 간식이 주객전도가 되지 않도록 조절하는 것은 결국 보호자의 몫입니다. 부모가 권위를 가지고 적절한 선에서 식사 시간과 간식 양의 선을 그어야 아이가 잘 먹고 잘 자랍니다.

제가 세 아이에게 일관되게 시행하는 것은 '쫓아다니면서 먹이지 않기'입니다. 의자에, 좌식일 경우 자기 자리에 앉아서 먹도록 하는 것입니다.

또한 밥 먹는 시간을 즐겁게 만드는 것도 중요합니다. 그러려면 아이가 스스로 먹도록 가르쳐야 합니다. 먹이는 사람의 입장에서는 먹여주는 것이 편하지만, 아이 입장에서는 자신이 원할 때 스스로 음식을 도구로 떠서 입에 넣는 과정이 재미있습니다. 입장을 바꿔 생각해보면 이해할 수 있습니다.

8개월 정도에 손가락으로 집어 먹는 음식으로 시작해서 15개월 정도 되면 어지간한 식사는 스스로 할 수 있게 해야 합니다. 아이가 음식을 흘리거나 묻히는 것에 대해서는 관대하게 넘어가 주세요.

치아 관리의 시작

이유식을 시작하고 젖니가 처음 나오면서 유념해야 할 것이 치아 관리입니다. 원칙적으로는 유치가 나올 때부터 일반 칫솔로 양치질을 권합니다만 제 경험으로는 이 월령에는 살균된 거즈에 물을 약간 묻혀 이와 잇몸을 닦아주는 것으로 충분했습니다. 어릴 때부터 습관을 들이면 자라서도 양치질에 거부 반응을 덜 보입니다. 저는 아이 셋 모두 어릴 때는 거즈로 닦아주었습니다. 실리콘 칫솔도 활용했지만 치발기 이상의 역할을 하지 못했습니다.

저는 앞니 8개가 모두 나온 돌 정도부터 일반적인 미세모 유아용 칫솔을 사용했습니다. 아이들은 이 닦는 것을 아주 좋아합니다. 아무래도 어렸을 때부터 입안에 뭔가를 넣어 청소하는 일에 익숙하다보니 양치도 수월하지 않나 싶습니다.

아이가 48개월이 될 때까지는 스스로 닦는 것보다 어른이 제대로 칫솔질을 해주는 것이 좋습니다. 그러려면 다른 사람이 칫솔로 닦아주는 일에 일찍부터 익숙해 있는 편이 좋습니다.

치아를 확실히 닦으려면 다소 탄탄한 미세모 칫솔이 부드러운 모의 유아 칫솔보다 낫습니다. 저렴하고 머리가 작은 미세모 칫솔이 편리합니다.

불소 성분이 포함된 치약은 두 돌이 되기 전에는 권하지 않습니다. 두 돌 이후 쌀알만큼 사용하거나 유아용 치약을 소량 사용하는 것이 좋습니다. 두 아이는 24개월까지, 막내는 누나들의 영향으로 18개월 무렵까지 유아용 치약을 주지 않았습니다.

아기를 지켜보는 것은 부모의 몫

아기가 잘 자라고 있는지 의심이 들 때는 즉시 전문가에게 데려가는 것이 부모의 중요한 역할입니다.

병원에 가면 대부분의 경우는 걱정 말라고 합니다. 하지만 부모가 아이를 걱정해서 전문가를 찾는 일은 당연한 권리입니다. 그리고 "걱정 안 해도 되고 아무 문제가 없다"는 말은 병원에서 해줄 수 있는 최상의 진단입니다.

의사들이 아이의 성장 정도를 가늠하는 척도는 '평소에 얼마나 잘 먹느냐'가 아닙니다. 기존에 받았던 건강검진 기록의 키와 몸무게를 근거로 과학적으로 판단합니다. 그래서 저는 영유아 건강검진을 긍정적으로 활용하고 주위에도 권합니다.

국가에서 시행하는 영유아 건강검진은 돌이 지나면 6개월 이상으로 간격이 다소 벌어집니다. 그만큼 의학적으로 크게 우려할 시기는 지났다는 뜻입니다. 이때부터는 가정에서 꾸준히 신체 발달을 기록해서 부모도 객관적 지표로 삼고, 혹시 병원에 상담할 일이 생겼을 때 구체적인 측정값을 보여주면 진단에도 도움이 될 것입니다.

아이를 키우다보면 아이들의 신체 발달 수치를 백분위수로 환산하는 것이 중요하다는 사실을 알게 됩니다. 이때 수치가 3백분위수라면 100명 중 3번째로 작은 편이고 97백분위수라면 100명 중 97번째입니다.

키나 몸무게가 10백분위수 미만이거나 90백분위수 이상만 아니면 모두 정상 범위로 봅니다. 10백분위수 미만이어도 3백분위수보다 작지 않다면 일단은 정상 범위로 보지만 주의 깊게 관찰해야 합니다. 3백분위수 미만일 때는 큰 병원이나 전문 클리닉에서 진찰과 검사를 받아야 합니다. 97백분위수보다 큰 것도 정상 범주가 아니지만 부모님이나 의사 모두 키가 큰 쪽은 별로 걱정하지 않는 듯합니다. 체중은 키에 비례한 비만도를 주의 깊게 살펴봐야 합니다. 물론 대부분의 소아청소년과 전문의도 주의 깊게 살펴봅니다.

단순히 월령별 백분율에서 작은 쪽에 해당하는 것만 문제가 되는 것은 아닙니다. 어릴 때 75% 정도였는데 일 년 후 20%가 되었다면 실제로 성장했더라도 전문가의 검토가 필요합니다. 원래 큰 편이었던 아이가 작은 편이 된 것이니까요. 또 다른 예로 6개월에 25% 정도였던 체중이 돌에는 5%가 되었다면 3% 미만은 아니지만 진료를 받을 필요가 있습니다.

궁극적으로 관심을 가지되 대범하게 생각하는 자세가 필요합니다. 아이들이 골고루 잘 먹는데도 체중이 잘 늘지 않는다는 제 고민에 대한 전문의의 조언을 적어봅니다.

"세상 모든 아이들이 똑같은 키와 몸무게로 살면 얼마나 이상하겠어요? 키 작고 마른 아이도 있고, 키 크고 조금 살찐 아이도 있는 게 당연하죠. 내 아이가 좀 작거나 마를 수도 있어요. 애들이 다들 자기를 사랑하면서 잘 자라면 되는 겁니다. 우리 같은 사람들이 하는 일은 정도가 심한 아이들한테 적절한 조치를 취하도록 도와주는 것뿐입니다."

단동십훈檀童＋訓은 한국의 전통 육아법으로 아기를 어르는 방법입니다. '도리도리', '곤지곤지', '잼잼', '짝짜꿍'과 같은 단어를 들으면 다들 고개를 끄덕일 것입니다. 우리나라의 엄마라면 누구나 일부러 배우지 않았더라도 자연스럽게 아기가 백일 무렵부터 이미 많이 하는 놀이입니다 .

단동십훈은 아기가 태어났을 때부터 해도 좋은 놀이법입니다. 하지만 너무 일찍 단동십훈을 시작했다가 아기가 더욱 잘 받아들이는 6~9개월 무렵에는 오히려 시큰둥해지는 경우도 많습니다. 9개월경부터 시작해도 충분한 효과를 볼 수 있습니다. 저는 아이들이 18개월이 넘도록 단동십훈의 몇 가지는 계속하며 놀고 있습니다.

단동십훈은 엄마 아빠도 즐겁지만 아기의 인지 발달을 위해 만들어진 놀이입니다. 아기의 운동 기능, 뇌신경 발달, 소근육 발달을 촉진하는 과학적 동작이 많이 포함돼 있습니다.

단동십훈의 내용을 정리해보았습니다. 발음으로만 알려진 놀이들이 알고 보면 한자어로 뜻을 가지고 있음에 주목할 수 있습니다. 동양적 철학이 담긴 놀이입니다.

불아불아弗亞弗亞

'불弗'이란 기운이 하늘에서 땅으로 내려오는 것을 뜻하고 '아亞'
란 땅에서 하늘로 올라가는 형상을 뜻합니다. 기운 순환의 의미
를 담아, 아이의 자기 존중심을 키우기 위해 허리를 잡고 좌우로
흔들면서 하는 말이 '불아불아'입니다. '부라부라'라는 발음 그대
로 알려지기도 했지만 원래는 한자어입니다.

100일만 되어도 아기는 발을 디딥니다. 아이의 겨드랑이 사이
를 가볍게 잡아 안고 세워서 얽매이지 않고 편안히 읊으면 됩니
다. 가락에 맞춰 흔들흔들하며 눈을 맞추면 웃는 아기 얼굴을 볼
수 있습니다.

시상시상侍想侍想

아이의 몸에 우주를 모셨기 때문에 우주의 섭리에 순응하라는 뜻
에서 아이가 몸을 앞뒤로 끄덕이게 합니다. 놀이법은 역시 '시상
시상'을 편안히 읊으며 아이를 앉힌 상태에서 겨드랑이 사이를
가볍게 잡고 몸을 앞뒤로 부드럽게 움직여줍니다. 눈을 맞추면
아이가 더욱 좋아합니다.

도리도리道理道理

도리도리를 모르는 사람은 아마 없을 것입니다. 세 살배기 아이

도 동생한테 시킬 만큼 아주 쉽고 즐거운 놀이이기도 합니다.

도리도리의 뜻은 머리를 좌우로 흔들며 하늘의 이치와 천지 만물의 도리를 깨치라는 것입니다. 마주 본 상태라면 어떤 자세에서도 행할 수 있습니다. 과격하게 고개를 흔들도록 강요하지 말고 웃는 얼굴로 유도해봅니다.

곤지곤지 坤地坤地

이 단어도 매우 익숙합니다. 모두 알고 있듯 집게손가락으로 다른 쪽 손바닥을 찍는 시늉을 하는 행동입니다. 본래는 '땅'의 의미를 깨닫게 하라는 취지이지만, 행위 자체만으로도 아이의 소근육 발달과 손바닥 신경을 자극하는 효과가 있습니다. 제법 난이도가 높은 편이라 돌이 다 되도록 따라 하지 않는 아이들도 많으니 아이가 잘 따라 하지 않는다고 실망하지 마세요.

잼잼 持闇持闇

두 손을 쥐었다 폈다 하면서 '쥘 줄 알았으면 놓을 줄도 알라'는 깨달음을 가르치는 것이 본래의 뜻입니다.

손이 간신히 들어갈 만큼 가는 병목의 병 속에 쌀을 넣고 손에 쥔 만큼 가져가라 했더니 쌀을 손에 쥐어서는 결코 빼낼 수 없고 쌀을 버려야만 손을 뺄 수 있었다는 전래 동화에서 유래한다는 설도 있습니다.

하지만 놀이 자체만으로 충분히 즐겁고 소근육 발달도 되는 훌륭한 놀이입니다.

섬마섬마 西摩西摩

남에게 의존하지 말고 스스로 일어서 굳건히 살라는 뜻에서 아이를 손바닥 위에 올려 세우는 시늉을 하는 놀이입니다. 지역에 따라 '꼬노꼬노'라고 부르는 곳도 있습니다.

한 손으로 아기 발을 잡고 꼿꼿하게 세우는 놀이라 안전에 민감한 젊은 부모들은 엄두를 못 내기도 하고, 실제로 아기가 겁이 없고 가벼운 4~5개월 시기에 맞는 놀이이기도 합니다.

최근에는 걸음마를 하기 전 혼자 아슬아슬하게 서는 정도의 아기를 바닥에 세워서 '섬마섬마'를 외치며 잡아주는 방법이 더 보편적입니다.

어비어비 業非業非

원래는 아이가 해서는 안 될 것을 타이르는 말입니다. 무슨 일을 할 때 도리에 어긋남이 없어야 함을 강조하는 철학을 담고 있습니다. 아이가 위험한 것을 만지려 할 때 어른들이 "애비!" 하고 소리 지르는 말도 바로 '어비어비'에서 나왔다고 생각하면 무방

합니다. 특별한 몸놀이 방법은 없지만 뭔가 제지해야 할 때 '안 돼!'라는 말보다 훨씬 부드러운 표현인 것 같습니다.

아함아함 哑含哑含

손바닥으로 입을 막는 시늉을 하며 하는 말입니다. 두 손을 모아 입을 막은 '아哑' 자의 모양처럼 입조심을 하라는 선조의 지혜가 담겼습니다. 요즈음에는 단순히 하품을 뜻하는 의성어로 많이 쓰이는데, 뜻을 알고 쓰면 더 좋습니다.

아이들이 너무 시끄럽게 떠들 때 "합죽이가 됩시다. 합!" 하는 말놀이도 흔히 쓰입니다. 하지만 본래 합죽이라는 단어가 그리 좋은 뜻이 아니니 '아함, 아함' 하는 의성어와 몸동작으로 대신해도 바람직하겠습니다.

짝짜꿍짝짜꿍 作作弓作作弓

동서고금을 막론하고 사람들은 흥이 나면 박수를 칩니다. 아기가 천진하게 웃으며 박수 치는 모습은 소리가 나지 않더라도 그 모습만으로도 즐겁습니다. 단동십훈을 모르는 사람들이라도 짝짜꿍을 비롯한 몇몇 놀이는 자연스레 하면서 육아의 즐거움을 누리고 있을 것입니다.

몸과 마음이 골고루 잘 자라도록 기원하며 함께 춤추는 모습을 나타낸 말입니다.

앉거나 서 있는 아기의 팔을 가볍게 잡고 팔을 훨훨 나풀거리도록 움직여주며 함께 춤추는 놀이법으로, 이때 짝짜꿍 동작을 겸할 수도 있습니다. 전통 탈춤의 춤사위에도 이런 동작이 있습니다.

아마 이 놀이를 몰랐더라도 아기를 앉고 가볍게 몸을 흔들며 재우는 일은 부모라면 거의 경험했을 것입니다. 이는 곧 아이와 춤추는 것과 다름없습니다. 아기를 어를 때 즐기는 마음으로 흥을 가지라는 조상의 지혜가 숨어 있습니다.

12개월까지
세 살 버릇이 만들어진다

이유식의 목적은 밥 먹일 준비

육아의 핵심은 역시 '먹이는 것'입니다. 특히 태어나서 돌까지는 아이가 가장 많이 자라는 시기이므로 먹을거리에 신경을 많이 쓸 수밖에 없습니다. 돌 직전 3개월 동안 아기에게 무엇을 먹이면 좋을까요?

15개월 이후까지 이유식을 먹이는 경우도 흔하지만 전문의들은 돌 이후에는 성인과 똑같이 밥을 먹이라고 조언합니다. 그러기 위해서는 돌이 될 때까지 밥을 씹고 소화시킬 수 있는 능력을 갖춰야 합니다. 물론 아기에 따라 이가 나는 시기, 즉 씹을 능력이 생기는 시기가 다르므로 시기를 꼭 생후 12개월로 제한할 수는 없습니다. 씹는 것도 소화에서 중요한 능력이므로 치아 발육 상태에 따라서 적절히 시기를 조절하면 됩니다.

제 경우 세 아이 모두 치아 발육은 돌 무렵 7~8개로 평균 수준이었습니다. 그래서 돌부터는 어른과 똑같이 밥과 맵지 않은 반찬을 먹었습니다. 물론 약간 진밥으로 짓긴 했지만 국에 말지 않아도 먹도록 했습니다. 이런 습관은 아이가 자라서도 밥과 반찬을 가리지 않고 먹는 데 도움이 됩니다.

9개월경부터는 밥도 조금 되게 하고 재료의 건더기 크기를 점점 크게 했습니다. 아이가 거부하지 않는 수준에서 조금 단단한 질감도 맛보게 하고 채소의 비율도 높였습니다. 10개월이 넘어서는 밥에 물을 조금만 더 타서 약간 끓이는 정도로 맨밥을 먹여보고, 어른이 먹는 나물이나 고기, 생선도 콩알보다 작게 썰어서 따로 주거나 밥숟갈에 얹어주었습니다. 시도하는 방법도 다양하고, 아이마다 받아들이는 종류도 다르니 한 가지 방법만 고집하지 마세요.

특히 이맘때에는 아기도 생각을 하기 시작하고 직접 해보려하기 때문에 숟가락을 쥐여주거나 물을 따로 주는 등 아이의 눈빛을 보며 식사 방법과 메뉴를 적용하는 것이 바람직합니다.

숟가락으로 주면 도리질을 하던 아기가 똑같은 반찬을 젓가락으로 주면 받아먹기도 합니다. 원칙적으로 돌 전 이유식에는 간을 하지 않아야 하지만 아기가 정 먹지 않는다면 소금, 간장으로 약간 간을 하거나 멸치, 다시마 육수 등을 활용하는 것도 방법입니다. 저를 비롯한 많은 엄마들이 선택하는 방법이 바로 김입니다. 특히 돌이 가까워 오면 김을 작게 잘라서 밥을 조금씩 싸서 먹여보세요.

고기, 채소, 밥을 가리지 않고 먹이는 것이 중요합니다.

솔직하게 고백하면 저는 첫째만 교과서적으로 먹였고 둘째, 셋째는 9개월경부터 밥을 꽤 먹였습니다. 첫째에게는 밥을 먹이면서 이유식을 따로 준비하기가 쉽지 않아서 둘째와 셋째는 간을 한 음식도 제법 일찍 맛보았습니다. 하지만 현재까지는 식습관이 바람직하게 유지되고 있습니다.

하지만 초보 부모들에게는 최대한 교과서적인 길을 권합니다.

어쨌든 목표는 이가 예닐곱 개 정도 나면 진밥과 반찬의 세계에 입문하는 것입니다. 돌 정도부터 엄마, 아빠가 먹는 반찬을 가위나 칼로 잘게 잘라서 같이 먹으면 정말 편해집니다.

이 시기에는 이유식을 잘 먹던 아기도 갑자기 양이 확 줄어들 때가 있습니다. 보호자 입장에서는 진밥을 시도하지 못하고 계속 죽 형태의 이유식에만 머무르기도 합니다. 이럴 때에는 앞에서 언급했듯이 식사 도구를 바꾸거나 약간의 간을 하는 등 다양한 방법을 시도해볼 수 있습니다.

한 가지 경계해야 할 것은 부족한 철분 섭취로 아이에게 빈혈이 와서 안 먹게 되는 경우입니다.

이 무렵은 쫓아다니며 먹이는 부모들이 많아집니다. 아이의 이동이 훨씬 자유로워지는 월령이기 때문입니다.

이유식을 시작하면서부터는 부모가 확실한 기준을 가지고 먹이되, 아이의 성격이나 양육 환경에 따라 각자 상황에 맞춰 밥상 교육을 시작하세요. 특히 부모가 맞벌이여서 할머니가 육아를 맡으면 밥상머리 교육이 수월하게 이뤄지지 않을 때가 많은데, 어느 정도 이해하고 넘어가는 것이 현실적인 해결책이기도 합니다.

예전보다 느린 속도로 자라요

앞선 월령보다는 자라는 속도가 더뎌집니다. 백일 무렵까지는 무서운 속도로 자라서 6개월, 9개월까지 하루가 다르게 크면서 얼굴 생김새도 달라집니다. 하지만 돌이 가까워지면 몸무게도 확 늘지 않고 키도 계속 머무르는 것 같아서 조바심이 납니다. 그렇게 빨리 작아지던 옷들이 이제는 계속 잘 맞아서 돌 무렵에 선물받는 옷은 2년을 입히기도 합니다.

그러니 이 시기에는 아이가 얼마나 컸느냐에 너무 집착하지 마세요. 앞에서 말한 영유아 건강검진을 잘 활용하면 아이가 잘 크고 있다는 것을 확인할 수 있어 안심할 수 있습니다.

대화와 소통이 되는 시기

9개월 이후의 아기는 진정으로 부모와의 소통을 시작합니다. 그만큼 아기가 여무는 시기입니다. 사회적으로 웃어줄 줄도 알고 옹알이의 차원도 한층 높아집니다. 초보 엄마, 아빠도 아기와 대화가 된다는 것을 뼛속 깊이 느낄 수 있습니다. 비록 아기는 '자기 나라 말'을 하고 있지만요.

산후 우울증 등의 이유로 아기가 예쁜 줄 몰랐던 사람들도 9개월 무렵의 아기는 정말 예쁘다고 말합니다.

아무리 초보 부모라도 9개월 정도면 새내기 티를 벗을 수 있습니다. 지금부터라도 열심히 말을 걸어보세요. 절대 늦지 않았습니다. 어른과 똑같은 사람으로 대해도 됩니다. 말투도 꼭 아기처럼 혀 짧은 소리를 할 필요도 없습니다. 혀 짧은 발음으로 대하는 것은 오히려 36개월 정도에 더 효과가 있다고 생각합니다. 아이가 할 말은 다 하면서도 발음이 원숙하지 않을 때 그 발음을 귀여워하며 따라 하면 서로 즐겁습니다. 물론 자기의 부족한 발음을 따라 한다고 성을 내는 자존심 강한 아이라면 주의해야겠지요.

아기를 친한 친구 대하듯이 지낸다고 생각하세요. 친한 친구에게 아무 말도 하지 않는 사람은 없지만 또 친한만큼 쉴 새 없이 대화를 지속하지 않아도 됩니다. 각자 볼일을 보면서 침묵해도 어색하지 않은 친한 친구처럼요.

100일 전 신생아라면 부모가 주야장천 수다를 떠는 게 왠지 어색하겠지만, 이 시기의 아이에게는 되도록 많은 이야기를 해주면 앞으로의 관계에 큰 버팀목이 됩니다. 혹시 내성적이거나 말하기를 싫어하더라도 아기를 위해 노력해보기 바랍니다. 이 무렵에 습관을 들여야 정말로 모국어가 트였을 때 서로 대화하기가 수월합니다.

정상적으로 잘 자라는 아기라면 부모의 수다에 웃음과 옹알이 그리고 행복한 미소로 대답해줄 것입니다.

가장 주의해야 할 '높은 곳으로의 욕구'

'저 높은 곳을 향하여'라는 구호가 어울리는 시기입니다.

걷지는 못하고 짚고 서는 것이 가능한 아기는 기어오르는 것으로 자신이 건강하게 잘 자라고 있음을 증명합니다. 바꿔 말하면 대형 사고가 일어날 위험이 그만큼 커집니다. 꺼진 불도 다시 보듯이 집 안의 위험 요소를 차단하는 데 집중하세요. 특히 위험 요소의 집합 장소인 부엌이나 화장실을 조심해야 합니다. 아이가 서너 살이 될 때까지 혹은 그 이상까지도 조심해야 합니다.

저도 아이들에게 안전한 환경만 제공하진 못했습니다. 이 무렵에 둘째는 변기 안에 들어간 적이 있고 셋째는 세면대 안에 들어갔습니다. 조심한다고 했지만 미처 주의를 기울이지 못할 때도 있었고, 손위 누나들을 위해 놓은 발판을 딛고 세면대로 들어갈 줄은 몰랐습니다.

웃지 못할 일은, 둘째가 변기 안에 들어간 사건 이후 변기 뚜껑을 닫아놓는 것을 습관화했더니 셋째가 덮어놓은 변기 뚜껑을 딛고 세면대에 올라갔다는 것입니다. 이런 이야기를 할 수 있는 것은 당연히 아이들이 모두 잘 구조되었기 때문입니다. 하지만 그때를 떠올리면 아직도 가슴이 철렁합니다.

아기가 의자를 딛고 식탁이나 책상 위로 올라가는 일은 누구나 한두 번쯤 겪습니다. 사실 그 이상이지만, 이 책을 읽는 여러분은 한두 번에서 그치기를 진심으로 바랍니다. 높은 곳으로 가기 위한 욕구는 귀엽고 자랑스럽기도 하지만 긴장의 끈을 늦추지 말아야 합니다. 꺼진 불도 다시 보고 아기가 내려온 길도 다시 봐야 하지요.

위험한 물건이 더 위험해지는 시기

발달이 빠른 아이들은 이 무렵부터 뚜껑을 돌려 딸 수 있습니다. 위험한 약품을 먹을 수도 있고 간장이나 주스, 기름처럼 치우기 힘든 액체를 바닥에 쏟을 수도 있습니다. 서랍이나 찬장에 안전장치를 사용하거나 매의 눈으로 감시해야 합니다. 특히 깨질 위험이 있거나 뾰족한 물건은 아기 손이 닿지 않는 곳에 두어야 합니다. '저 높은 곳을 향하여' 가는 시기이므로 올려놨다고 안심할 수도 없습니다.

또한 이 무렵의 아기들은 버클로 된 아기 띠나 안전벨트도 직접 채울 수 있어서 틈새에 손이 끼여 다치는 일도 비일비재합니다. 어느 정도 허용하고 시도하는 것은 좋지만 무엇보다 안전이 우선되어야 합니다.

또 조심해야 할 것이 물입니다. 아기가 혼자 허리를 세워 앉을 수 있게 되면 씻길 때 힘들게 안거나 잡고 있지 않아도 되어서 부모들이 방심합니다. 이럴 때 순식간에 아기를 위험에 빠뜨리는 것이 물입니다. 아기가 물과 있을 때는 반드시 어른이 함께해야 합니다. 이와 더불어 물의 온도에도 주의를 기울여야 합니다. 보일러는 기계이므로 언제 무슨 장난을 칠지 모릅니다. 샤워기를 사용한다면 언제나 샤워기에서 나오는 물에 손가락을 대보고 온도를 감지한 후 아기에게 대주는 것이 좋습니다.

아울러 '삼킬 수 있는 자그마한 물건'에 대한 주의도 빠뜨릴 수 없습니다. 특히 요즘은 플라스틱 소재의 장난감 부품이 흔하기 때문에 손위 형제와 함께 자랄 때에는 더 조심해야 합니다.

아이마다 다른 걸음마 시기

어떤 부모든 아이의 걸음마에 대한 기대는 대단합니다. 이는 아이가 첫째이거나 막내이거나 크게 다르지 않습니다.

뒤집기 시기가 아이마다 다른 것처럼 첫 걸음마 시기도 천차만별입니다. 특히 첫아이를 키우는 부모라면 비슷한 월령의 다른 아이가 먼저 걸음을 뗄 때 조바심을 느끼기도 합니다. 하지만 이는 행복한 조바심 정도에 그칠 일이지요.

남아보다 여아가 걸음마가 빠르다는 설이 있는데, 이 또한 아이에 따라 다릅니다. 첫 걸음마 시기는 그야말로 제각각입니다.

8개월에 걷는 아이를 봐도 별로 부러워할 필요 없습니다. 그 아이보다 두 배의 시간이 걸려서 걷더라도 서너 살이 되면 결국 같이 뛰어다니게 되니까요.

그런 마음으로 말문이 트이거나 글을 깨치는 시기에 대해서도 대범하게 생각하세요. 우리 아이의 잠재력을 믿는 훈련은 아이가 돌이 되기 전부터 할 수 있습니다.

첫 생일과 돌잔치

어느새 일 년, 우리 아기가 첫 생일을 맞이하게 되었습니다. 부모

입장에서는 돌잔치를 어떻게 해줄지 행복한 고민에 빠집니다.

10년 전만 해도 적당한 장소를 잡아 식사를 대접하고 돌잡이 행사만 진행하면 성대하다는 얘기를 들었는데, 요즘에는 그 밖에도 준비할 일이 참 많습니다.

사진도 돌잔치 전에 미리 찍어서 액자와 앨범을 만들어야 하고, 스냅사진을 찍는 작가와 좋은 장소는 6개월 전부터 서둘러서 예약해야 하고, 여러 이벤트 준비나 성장 동영상 제작 등도 품이 제법 들어갑니다. 게다가 요즘은 돌상이나 포토테이블도 스타일링을 잘해야 하는데, 엄마가 직접 하려면 당연히 힘들고 업체에 맡기면 돈이 많이 드니 또 고민입니다. 또 잔칫날 가족들이 입을 옷과 화장, 머리 모양도 신경 써야 하지요. 요즘은 옷을 대여하는 것까지 예약 전쟁을 치러야 한답니다.

저도 첫째 때는 되도록 직접 준비하려고 애썼지만 둘째 때는 집에서 조촐하게 치렀습니다. 그런데 잔치의 만족도와 행복도는 둘째 때가 가장 컸습니다. 셋째는 첫째와 둘째의 중간이었습니다. 다만 규모를 줄이려고 애썼습니다. 그런데 돌상에 낭비를 하지 않기란 쉽지 않았습니다.

대다수의 음식점이 돌잔치 때는 파티 스타일링 업체와 연결하기를 강요하고, 엄마가 고른 업체를 이용하면 5만 원 정도의 돌상 이용비를 내라고 합니다. 음식점과 계약을 맺은 업체는 최소

옵션부터 비싸게 부르는 것이 일반적이고 솔직히 만족감도 크지 않았습니다.

잔치는 백인백색입니다. 당연히 정답도 없고 심지어 유행까지 탑니다.

다만 '무엇을 어떻게 하고 싶은지', '주인공이 누구인지'를 잊지 말고 행복한 잔치로 꾸미는 것이 중요합니다. 주인공은 물론 첫 생일을 맞은 아기겠지요. 또 그동안 아기를 정성으로 키운 엄마, 아빠도 주인공입니다. 결국은 가족 간의 결속력을 다지며 축하와 덕담 속에 만족과 위안을 얻는 데 의의가 있습니다.

그 과정에서 주인공인 아기가 울 수도 있고 사회자의 목소리가 필요 이상으로 클 수도 있습니다. 음식이 성에 차지 않을 수도 있고 예상하지 못한 돌발 상황이 일어날 수도 있습니다. 그래도 그것을 모두 즐거움으로 느낄 수 있는 잔치를 만들어보세요. 엄마가 머리 모양이나 화장이 마음에 안 든다고 우울해하거나 양가 어르신의 말씀에 속상해서 귀한 시간을 흘러보내기보다 그날의 주인공인 아기와 그동안 애쓴 엄마, 아빠가 모두 축하하고 축하받는 마음으로 가득 채우세요.

제 경험을 말하자면 열심히 엄마표라고 준비했던 첫째 때도 준비하는 과정이 힘들었지만 결과를 보았을 때는 뿌듯했습니다. 별 준비 없이 집에서 치른 둘째의 돌잔치도 첫째 때 못지않게 뿌듯했습니다. 일단 아이가 편히 있을 수 있었기 때문이지요.

셋째의 돌잔치도 외부 업체에 맡기긴 했지만 좋아하는 분들께 식사 대접을 한 것만으로도 만족했습니다. 하지만 소수 정예로 집에 모여 이야기꽃을 피웠던 둘째의 돌잔치가 좋은 기억으로 남아있습니다.

살면서 자신의 수고를 인정받으면 누구나 뿌듯해집니다. 돌잔치는 그동안 수고한 부모가 아기 키우느라 고생했다고 격려와 칭찬을 받는 행사입니다. 굳이 힘겹게 준비하지 않아도 찾아와준 손님들은 모두 한결같은 마음입니다. 아이는 또한 자신의 탄생을 축하해주는 사람들이 있어 행복할 것이고요.

돌잔치를 하든 안 하든 꼬물거리던 아기가 어느새 이만큼 커서 첫 생일을 맞았습니다. 그 과정에 부모의 노력이 촘촘히 녹아 있다는 것을 기억하세요. 지금 이 책을 읽고 있는 여러분이 바로 최고의 부모입니다.

엄마가 편해지는 육아 요령

발육 · 발달에 대한 집착 경계

첫아이, 특히 돌 미만의 영아를 키우는 부모의 고민 중 80%는 아이의 발육과 발달 상황에 대한 것입니다. 특히 비슷한 시기에 아이를 낳은 지인이나 친지가 가까이 있으면 비교하며 상대적으로 더 괴로울 수 있습니다.

그런데 신기하게도 둘째 이상을 키우는 사람들은 대부분 아이의 몸무게, 키, 기거나 걷는 문제에 둔감해집니다. 엄마, 아빠가 걱정하든 말든 아이는 잘 큰다는 사실을 경험을 통해 알기 때문이지요. 첫째 엄마라고 둘째 이상 키우는 엄마처럼 대범하지 못하라는 법은 없습니다. 무엇보다 굳이 스스로 집착과 괴로움에 빠질 이유가 없습니다. 중요한 것은 아이가 건강하게 잘 자라고 있는지 확인하는 것입니다.

아이의 발달 상황에 대해 세세하게 집착하는 대신 잘 놀게 하고, 잘 먹이고, 잘 재우고, 잘 웃도록 도와주세요. 아이가 십대 청소년이 되더라도 이런 마음가짐을 유지한다면 부모의 마음도 편하고 아이와의 관계도 좋을 것입니다. 우리 아이는 6개월에 뒤집더라도, 18개월에 걷더라도, 키가 작더라도, 키가 크더라도, 말랐더라도, 통통하더라도 분명히 사랑스럽습니다.

육아 커뮤니티의 명암

아기를 키우면서 인터넷을 통해 외로운 마음을 위로받는 요즘은 참 좋은 세상입니다. 저도 인터넷 덕분에 외롭지 않게 육아를 할 수 있었습니다.

그런데 인터넷은 얼굴 모르는 사람들에게 휘둘릴 위험이 있는 공간이기도 합니다. 너무 쉽게 발육 발달을 비교하고 타인의 재력과 시간적 여유를 들여다볼 수 있습니다. 이런 점 때문에 산후 우울증을 극복하려고 인터넷 카페 활동을 하다가 도리어 상대적 박탈감으로 더 우울해지는 일도 있습니다.

또한 비전문가끼리 오가는 검증되지 않은 정보를 흡수할 위험도 있습니다. 나를 모르는 제삼자들이 내 문제에 책임을 지지 않습니다. 질문과 답변이 오가는 정보력은 인정하지만 자신의 기준으로 옥석을 가리는 작업이 반드시 필요합니다.

이런 점들을 고려해 인터넷 커뮤니티 활동이 나를 행복하게 하는가, 스트레스를 받게 하는가를 따져보는 것이 좋습니다. 어느 선까지 활용할지 가이드라인을 세워 영리하게 이용하는 것이 바람직합니다. 진정한 소통은 얼굴과 눈이 마주치는 관계라는 사실도 잊지 말아야 하고요. 무엇보다 아이를 키우는 부모가 가장 열정적으로 소통해야 할 커뮤니티는 '가족'이라는 점을 잊지 마세요.

병원 출입의 원칙과 기준

아기를 키우다보면 병원 문 닫은 시간에 응급실에 가야 할지 고민할 일이 여러 번 생깁니다. 이럴 때 인터넷에 물어보면 답이 제각각이지요. 하지만 아기가 아픈데 얼굴도 모르는 비전문가들의 조언에 기대는 것은 금물입니다.

가정 분위기와 아기의 평소 건강 상태에 따라 기준이 달라지겠지만, 일반적으로 '응급실은 웬만하면 가지 말자'는 의견이 대세이고 그 말이 맞기도 합니다. 응급실에 가면 일단 고생대도시 응급실에는 침상이 없을 때가 많습니다이고 금전적 손해도 감수해야 하니까요.

하지만 3개월 미만의 영아가 구강에서 37.2~37.4°C 이상의 열이 난다면 당장 진료를 받고 응급처치를 해야합니다. 이때는 즉시 병원에 가는 것이 좋습니다. 이때의 아기는 표정이나 옹알이로 상태를 알기 어렵고, 축 처져서 잠만 잔다든지 하는 상황도 긍정적으로만 볼 수 없습니다. 목청 터져라 울면서 아파해도 문제이지만 처지는 것도 안심할 게 못 됩니다.

소아청소년과 전문의들은 2세 이하의 소아가 열이 나면 즉시 진료를 받으라고 권합니다. 돌 이후 아기라면 38.4°C 이하 정도의 체온이라면 약간 지켜볼 수도 있습니다. 이것은 제 기준이니 일반화하지 말고 각자 아기에 맞도록 적용하기 바랍니다. 아기 표정을 확인해서, 열이 나더라도 생글생글 웃으며 잘 논다면 응급실까지 갈 필요가 없습니다. 상비용 해열제를 먹일 수 있지만 해열제의 과다 복용은 저체온증을 유발하니 용량에 신경 써야 합니다.

저는 피가 나고 상처가 크거나 정형외과적인 문제일 때는 되도록 빨리 진료를 받았습니다. 응급실로 사진을 찍으러 간 적도 있습니다. 서울에 살 때 주말에는 무조건 대학병원 응급실로 갔지만, 지방의 중소도시에 사는 지금은 소아청소년과 병원이 주말과 야간에도 진료를 많이 하는 편이어서 응급실 출입 빈도가 매우 낮아졌습니다.

생각 없이 있다가 일이 닥쳤을 때 우왕좌왕하는 것보다는 미리 대략적인 기준과 가까운 곳에 있는 응급실, 야간 진료 하는 병원 등을 알아두는 것이 좋습니다.

아기에게 약 먹이기

아기에게 약 먹이는 것은 꽤 큰일입니다. 시간도 맞춰야 하고, 맛이 없으면 아기가 뱉거나 구토하고, 먹지 않겠다고 우는 일도 흔합니다.

일반적으로 약국에서 주는 작은 투약병으로 먹이는데, 이 기구는 눈금이 있어서 용량을 맞추기 편하고 그럭저럭 먹이기가 쉽습니다. 특히 뚜껑 쪽이 기다란 형태가 먹이는 데 훨씬 편합니다.

6개월 이전 아기에게는 주사기 형태의 투약 기구가 가장 수월했습니다. 입안 깊숙이 넣어 조금씩 주면서 자연스럽게 먹일 수 있었습니다. 하지만 이 기구를 갖춰놓은 약국이 흔치 않습니다.

무엇보다도 약을 수월하게 먹이려면 약이 맛있어야 합니다. 약에 색소나 감미료가 들었다고 부정적인 의견을 내는 사람들도 있지만, 엄마 입장에서는 제아무리 좋은 약이라도 맛이 없어서 아이가 뱉거나 토하면 너무 힘듭니다. 악을 쓰며 우는 사태까지 벌어지면 가뜩이나 아픈 아기 때문에 힘든 마음이 더 무거워집니다.

복용법은 지도받은 대로 지키고, 항생제는 그만 먹으라고 할 때까지 착실하게 시간을 지켜서 먹이는 것이 중요합니다. 간혹 가벼운 감기약은 "아이가 나은 것 같으면 그만 먹이셔도 돼요" 하고 설명할 때가 있는데, 그럴 경우 대부분 먹으나 안 먹으나 대세에 지장이 없습니다. 저는 엄마의 판단으로 복용 중단해도 된다고 한 경우에는 처방은 받아두고 거의 먹이지 않는 편입니다.

물론 가능하면 약을 먹지 않고 병을 이기는 것이 좋겠지만 덜 아프고, 빨리 낫는다고 생각하면 약이 크게 해로운 것도 아닙니다. 처방과 투약에 대한 가치판단 역시 각자의 몫이지만 전문가의 지시에 따르는 것이 가장 스트레스를 덜 받고 수월한 길입니다.

주위의 참견에 대처하는 자세

아기를 낳은 부모, 특히 엄마는 이런저런 훈수를 듣느라 바쁩니다. 그것이 대한민국의 현실인 것 같습니다. 가족이나 친지는 그렇다 쳐도 심지어 길 가던 아줌마, 할머니 들도 온갖 참견을 하니까요.

아이가 춥다, 덥다, 업혀 있는데 머리가 꺾여서 잔다, 그렇게 업으면 다리가 휜다, 피부는 왜 그러냐, 그런 거 빨면 안 된다, 더럽게 땅바닥에서 놀게 한다, 그런 거 먹이면 안 된다…… 내용도 정말 다양합니다.

하지만 그런 말 한두 마디에 일희일비하기에는 시간이 너무 아깝습니다. 스트레스를 받을 정도라면 자리를 뜨는 것이 해결책이고 여의치 않을 때는 무응답, 외면, 정색 등 자신이 가장 잘 구사할 수 있는 기술을 활용해 떨쳐내세요. 처세술에 능해지면 미소를 지으며 이렇게 가벼운 말로 제압할 수도 있습니다.

"제가 알아서 할게요."

휘둘리지 않아야 한다는 걸 알면서도 휘둘리는 것이 사람의 마음이지만 경험이 쌓이다보면 자연스레 내공이 쌓이기 마련입니다. 엄마 스스로 자신감이 있으면 됩니다. 남들이 뭐라 해도 '나보다 우리 아이를 잘 키울 사람은 없다'는 것이 진리죠. 말로는 뭘 못하겠습니까? 우리 엄마들은 직접 행동으로 아이를 책임지고 보살핀다는 사실을 잊지 마세요.

일하는 엄마의 비애, 어쨌든 인생은 살아지는 법

이 책을 읽는 여러분 가운데는 3개월 출산휴가를 끝내고 일터로 복귀해야 하는 분도 있을 것입니다. 그런데 엄마로서 직장으로의 복귀가 마냥 좋고 자랑스럽지만은 않습니다.

저의 응원은 단순합니다. 일하는 엄마든, 집에 있는 엄마든 아기는 잘 자라고 인생은 살아집니다.

저는 첫째, 둘째를 키울 때는 전업주부였습니다. 그때는 아이들에게 많은 것을 해줄 수 있는 좋은 엄마라는 최면으로 살았습니다. 하지만 셋째를 낳고 얼마 안 되어 일을 하게 되면서 이전의 제 생각이 얼마나 편협했는지 깨달았습니다. 누나들에 비해 물리적 시간을 훨씬 덜 주고 자란 막내이지만 결코 누나들보다 처지는 게 없습니다. 물리적인 시간이 적더라도 사랑의 총량은 줄어들지 않는다는 것을 셋째까지 키우고서야 알았습니다.

솔직히 아이가 셋이면 아무래도 외동보다는 돌봐줄 시간이 부족합니다. 그렇다고 다자녀 가정에서 큰 아이들은 무조건 애정 결핍이고 외동으로 자란 아이들은 무조건 사랑을 독차지하는 것도 아니지만요. 결국 가족 구성원의 융합과 노력이 중요합니다. 그 과정에서 수반되는 피눈물은 아빠보다는 엄마의 몫이라는 점을 가족들이 이해해주면 좋겠습니다.

그러므로 일하느라 아이를 많이 못 보는 부모들도 너무 슬퍼하지 않기를 바랍니다. 시간이 전부는 아니니까요. 엄마의 사랑은 절대 가치라는 것을 믿기 바랍니다.

워킹맘으로서의 생활이 너무 힘들어 결국 사회생활을 포기하고 가정에 안착한 분들도 후회하지 않기를 바랍니다. 또 다른 방향으로 기쁜 삶을 살 수 있습니다. 집에서 일하는 엄마도 분명 일하는 엄마니까요.

도우미의 슬기로운 활용

시기에 따라 각자의 취향도 있고 유행을 타는 분야라서 도우미를 구하는 방법을 언급하기는 쉽지 않습니다. 그래서 고용한 도우미와의 관계에 대해 이야기하고자 합니다. 이것은 산후 도우미, 가사 도우미, 육아 도우미 모두에게 해당됩니다.

먼저, 할 말은 무조건 하세요. 뭔가 부탁하거나 반대 의견을 말할 때 쭈뼛거릴 필요도 없고, 웃는 표정이지만 난감하다는 톤으로 "어머, 그러시면 이러저러해서 안 돼요. 다음에는 조심해주세요" 하고 짧고 똑 부러지게 말하는 게 좋습니다. 이렇게 말하면 웬만한 것은 다 개선해줍니다. 만약 개선이 안 된다면 고용을 지속할 것인지 고민해봐야 합니다.

또한 시킬 일은 시키되 존중하는 태도를 보여주세요. 다만 존중이 과해서 휘둘리지는 말아야 합니다. 그런 존중을 이용해 함부로 하는 사람이라면 계속 고용할지 고민해야겠지요.

존중하는 태도는 대화로 충분히 표현할 수 있습니다.

"이런 건 괜찮으세요?"

"이건 수고가 정말 많으셨어요. 이렇게 해주시니 좋네요."

"어머, 생각지도 않았는데, 감사해요."

"제가 덕분에 안심하고 일해요."

중요한 것은 결국 관계입니다. 관계가 좋으면 신뢰도 단단해지고 여러 가지 문제가 발생하더라도 잘 풀 수 있습니다. 만약 인복이 나빴다면 얼른 다른 사람을 찾아보면 됩니다. 싫은 사람과 한 공간에 있으면서 휘둘리거나 내 아이가 손해 보는 일이 생긴다면 미련 없이 결단력을 발휘해야 합니다. 이때도 중요한 것은 아이를 키우는 나 스스로가 행복해야 한다는 진리입니다.